Volver a vivir

Biblioteca

DANIELLE STEEL

Volver a vivir

Traducción de
M.ª del Puerto Barruetabeña Diez

DEBOLS!LLO

Papel certificado por el Forest Stewardship Council®

MIXTO
Papel procedente de
fuentes responsables
FSC® C117695
www.fsc.org

Título original: *Fall from Grace*

Primera edición en Debolsillo: noviembre de 2020

Printed in Spain – Impreso en España

ISBN: 978-84-663-5220-8
Depósito legal: B-11.658-2020

Compuesto en Comptex & Ass., S. L.

Impreso en Liberdúplex
Sant Llorenç d'Hortons (Barcelona)

P 3 5 2 2 0 8

Penguin
Random House
Grupo Editorial

Para mis fantásticos hijos, Beatie, Trevor, Todd, Nick,
Samantha, Victoria, Vanessa, Maxx y Zara.
Que vuestras caídas siempre sean lo más
leves posible y que logréis levantaros cuanto antes, tras
haber aprendido alguna lección importante.
Por muy definitivas que parezcan las cosas, nunca es el final.
Por eso espero que siempre recibáis la bendición de unos
nuevos comienzos maravillosos.
Os quiero con todo mi corazón.
Siempre,

MAMÁ/D.S.

Llegará un momento en que creerás que
todo ha terminado. Ese será el comienzo.

LOUIS L'AMOUR

1

Mientras contemplaba la lluvia a través de la ventana, Sydney Wells se sentía como si estuviera nadando bajo el agua. Llevaba ocho días en estado de shock. Desde que Andrew había salido a hacer un recado con su moto favorita por una carretera secundaria poco transitada, cerca de su casa de Connecticut. Su marido, con el que había estado casada durante dieciséis años, sentía verdadera pasión por los coches rápidos y las motos antiguas. Ese agradable día de verano había elegido una Ducati, una de las mejores. Le había prometido a Sydney que no tardaría en volver, que sería solo cuestión de minutos, sin embargo cuatro horas más tarde aún no había regresado. Ella supuso que se habría encontrado con algún amigo o que habría aprovechado para resolver algún otro tema pendiente. Lo llamó al móvil, pero él no respondió. La policía le explicó más tarde que su marido había derrapado en una zona mojada y con gravilla en la calzada. Aunque llevaba puesto el casco, no se lo había abrochado, quizá porque no pensaba recorrer una distancia muy larga. Según le contaron, su moto patinó y el casco salió volando. Murió al instante, como consecuencia del impacto. Había perdido la vida con cincuenta y seis años. Y Sydney se había quedado viuda con cuarenta y nueve. Todo le parecía irreal y las cosas empeoraron aún más cuando recibió la visita del abogado de su marido. Andrew era dueño de una empresa de inversiones que había heredado de su padre y, además de un esposo responsable, era padre de unas mellizas de treinta y tres años de su primer matrimonio y padrastro de las dos hijas de Sydney, Sabrina y Sophie. Eran la pareja perfecta, según Sydney, y siempre habían soñado con envejecer juntos. De repente, dieciséis años le parecían un instante nada más.

Durante el funeral sus hijas se sentaron junto a ella, cada una a un lado. Sus hijastras, Kyra y Kellie, se hallaban en el banco que había al otro lado del pasillo junto con su madre, que había llegado en avión desde Los Ángeles, y Geoff, el marido de Kellie. Kellie y Geoff vivían cerca y habían dejado en casa a sus hijos de tres y cinco años. Kyra vivía con su actual novio en una de las típicas casas de ladrillo visto del West Village de Nueva York, que le había regalado su padre cuando tenía veinticinco años. Para ser equitativo con sus dos hijas, en esa misma época le compró a Kellie una vivienda en Connecticut, cerca de la suya. Entonces ella llevaba poco tiempo casada, quería tener hijos y eligió esa casa porque prefería la vida en el campo. Sin embargo, con el nacimiento de su segundo hijo se les había quedado pequeña y llevaban un tiempo hablando de comprar una más grande, contando con la ayuda de su padre, por supuesto.

Marjorie, la primera mujer de Andrew, se había mudado a Los Ángeles tras el divorcio, dieciocho años atrás, uno antes de que Andrew conociera a Sydney. Esta no había tenido nada que ver con su separación, ni con la disolución de su matrimonio ni tampoco con el millonario acuerdo de divorcio al que Andrew llegó con su exmujer. Él era un hombre generoso y lo había sido incluso con la madre de las mellizas, que seguía estando amargada y furiosa con él dos décadas después de que la dejara. Sencillamente, el matrimonio se fue deteriorando. Ella era una persona infeliz, que siempre parecía descontenta y lo pagaba con todos los que estaban a su alrededor. Al final Andrew ya no aguantó más aquella situación.

Cuando Andrew conoció a Sydney, Marjorie encontró en ella un blanco fácil para descargar toda la ira y los celos que sentía y se dedicó a poner a sus hijas en su contra. Sin razón aparente, al margen de la inquina de su madre, las mellizas habían odiado a Sydney desde el primer momento. Y no había habido forma de cambiar las cosas. Tenían diecisiete años cuando su padre se casó con Sydney, una mujer guapa, rubia y divorciada con dos niñas pequeñas, de nueve y once años. Ella trató de ganarse a las hijas de Andrew por todos los medios, pero su animadversión hacia ella y la crueldad que mostraban con sus propias hijas al final hicieron que desistiera. Con la furia de Marjorie alimentando su odio por ella, no había nada que Sydney pudiera hacer y con el tiempo se rindió. Las hermanas apenas le habían dirigido la palabra durante esa semana y actuaban como si ella fuera la culpable de la muerte de su padre. Sydney, por su parte, estaba desconsolada, como lo estaban también Sophie y Sabrina.

Jesse Barclay, el abogado de Andrew, había ido a su casa a verla el día después del funeral para comunicarle cuál era la situación. Los dieciséis años que llevaba con su marido habían pasado mucho más rápido de lo que nadie se esperaba y Andrew nunca llegó a cambiar el testamento que había redactado antes de conocerla. Jesse parecía avergonzado cuando le contó que le había recordado a Andrew que debía introducir algunos cambios en su testamento después de que ellos se casaran. Él siempre tuvo intención de modificarlo, pero nunca llegó a hacerlo, tal vez convencido de que tenía tiempo de sobra. No esperaba morir de forma repentina en un accidente, ni caer enfermo a su edad. Ambos habían firmado, además, un acuerdo prematrimonial antes de casarse en el que habían establecido la separación de bienes. Andrew también pretendía cambiar ese acuerdo tras unos años de matrimonio. Cuando se casaron, él solo tenía cuarenta años y Sydney, la misma edad que tenían ahora las hijas de él. En el momento del accidente, Andrew era un hombre fuerte y lleno de vida, además de un marido cariñoso. Estaba en su mejor momento. Nunca quiso dejar a Sydney en la situación en que se veía ahora; simplemente había ido posponiendo el cambio de testamento y la anulación del acuerdo prematrimonial. Se había centrado en la vida, no en la muerte. Si la pudiera ver ahora, se sentiría fatal. En el único testamento válido en el momento de su muerte se especificaba que dejaba todos sus bienes a sus dos hijas. Y como lo había redactado antes de conocerla, no había ninguna cláusula que incluyera a su segunda esposa.

Tras el fallecimiento de Andrew, la casa en la que habían vivido juntos pasaba a ser propiedad de sus hijas. En cuanto ellas estuvieron al corriente de la situación, el mismo día que se lo dijeron a Sydney, el abogado de las mellizas le comunicó a su colega, el señor Barclay, que le daban un plazo de treinta días a su madrastra para que abandonara la casa. Y este empezaba a contar desde la muerte de su padre, así que solo podía quedarse tres semanas más. Asimismo, su marido les dejaba en herencia a sus dos hijas todas sus obras de arte, objetos de valor, inversiones, el contenido de la casa y su fortuna completa. Y como el acuerdo prematrimonial anulaba los gananciales, todo lo que Andrew poseía o había comprado en el tiempo que había durado su segundo matrimonio seguía siendo de su propiedad exclusiva y, por lo tanto, ahora pertenecía a las mellizas. Las únicas excepciones eran algunos regalos que le había hecho a Sydney, aquellos de los que quedaba confirmación por escrito de que eran suyos.

El mismo día que se leyó el testamento, las mellizas aparecieron en la casa, juntas y con cara de satisfacción, para hacer inventario de los objetos de plata, las obras de arte, las antigüedades y los objetos de valor. Kellie ya se había llevado a su casa, con el permiso de su hermana, dos cuadros valiosos y una escultura, pero a Sydney no le había dicho nada; ella se encontró las paredes vacías cuando regresó tras hacer unos recados. Al ver los huecos dejados por los cuadros se sentó en el sofá y suspiró, porque acababa de comprender lo que vendría después y cómo tenían pensado actuar las mellizas. Estas ya habían acordado que Kellie se mudaría a esa casa, ideal para una familia con hijos, mientras que Kyra quería seguir viviendo en Nueva York.

Cuatro días después de descubrir la situación financiera en la que se iba a quedar como viuda de Andrew, Sydney aún seguía aturdida y completamente aterrada. No les había dicho nada a sus hijas; no quería preocuparlas y necesitaba pensar qué iba a hacer antes de contárselo. Básicamente, según el testamento y el acuerdo prematrimonial, Sydney no era propietaria de nada de lo que Andrew y ella habían compartido durante los últimos dieciséis años. Él le había regalado algunas joyas, que podría conservar, y un cuadro pequeño de poco valor que le había comprado en París durante su luna de miel. Y en su décimo aniversario le obsequió con un acogedor apartamento en la orilla izquierda del Sena que puso a su nombre. Era un piso de un dormitorio en un edificio antiguo sin ascensor. Tenía mucho encanto y estaba en esa preciosa ciudad que tanto les gustaba a los dos, pero no contaba con ninguna de las comodidades que podrían atraer al tipo de compradores que estarían dispuestos a pagar un precio elevado por él, si se veía en la necesidad de venderlo.

Cuando se casaron, Sydney renunció a su carrera como reconocida diseñadora de moda para una firma de ropa de gran renombre. Fue una decisión difícil para ella, pero Andrew quería que estuviera libre para pasar más tiempo con él y la presionó para que abandonara su trabajo. Sin duda, este era muy estresante, pero le había permitido mantenerse y cuidar de sus hijas desde su divorcio, siete años antes de conocer a

Andrew. Dejar de trabajar le daba miedo, pero a la vez le apetecía, porque así podría dedicarle más tiempo no solo a él, sino también a sus hijas. Al final cedió ante sus súplicas y se despidió de la empresa para la que trabajaba un mes antes de casarse. Desde entonces no había vuelto a trabajar. Algún tiempo después incluso dejó de echarlo de menos. Tenía una vida plena junto a su marido: viajaban, estaban juntos, podían pasar tiempo con sus respectivas hijas y hacían escapadas románticas a París, su ciudad favorita, una o dos veces al año. Les encantaba saber que tenían un apartamento allí y que podían ir siempre que quisieran.

Aparte de eso, Andrew siempre había tratado la disparidad entre sus respectivas situaciones económicas de una forma discreta, gentil y elegante. Tenían una cuenta corriente conjunta, que él mantenía bien abastecida para que ella pudiera ocuparse de pagar las facturas de la casa y comprarse lo que quisiera sin tener que estar pidiéndoselo continuamente y sentirse como si viviera de la beneficencia. Él nunca cuestionaba lo que ella compraba; tampoco ella era una mujer de gustos extravagantes. Como había tenido que trabajar mucho para ganar dinero antes de casarse, estaba agradecida por la vida fácil que él le estaba asegurando y por todo lo que Andrew hacía por ella y sus dos hijas. Y aunque Sydney se quedó sin ingresos cuando dejó de trabajar, los dos habían vivido muy bien durante dieciséis años gracias a la generosidad de él. Sin embargo, de la noche a la mañana se veía en una situación terrible. El único dinero que tenía era el que quedaba en su cuenta corriente conjunta y, a final de mes, después de pagar sus abultadas facturas, no iba a quedar demasiado. Él ingresaba dinero en la cuenta una vez al mes, así que no había un gran saldo en ella en ese momento; lo justo para salir adelante una temporada corta, si se administraba bien, pero no para vivir una temporada larga, ni mucho menos para siempre. Si él le hubiera dejado una pequeña parte de su fortuna en su testamento, Sydney habría tenido la vida resuelta. Pero tampoco ella se lo había planteado nunca hasta ese preciso instante.

Se pasó cuatro noches en vela, pensando en su situación y en qué iba a hacer. Lloró por él y por la repentina pérdida con la que tendría que aprender a vivir, la de un marido al que quería con toda su alma. Tenía que encontrar una forma de ganarse la vida, y rápido. Necesitaba un sitio donde vivir y un trabajo para pagar el alquiler y ganar lo suficiente para comer cuando se acabara el dinero de la cuenta. Todo lo demás ahora pertenecía a Kellie y Kyra. Ellas habían accedido a que Sydney se quedara con su coche, su ropa y poco más: las mellizas habían ganado la guerra que tantos años llevaban librando contra ella. La victoria era suya y Andrew, sin quererlo, se la había servido en bandeja al no modificar su testamento después de volver a casarse. Si se le hubiera ocurrido que podía pasarle algo así, nunca la habría dejado a merced de sus hijas, porque sabía perfectamente lo mal que se llevaban con Sydney, y de hecho se lo había recriminado a las mellizas en muchas ocasiones.

Las dos hijas de Sydney tenían buenos trabajos y podían mantenerse solas, aunque de vez en cuando les venía bien la ayuda de su padrastro. Pero Sydney dependía económicamente de él desde que dejó su empleo, cuando se casaron. Su primer marido la dejó sin nada, aparte del sueldo que ella ganaba, y le pasaba una miseria de pensión para sus hijas. Poco después del divorcio él conoció a una mujer rica y se mudó a su casa en Dallas. Desde entonces apenas veía a Sabrina y Sophie. Dos años después, su nueva esposa y él murieron al estrellarse la avioneta privada en la que viajaban durante un safari por Zimbabue. Andrew siempre se había comportado como un auténtico padre con sus hijas: se interesaba por todo lo que ellas hacían, se había encargado de su manutención y había pagado todos sus gastos, incluida la universidad, hasta que las niñas se hicieron mayores, encontraron un empleo y pudieron independizarse. Durante todos esos años se había comportado maravillosamente con ellas y ahora ellas también lo habían perdido.

El profundo dolor de Sydney por la pérdida de Andrew se veía agravado por el terror que sentía por lo que sucedería cuando la cuenta estuviera vacía, algo que sin duda ocurriría pronto. Iba a pasar de un momento a otro de la estabilidad, la seguridad y el lujo a la más absoluta incertidumbre. Llevaba muchos años alejada del mercado laboral y del mundo del diseño, así que no le iba a resultar fácil encontrar un trabajo, sobre todo en su antiguo sector. Ni siquiera conocía las herramientas informáticas que los diseñadores utilizaban en la actualidad para dibujar. Ella seguía haciendo bocetos de la forma tradicional, ahora totalmente desfasada. Se había quedado anticuada e iba a ser prácticamente imposible encontrar un empleo tras dieciséis años al margen de la industria: era su peor pesadilla hecha realidad. Había perdido a Andrew y, después de muchos años dependiendo de él, ya no podía mantenerse por sí misma, a no ser que se dedicara a servir mesas o a vender zapatos. No podía hacer otra cosa. Ni siquiera iba a ser capaz de encontrar un trabajo de ayudante o secretaria si no sabía utilizar los programas informáticos que estaban a la orden del día. Su único talento era el diseño, e incluso en ese campo sus conocimientos estaban obsoletos y apenas tenía contactos en el sector.

Después del funeral se quedó noche tras noche sentada en su dormitorio, despierta con las luces encendidas y un cuaderno en la mano, haciendo una lista de lo que podía vender e intentando adivinar lo que podría sacar por ello. Las joyas que Andrew le había regalado eran preciosas y a ella le encantaban, pero nunca le había comprado nada de gran valor, ni ella tampoco quiso que lo hiciera. Él invertía mucho más en su colección de obras de arte, que ambos habían seleccionado con gran cuidado y que sí valían una fortuna. Pero ahora todas las obras pertenecían a sus hijas, porque todas estaba a nombre del comprador, que evidentemente era él. Tenía el apartamento de París y quería venderlo lo más rápido posible. Iba a necesitar el dinero para vivir. Por mucho que le encantara, no le iba a quedar más remedio que ponerlo a la venta. Su ropa tampoco valía gran cosa y no se le ocurría nada más. Todo lo que se le venía a la cabeza entraba dentro del apartado «contenido de la casa» y, como tal, era parte de la herencia, así que, según el testamento, era propiedad de Kellie y Kyra.

El abogado de Andrew era el único que sabía lo desesperada que era su situación y le prometió guardar el secreto. No quería asustar a Sophie y a Sabrina, que ya tenían que soportar su propia pena por haber perdido a Andrew. Compartir con ellas el pánico creciente que la atenazaba no cambiaría nada, ni serviría para ayudarla.

Poco más de una semana después del accidente se fue a Nueva York sin decírselo a nadie. Se reunió con el agente de una inmobiliaria que había encontrado en internet y que tenía anuncios de alquiler temporal de apartamentos amueblados. Iba a tener que dejar su casa de Connecticut dentro de tres semanas. Estaba intentando pensar con claridad y hacer planes, porque sabía que las mellizas no le dejarían quedarse allí ni un día más. Tras ver cinco pisos en mal estado en edificios deprimentes del extremo del Upper East Side, encontró un pequeño apartamento amueblado de un dormitorio con una segunda habitación diminuta, que, según el vendedor, se podía utilizar como vestidor, despacho o habitación infantil. Ella metería allí las pocas cajas que tuviera. El precio del apartamento era razonable, aunque se hallaba en un edificio destartalado, no tenía aire acondicionado y la diminuta cocina estaba integrada en el salón. La mayoría de los muebles eran nuevos, de IKEA, aunque había algunas cosas que seguramente provenían de tiendas de segunda mano. El agente inmobiliario le explicó que el propietario se había ido a estudiar al extranjero durante un año y que quería alquilarlo por meses. Sydney sabía que sus hijas se horrorizarían cuando lo vieran, por eso no tenía intención de contárselo inmediatamente. Todavía no necesitaban saber cuáles eran sus circunstancias. Con suerte, cuando vendiera el apartamento de París tendría dinero suficiente para mantenerse hasta que pudiera encontrar un trabajo. No dejaba de recordarse que, con cuarenta y nueve años, todavía era lo bastante joven para empezar una nueva vida, pero cuando firmó el contrato del apartamento amueblado sintió que se le caía el alma a los pies. El agente inmobiliario le advirtió que tenían que llevarse a cabo algunas gestiones previas, pero le prometió que todo estaría listo para la fecha en la que ella necesitaba el apartamento. Solo con oír eso, a Sydney se le aceleró el corazón. Sintió vértigo al pensar en dejar la casa en la que llevaba viviendo tantos años.

Cuando volvió a Connecticut empezó a hacer las maletas para ir a París esa misma noche. Por la tarde Sydney le había enviado un correo electrónico a una agente inmobiliaria de París y, aunque esta no le había dado muchas esperanzas en cuanto a la venta, habían quedado en verse en el apartamento dos días después. Sydney estaba decidiendo qué ropa llevar cuando sonó el timbre de la puerta. Fue a abrir y se quedó sorprendida al hallar al otro lado a una mujer que conocía desde hacía años, pero con la que nunca había tenido una relación demasiado estrecha. Le llamó la atención verla también en el funeral. Se conocieron cuando sus hijos iban al colegio juntos y se encontraban de vez en cuando en alguna tienda, pero ahora estaba de pie en su puerta, con una caja en las manos. Se la tendió a Sydney.

—Iba de camino a casa y se me ocurrió pasar a ver qué tal estabas. ¿Has comido algo hoy? —preguntó Veronica, que parecía verdaderamente preocupada, como si fueran muy amigas.

La mujer era un poco mayor que Sydney y llevaba varios años divorciada. Era guapa, jugaba mucho al tenis y estaba en forma, pero hablaba demasiado y Sydney no tenía ni energía ni ganas de soportarla tras haber pasado todo el día viendo apartamentos en Nueva York. Alquilar una nueva casa que era del tamaño de un vestidor había sido algo muy deprimente, teniendo en cuenta dónde vivía ahora. Y no quería ni imaginarse lo que iban a decir sus hijas cuando la vieran.

—Estoy bien —respondió Sydney, de pie en el umbral, con cara de cansancio. No quería parecer desagradecida, pero tampoco estaba de humor para invitarla a entrar—. He pasado el día en la ciudad. Tenía cosas que hacer allí. Acabo de llegar a casa y estaba haciendo las maletas.

La vivienda estaba a oscuras, pero Veronica ignoró la indirecta. Parecía decidida a consolar a Sydney, que no tenía ganas de hablar con nadie, y mucho menos con una mujer a la que no veía desde hacía años y con la que nunca había tenido una relación cercana.

—¿Te vas a alguna parte? ¿A casa de las niñas en la ciudad? Puedo venirme aquí a pasar la noche contigo cuando quieras, si no te apetece estar sola.

Eso era lo último que quería Sydney. Aunque estaba segura de que se había ofrecido con la mejor de las intenciones, le parecía una intrusión.

—No te preocupes, estoy bien. Me voy a París para ver qué hago con el apartamento que tenemos allí.

—¿Te vas a mudar a Europa? —siguió insistiendo Veronica, con curiosidad, sin moverse del umbral.

En ese momento se preguntó si Sydney tenía intención de vender la casa en la que habían vivido Andrew y ella. Era una casa espectacular, con mucho terreno y un jardín precioso, pero hacía falta mucho tiempo, personal y dinero para mantenerla e iba a ser difícil para ella ocuparse de todo sola, sin Andrew.

—No, no me voy a mudar a París —contestó Sydney con un suspiro.

Con las defensas bajo mínimos, cedió y se apartó para dejar entrar a Veronica. Ella cruzó el umbral inmediatamente y la siguió hasta la cocina. Sydney le ofreció té helado y las dos se sentaron unos minutos junto a la encimera de granito negro. Veronica no paró de hacerle preguntas sobre su apartamento de París, mientras Sydney metía en la nevera la quiche que ella le había llevado.

—No me imagino yendo a ese apartamento otra vez sin Andrew. Era un lugar muy especial para nosotros. —Sonaba desolada—. Lo voy a vender.

—Necesitas tomarte un tiempo —afirmó Veronica, muy seria—. Ya sabes que dicen que no hay que tomar decisiones importantes hasta por lo menos un año después de haber perdido a alguien. De lo contrario, quizá lo lamentes. Puede que luego te apetezca ir a pasar temporadas allí, o a Nueva York con Sophie y Sabrina. Si yo estuviera en tu situación, no haría nada precipitado.

Sydney pensó durante unos minutos antes de contestar. No quería darle todos los detalles escabrosos ni desahogarse con ella, pero seguro que se iba a enterar de todas formas.

—Es más complicado de lo que parece. Las mellizas han heredado esta casa y tengo que mudarme a final de mes. Kellie y su familia se van a venir a vivir aquí. Y yo estoy intentando ver qué hago.

Veronica pareció algo descolocada. Sydney lo había contado como si fuera lo más normal del mundo y no el enorme golpe que había supuesto para ella. Pero Veronica se lanzó sobre la información como un gato sobre un ratón indefenso.

—¿Te mudas? ¿Dentro de tres semanas? ¿No puedes quedarte seis meses o un año?

Se había quedado desconcertada al oír que las hijas de Andrew, y no su mujer, eran quienes habían heredado la casa. Pero seguro que no tanto como la propia Sydney, evidentemente, que intentó responder con tranquilidad e indiferencia, como si fuera algo que se esperaba. Le daba demasiada vergüenza que aflorara cualquier otro sentimiento y dar muestras de lo afectada que estaba. Por respeto a Andrew, intentó ponerle buena cara a Veronica, que parecía ansiosa por saber cosas que Sydney no quería contar. Pero ella se había instalado en la cocina de Sydney y estaba claro que no tenía intención de marcharse de allí. Había ido a intercambiar una quiche por un poco de información de primera mano. Y Sydney recordaba bien lo cotilla que era.

—Si me tengo que mudar, prefiero hacerlo cuanto antes —contestó, muy valiente—. Y necesito arreglar mis cosas en París.

—¿También han heredado ese apartamento? —preguntó Veronica, aparentemente horrorizada, pero intentando enterarse de todos los detalles.

—No, el apartamento de París fue un regalo que me hizo Andrew. Pero esta casa, y todo lo que hay dentro, es de sus hijas.

Veronica se quedó callada un buen rato mientras las dos se miraban. Sydney deseó con todas sus fuerzas que se fuera.

—Al menos te lo vas a pasar bien buscando una casa o un apartamento nuevo y yendo de compras para decorarlo —comentó, intentando mostrarse positiva.

Sydney no hizo ningún comentario, pero pensó que no iba a poder comprar nada si quería que le quedara dinero para comer.

—¿Cuándo te vas a París?

—Cogeré un vuelo mañana por la noche. Estaré de vuelta dentro de unos días.

La conversación con esa mujer la había deprimido aún más.

Entonces se levantó, con la esperanza de que Veronica interpretara el gesto como una señal para que se fuera, y finalmente la acompañó a la puerta.

—Llámame algún día. Podemos ir a comer, o puedo venir a ayudarte a recoger las cosas de la casa, o lo que te haga falta.

Sydney no quería público a su alrededor cuando su vida acabara de desmoronarse por culpa de las mellizas. Ya había sido bastante humillante verlas entrando y saliendo de la casa a su antojo para hacer el inventario de los objetos de plata, la cristalería y las obras de arte. Quería pasar los últimos días en su hogar a solas, procesando en paz el duelo por la vida que estaba a punto de dejar atrás. No solo había perdido inesperadamente al hombre que amaba, sino también su estilo de vida, su casa, su condición de mujer casada e incluso la imagen que tenía de sí misma. ¿Quién era ella ahora, sin Andrew? Ella, que antes había estado casada con un hombre muy rico, de repente se había convertido en una indigente. Se sentía como si se hubiera caído por un acantilado y estuviera hundiéndose en un abismo.

Veronica le dio un abrazo antes de marcharse y Sydney volvió al piso de arriba para acabar de preparar la maleta. Se sentía peor después de esa visita. Les escribió un correo electrónico a sus hijas para decirles que se iba a París unos días y después se pasó toda la noche despierta, sumida en un estado de gran ansiedad.

Veronica la llamó por la mañana para repetirle, una vez más, que sentía mucho lo de su casa.

—No he pegado ojo en toda la noche, preocupada por ti —aseguró.

Sydney no le dijo que ella tampoco había dormido nada, no tenía sentido. Y no quería que Veronica supiera lo afectada que estaba por lo de la casa. No era asunto suyo.

Más tarde recibió la llamada de su hija menor. Sophie estaba alarmada.

—¿Por qué te vas a París ahora, mamá? ¿Qué prisa hay?

—Solo quiero organizarlo todo. Además, es muy triste estar aquí, en esta casa, sola. Un par de días en París me vendrán bien. —Intentó parecer alegre y le prometió que la llamaría en cuanto volviera.

Su hija mayor, Sabrina, aprovechó un momento entre dos reuniones para enviarle un mensaje en el que le decía que se cuidara, especialmente si viajaba sola. Sus dos hijas estaban preocupadas por ella, algo nuevo para las tres. Nunca antes habían tenido que estar pendientes de su madre y a ella no le gustaba que tuvieran que hacerlo. Y ni siquiera sabían lo de la casa. Sabían que Andrew no les había dejado nada a ellas, pero no se podían ni imaginar que tampoco su madre iba a heredar nada y que todo se lo iban a quedar las mellizas, lo merecieran o no. Y Sydney y sus hijas sabían que no lo merecían, ni mucho menos.

Fue en autobús al aeropuerto y llegó justo a tiempo de coger su vuelo de Air France de las diez de la noche. Viajaba en *business*. Andrew prefería volar en primera, pero esos días habían acabado para ella. Había utilizado las millas que tenía acumuladas para pagar el billete en *business*, un último capricho de lujo y confort, porque quería dormir en el avión.

Le ofrecieron la cena en el vuelo, pero ella la rechazó. No había comido nada, pero no tenía hambre. Reclinó el asiento, cerró los ojos y recordó la última vez que Andrew y ella fueron a París, seis meses antes, en Año Nuevo. Al pensar en ello no pudo evitar que las lágrimas se deslizaran por sus mejillas mientras intentaba dormir. Al final el ruido monótono del avión la ayudó a dormir y solo se despertó cuando se preparaban para aterrizar en el aeropuerto Charles de Gaulle y una azafata le pidió que pusiera el respaldo en posición vertical. El sol brillaba sobre París. El aterrizaje fue suave y momentos después estaba de pie junto a la cinta de equipajes, esperando su maleta. No viajaba con lujos, como lo hacía con Andrew.

Era únicamente una mujer sola que iba a París a vender un apartamento que adoraba.

Intentó no pensar en ello ni en lo divertido que había sido su último viaje cuando se subió en un taxi y le dio al taxista la dirección de su apartamento, al que posiblemente iba por última vez.

2

Sydney resolvió todos los asuntos que la habían llevado a París en un solo día. Se reunió con la agente inmobiliaria, que fue muy sincera con ella. Le explicó que, debido a la situación política que había en ese momento en Francia y a los altos impuestos, entre ellos uno que gravaba fuertemente las grandes fortunas, hacía varios años que muchos residentes franceses optaban por dejar el país para irse a Bélgica o a Suiza. Por otro lado, los compradores de propiedades inmobiliarias de alto nivel, que venían de Rusia, China o los países árabes, querían apartamentos ostentosos y con grandes lujos en la avenue Montaigne o en el distrito dieciséis. Y últimamente, además, preferían invertir en Londres, más que en París, por miedo a que les aplicaran los impuestos franceses aunque fueran extranjeros; el gobierno necesitaba recaudar dinero como fuera. Lo que estaba claro es que esos compradores no buscaban apartamentos pequeños y pintorescos como el que ella tenía. La agente inmobiliaria sugirió que sería preferible alquilarlo a un precio razonable y esperar a que mejorara la situación del mercado. Tras escuchar sus argumentos, Sydney accedió. Una renta modesta no solucionaría sus problemas financieros, pero le proporcionaría unos pequeños ingresos regulares todos los meses que le serían de ayuda. Le dijo a la agente inmobiliaria que no lo alquilara durante más de un año y que lo mantuviera en el mercado, por si surgía algún comprador.

Esa noche y el día siguiente se dedicó a pasear por París, intentando evitar sus lugares favoritos, a los que iba con Andrew, lo que era prácticamente imposible porque lo que más les gustaba era perderse por la ciudad. Iban a los museos, los jardines, las galerías comerciales y los bares famosos, como el del Ritz, al que iba Hemingway, el Café de Flore y el Ladurée, donde solían ir a tomar el té. Se mantuvo alejada de las tiendas de la rue du Faubourg Saint-Honoré y la avenue Montaigne, porque ya no podía permitirse comprar allí. Se llevó del apartamento los objetos pequeños que tenían un valor sentimental para ella: algunas cosas que Andrew le había regalado, otras que compraron juntos, fotografías suyas por todo París... Compró otra maleta para poderse llevar también sus cuadros pequeños, que envolvió con mucho cuidado. No sabía cuándo volvería, ni siquiera si podría hacerlo, ni tampoco quién sería el nuevo inquilino.

Fue un viaje relámpago, pero le dio tiempo a hacer todo lo que tenía previsto. Les había enviado mensajes a sus hijas para asegurarles que estaba bien. Cuando miró el apartamento por última vez no pudo evitar que se le saltaran las lágrimas. Sin todos esos objetos que se llevaba con ella, el piso ya se veía más impersonal. Cogió un taxi hasta el aeropuerto y durante el trayecto fue mirando en silencio la ciudad por la ventanilla. Después de facturar, se sentó un rato en la terminal. Se sentía derrotada tras ese breve desplazamiento.

Cuando subió al avión llevaba el pelo largo, liso y rubio, recogido en una coleta. Se había puesto una camisa blanca bien planchada y vaqueros negros, zapatos planos y llevaba el bolso Kelly de Hermès de cuero negro que Andrew le había regalado varios años antes. Se le había ocurrido que podría venderlo también, en alguna tienda de segunda mano de primeras marcas, si la situación se volvía muy desesperada y se veía en la necesidad. Tenía que hacerse a la idea de que ya no disponía de dinero.

Cogió el último vuelo que salía de París para poder dormir y esta vez también tenía intención de saltarse la cena. Se sentó junto a la ventanilla, al lado de un hombre que llevaba corbata y un traje gris. Él se quitó la corbata antes de despegar, la metió en el bolsillo de la chaqueta, que la azafata se llevó para colgar, y se remangó la camisa. Sydney dedujo que sería más o menos de su edad. Tenía algunas canas en el pelo, que llevaba bien peinado. Parecía de posición acomodada; lucía un reloj Rolex de oro y supo que estaba casado porque llevaba alianza. Los dos se saludaron con un gesto de la cabeza, pero ninguno tenía ganas de hablar, lo que supuso un alivio para Sydney. No estaba de humor. Cerró los ojos y reclinó el asiento. Ya le había dicho a la azafata que no quería cenar. Se había comido un sándwich en un bistró que estaba cerca del apartamento y que a Andrew y a ella les encantaba. Las camareras se mostraron muy afectadas al oír lo que le había pasado a Andrew y le dieron un sentido pésame.

Se sentía muy cansada después de todas las emociones que le había provocado estar en París sin él y dejar el apartamento sabiendo que lo iba a alquilar o a vender y se sumió en un sueño profundo, fruto del agotamiento. Se despertó tras varias horas de vuelo, cuando el piloto anunció por los altavoces, primero en francés y después en su idioma, que tenían un problema mecánico y que iban a hacer un aterrizaje de emergencia. También advirtió, por si algún pasajero lo veía por las ventanillas, que estaban perdiendo combustible sobre el Atlántico y explicó que estaban a una hora de Nueva Escocia, donde habían decidido aterrizar. Sydney miró al hombre que tenía a su lado, que le devolvió la mirada levantando una ceja. Ella no sabía si era estadounidense o francés, ni qué idioma hablaba. Tras oír lo que había dicho el piloto, a Sydney se le había disparado el corazón a mil por hora.

Eso de «un aterrizaje de emergencia» no sonaba nada bien.

—¿Ha estado alguna vez en Nueva Escocia? —le preguntó entonces el hombre que tenía a su lado con una sonrisa preocupada.

Ella negó con la cabeza.

—No, y no es que tenga muchas ganas. ¿Qué cree que le pasa al avión?

—Seguro que se han quedado sin *foie-gras* en primera clase y vamos a hacer una paradita para reaprovisionarnos. —Se había dado cuenta de lo asustada que estaba ella e intentaba quitarle hierro al asunto—. El año pasado, cuando volvía de China, el avión tuvo que hacer un aterrizaje de emergencia porque tenía un motor ardiendo y no pasó nada. Lo de posar en tierra estos enormes pajarracos lo tienen dominado, incluso en situaciones imprevistas. Seguro que no hay problema. —Estaba intentando tranquilizarla porque se había dado cuenta de que le temblaban las manos cuando sacó un pañuelo de papel de su bolso y se sonó la nariz.

—Acabo de perder a mi marido —confesó con un hilo de voz—. Y no tenía intención de reunirme con él tan pronto. Tengo dos hijas en Nueva York.

Nunca le habría contado tantos detalles sobre su vida a un desconocido en una situación normal, pero el mensaje del piloto la había asustado y estaba muy nerviosa.

—Siento mucho lo de su marido —contestó él educadamente—. Yo tengo dos exmujeres y una esposa, con la que todavía estoy casado, que se van a enfadar mucho si me estrello con este avión. Y un hijo en St. Louis que seguramente también lo sienta.

Ella sonrió ante su respuesta.

—¿Fue un cáncer? —preguntó él con mucho tacto, para distraerla de la situación del avión.

Ella negó con la cabeza.

—Un accidente de moto. Solo tenía cincuenta y seis años.

Él respondió con una expresión compungida. Se preguntó qué habría ido ella a hacer a París, pero no quiso interrogarla más.

—Seguro que vamos a salir de esta sanos y salvos —insistió el hombre.

Unos minutos después les pidieron que se pusieran los chalecos salvavidas y, de repente, el avión empezó a dar bandazos. Él instintivamente extendió el brazo y la cogió de la mano con fuerza. Tenía unas manos grandes y suaves, que le resultaron reconfortantes. Aunque era un extraño, se alegró de estar sentada a su lado en vez de estar sola.

—No pretendo propasarme —aclaró, sin soltarle la mano—. Solo quiero que sepa que estoy con usted en esto. Podemos hablar de las consecuencias después. Pero no se lo diga a mi mujer.

Al oírlo, ella rio a pesar de todo. Empezó a verse tierra a lo lejos, pero las sacudidas siguieron e incluso empeoraron. De repente, comenzaron a perder altitud rápidamente y durante un momento pareció que se iban a estrellar contra el agua. Sydney dio un respingo y él le apretó más la mano. Pero un segundo después el avión se enderezó, justo cuando sobrevolaba el agua, y se dirigió a la pista de aterrizaje. El aparato hacía un sonido grave aterrador y a Sydney le pareció oír en la parte de atrás una pequeña explosión, como el petardeo del tubo de escape de un camión. Por fin pareció que ganaban velocidad y se acercaban a lo que ya se veía que era un aeropuerto. Toda una flota de vehículos de emergencia los aguardaban con sus luces parpadeantes.

—Ya casi hemos llegado —dijo él con voz tranquila—. Y nos están esperando. Nos van a sacar de aquí dentro de un momento —aseguró con voz decidida.

Ella asintió, sin apartar la vista de los camiones de bomberos y las ambulancias que había en tierra, mientras rezaba para que él tuviera razón.

Sydney sabía que no le esperaba nada bueno en un futuro próximo, pero no podía morir también y dejar definitivamente solas a sus hijas.

Aterrizaron con un fuerte golpe y rebotaron en el suelo varias veces. El avión se ladeó mucho y todos se dieron cuenta de que el tren de aterrizaje de un lado no había bajado. Pero, aparte de eso, no ocurrió nada más y la aeronave se detuvo completamente sin más contratiempos. Les llegó el ruido de las sirenas cuando la tripulación abrió las puertas y desplegó las rampas rápidamente. Les dijeron que se quitaran los zapatos, que dejaran el equipaje de mano en el avión y que fueran a la salida más cercana, mientras los miembros de la tripulación, con una insignia roja en la solapa, les iban dirigiendo hacia las rampas hinchables. Uno por uno, todos fueron saliendo y los equipos de rescate, que estaban en tierra, los acompañaron hacia unos autobuses. La evacuación del avión se hizo ordenadamente. Unas cuantas mujeres lloraban, de alivio básicamente, pero nadie entró en pánico. Todos parecían algo conmocionados, pero estaban mucho menos asustados. Los autobuses los llevaron hasta la pequeña terminal y, desde ahí, a un colegio con un gimnasio lo bastante grande para albergarlos a todos. El runrún de las conversaciones fue aumentando de volumen cuando la gente empezó a comentar lo que había pasado y los pasajeros encendieron sus teléfonos para llamar a sus seres queridos, que los esperaban en casa, para tranquilizarlos.

Su vecino de asiento llamó a su mujer y Sydney a sus dos hijas. Ninguna se lo cogió, nunca lo hacían, así que les dejó un mensaje explicándoles que su avión había tenido que realizar un aterrizaje de emergencia en Nueva Escocia, que estaba bien y que volvería a casa pronto.

Cuando los dos terminaron sus llamadas, su compañero parecía relajado.

—Me llamo Paul Zeller, por cierto —se presentó.

—Gracias por darme la mano. Estaba muerta de miedo —admitió, aunque no era necesario porque él ya se había dado cuenta—. Yo soy Sydney Wells.

—Mi mujer no vuela si no es estrictamente necesario y, aun así, solo lo hace si la acompaña una enfermera psiquiátrica y después de tomarse tres Trankimazines y una botella de champán.

Sydney rio mientras veía cómo los voluntarios colocaban colchonetas en el gimnasio al que los habían llevado. También les dieron zapatillas de papel a todos los pasajeros. Les habían informado de que al día siguiente continuarían el viaje en otro avión, así que tenían por delante una larga noche y tal vez también un día igual de largo.

—¿Qué le ha llevado a París? —preguntó él. Sentía curiosidad por saber la razón, sobre todo teniendo en cuenta que su marido acababa de fallecer.

—Tengo un apartamento allí. Quería venderlo, pero al final he decidido alquilarlo. No creo que lo vuelva a utilizar. No podría.

Él asintió.

—Yo he ido por negocios. Me dedico al mundo de la moda —contó él, orgulloso.

—Yo también trabajé en ese mundo. Antes de casarme era diseñadora. Pero eso fue hace mucho tiempo.

—¿Y para quién trabajaba? —Ella le dijo el nombre de la firma y él se quedó impresionado—. Era una marca importante. Una pena que cerraran. El dueño murió y no había nadie que pudiera hacerse cargo de ella.

—Yo eché mucho de menos mi trabajo al principio, pero después me acostumbré. Decidí quedarme en casa con mis hijas y con mi marido.

—¿Alguna vez ha pensado en volver a la industria? —quiso saber él, interesado.

—Hasta ahora no me lo había ni planteado. Pero la verdad es que no sé si podría volver a diseñar. Ha pasado mucho tiempo y no estoy al día con todas esas nuevas tecnologías de diseño digital de última generación.

—La tecnología no puede sustituir la experiencia y el verdadero talento. Seguro que sabe más de lo que cree. La tecnología digital se puede aprender; el talento y el sentido estético no —aseguró.

Ella no quiso parecer indiscreta y se abstuvo de preguntarle el nombre de su empresa, que él no le había dicho.

—Eso sí, las cosas han cambiado mucho desde que usted estaba en el negocio —continuó él—. La gente ahora quiere precios accesibles y prendas del mejor estilo a bajo coste. Las mujeres que no tienen mucho dinero también quieren ir a la moda. Nosotros intentamos cubrir esa demanda. Y en estos tiempos todo el mundo tiene las fábricas en China, hasta las marcas más caras. O eso, o subcontratan el trabajo con los productores de China, de lo contrario no hay forma de obtener beneficios. Todos lo hacemos.

—Nosotros comprábamos las telas en Francia y teníamos fábricas en Italia —comentó Sydney con nostalgia—. Hacíamos cosas preciosas.

—Y pedirían un precio que era cien o doscientas veces mayor que el que puedo cobrar yo. —Sonrió—. Usted estaba en un mercado distinto y se dirigía a una clientela diferente. Eso todavía existe, pero los márgenes de beneficio son mejores en el mercado al que me dedico yo —comentó, pragmático.

Por lo que decía, ella dedujo que vendía artículos de precio moderado, o incluso bastante bajo, lo que también tenía su mérito. Y supondría mucho negocio si movía grandes volúmenes.

—El mundo ahora es completamente diferente —reconoció ella—. Veinte años atrás no podías comprar ropa de moda a precios razonables y ahora sí. Y la verdad es que eso me parece bien, porque la moda debería estar al alcance de todo el mundo, no solo de las mujeres que se pueden gastar diez mil dólares en un vestido de noche.

—Lo que acaba de decir es como música para mis oídos —respondió y parecía encantado—. Debería pensar en volver a diseñar —la animó.

Pero ella no estaba convencida. Se sentía totalmente desfasada para volver al negocio, aunque había disfrutado mucho los diez años en que trabajó como diseñadora tras acabar sus estudios en la Parsons School of Design de Nueva York.

—Parece que todavía lo lleva en la sangre. —Él se había fijado en que todo lo que lucía era de la mejor calidad y se dio cuenta de que tenía estilo, aunque solo llevaba unos simples vaqueros, una camisa blanca y unos sencillos aros de oro en las orejas.

—Ahora me limito a ser consumidora —dijo modestamente—. Pero es algo genético. Mis dos hijas son diseñadoras también —comentó, orgullosa.

—¿Y para quién trabajan?

Era curioso que se hubieran encontrado en ese avión lleno de gente dos personas que tenían relación con el mundo de la moda. Le dijo para quién trabajaba Sabrina y él enarcó ambas cejas.

—Vaya, muy impresionante. Tiene que ser muy buena.

—Sí. Y una purista. Ella cree que la moda solo existe en el enrarecido ambiente en el que ella trabaja. Mi hija pequeña hace ropa de precios moderados para adolescentes —explicó.

Él asintió, pero las dos firmas que había mencionado estaban fuera de su liga, porque se dirigían a unos clientes potenciales con mayor poder adquisitivo, sobre todo en el caso de Sabrina. Las tres eran diseñadoras de alto nivel, nada que ver con lo que él hacía. Sydney lo había deducido, pero respetaba su trabajo también. De vez en cuando ella compraba ropa barata, de firmas que no tenían renombre pero que le gustaban. Lo que ella valoraba era el buen diseño. Las marcas con precios bajos demostraban una honradez refrescante y no pretendían fingir ser algo que no eran. Y, en ocasiones, le parecía que en el mundo de Sabrina todos se tomaban la moda demasiado en serio. Era divertido encontrar una ganga de vez en cuando. Le dijo eso mismo a Paul Zeller y él estuvo de acuerdo.

Hablaron del tema un rato y después decidieron ir a la cafetería. Les sorprendió darse cuenta de que tras la angustiosa experiencia que habían vivido les había entrado hambre. De repente la vida les parecía mejor, como si les hubieran dado una segunda oportunidad porque el avión no se había estrellado y no habían muerto. Toda la gente que había allí charlaba animadamente y aparentaba tener la misma sensación. Estaban sirviendo vino a todo aquel que quisiera beber. Había una especie de espíritu colectivo de camaradería y agradecimiento por haber sobrevivido y el ambiente era festivo.

Después de la cena se tumbaron en dos colchonetas que había, una junto a la otra, y continuaron la conversación. Él le habló del hijo que tenía en St. Louis, que era pediatra, y de quien obviamente estaba muy orgulloso, tanto como ella de sus hijas. Les anunciaron que estaba previsto que continuaran el viaje al día siguiente a mediodía. Mientras Paul le contaba algunas de sus aventuras en China, Sydney se quedó dormida. Y por primera vez desde la muerte de Andrew, no la mantuvieron despierta esos miedos que la atenazaban y durmió profundamente toda la noche.

A la mañana siguiente, cuando se despertaron, el sol entraba a raudales en el gimnasio. Los dos habían dormido bien y fueron a tomar café juntos. La pastelería local había llevado un camión lleno de bollería para todos. Después pudieron recoger su equipaje y estuvieron una hora haciendo cola para poder ducharse. Paul y Sydney se encontraron afuera después de cambiarse y pasearon un poco, encantados de volver a llevar zapatos de verdad. Habían podido sacar del avión su calzado y su equipaje de mano. La zona circundante era bonita y el mundo nunca les había parecido tan hermoso y tan lleno de optimismo como en ese momento, tras la experiencia cercana a la muerte de la noche anterior.

Hablaron sobre lo que les gustaba hacer en su tiempo libre. Paul dijo que en su juventud fue atleta y senderista y Sydney le contó un viaje a Wyoming que hizo con Andrew y las niñas cuando eran pequeñas y destacó lo impresionante que era la zona de Grand Teton. Él admitió que era un adicto al trabajo y que le encantaba lo que hacía y ella confesó que le aterraba la idea de ponerse a buscar un trabajo ahora y que no sabía ni por dónde empezar. Él se sorprendió; no parecía una mujer que necesitara trabajar. Volvió a fijarse en su bolso Kelly. No quiso ser maleducado y preguntar por su situación financiera, pero ella vio el interrogante en su mirada.

—Es complicado —fue lo único que dijo.

Él asintió.

—Suele pasar cuando muere alguien. Las cosas ya son bastante duras cuando te divorcias y hay que dividir el patrimonio. ¿Su marido tenía hijos también?

—Sí —dijo ella en voz baja y Paul lo comprendió.

—Al final todo se arregla. Es lo que pasa siempre. Solo hace falta tiempo.

Ella asintió, se sentó en un sitio donde daba el sol y cerró los ojos. Paul era una persona con la que era fácil pasar el rato y estaba claro que era un buen hombre. Había tenido suerte de que le tocara sentarse a su lado en el avión. La experiencia habría sido mucho más aterradora sin él y le estaba agradecida.

El avión de sustitución llegó por fin a las dos de la tarde y de él bajó un equipo de asistencia para arreglar el avión averiado. Se sentaron en los mismos asientos que tenían originalmente y pasaron el vuelo a Nueva York charlando a ratos y descansando en un silencio cómodo. Cuando aterrizaron en el aeropuerto JFK, se sentían como si fueran viejos amigos que hubieran pasado más de una guerra juntos.

—¿Quieres que te lleve a la ciudad? —se ofreció él, ya tuteándola, cuando los dos se dirigían a la cinta de equipajes.

Después de todo lo que habían pasado, el control de aduanas e inmigración fue rápido y a su llegada había unos representantes de la aerolínea esperándolos para recibirlos, pedirles disculpas y ofrecerse para cualquier cosa que necesitaran. La emergencia se había resuelto de forma eficiente y todos los pasajeros vitorearon y aplaudieron al capitán cuando salió acompañado de la tripulación del vuelo original. Todos ellos habían gestionado la emergencia de una forma perfecta.

—Voy a Connecticut —dijo Sydney cuando recogieron sus maletas y llegaron a la salida—. Vivo allí. —«Al menos durante unas pocas semanas más», pensó—. Será mejor que coja un autobús. Acabo de alquilar un apartamento en Nueva York y me voy a mudar a la ciudad pronto.

Él sacó la cartera del bolsillo y le dio su tarjeta.

—Si alguna vez puedo hacer algo por ti o quieres volver a trabajar como diseñadora, llámame. Si no, avísame cuando vengas a la ciudad y comemos juntos. Te aseguro que me encantaría.

—Gracias —respondió ella y guardó la tarjeta en el bolso—. No sé cómo agradecerte todo lo que has hecho. Has conseguido que toda esta aterradora experiencia no haya sido para tanto.

Paul la acompañó hasta su autobús. Ella le dio un abrazo para despedirse y él sonrió.

—Solo recuerda que no debes preocuparte. Todo va a salir bien. Dale un poco de tiempo —afirmó con el mismo tono tranquilizador que había utilizado cuando estaban en el avión—. Cuídate mucho, Sydney —se despidió con cariño.

—Tú también —respondió. Después subió al autobús y le dijo adiós con la mano desde el interior.

Cuando ya se acercaba a Connecticut fue sumiéndose poco a poco en la tristeza. Odiaba tener que volver a esa casa oscura y vacía. Y esa noche, cuando volvió a sacar sus listas para intentar calcular de cuánto dinero disponía y cuánto le iba a durar, pensó en Paul y sonrió, esperando que él tuviera razón. Tal vez todo saldría bien al final. Pero tenía que tomar muchas decisiones antes de eso.

Sydney había enviado mensajes a sus dos hijas para decirles que ya estaba en casa. Las dos la llamaron a la mañana siguiente, temprano. Como solía ocurrir, Sabrina estaba más tranquila, mientras que Sophie estaba hecha un manojo de nervios. Su madre tuvo que describirles toda la experiencia a ambas. También les habló de Paul Zeller. Sabrina le preguntó el nombre de su empresa y Sydney reconoció que él no había llegado a decírselo. Estaría en su tarjeta, pero ella no la encontró en el interior de su bolso cuando la buscó. Sabía que estaba ahí, pero su bolso parecía una papelera en ese momento. Siempre le pasaba eso cuando viajaba. Así que le dijo que ya la buscaría después.

Las dos le prometieron que irían a pasar el fin de semana con ella. Aprovecharía su visita para contarles que tenía que dejar la casa. Sabía que iba a ser un duro golpe para ellas, pero no podía retrasarlo más. Merecían saber lo que estaba pasando y que iba a mudarse a un apartamento amueblado en Nueva York dos semanas más tarde. Al menos estaría más cerca de ellas. Y tenía intención de empezar a buscar un trabajo en cuanto le fuera posible, algo que seguro que también las sorprendería mucho. Ellas apenas se acordaban de cuando su madre trabajaba, porque tenían nueve y once años cuando lo dejó. Parecía que habían pasado siglos.

Cuando las chicas fueron a verla el sábado, durante la comida les dio la noticia de que Andrew no tenía un testamento reciente y que todo lo que él poseía era ahora propiedad de Kellie y Kyra. Sus hijas se quedaron mirándola con la boca abierta. Sabrina fue la primera en hablar:

—Pero eso no es posible, mamá —dijo, muy segura—. Él

no te haría algo así. No era un hombre irresponsable y te quería mucho.

—Nos quería a las tres, y si hubiera hecho un nuevo testamento, seguro que os habría dejado algo a vosotras también. Pero no tuvo oportunidad. Me habló de hacer un nuevo testamento cuando firmamos el acuerdo prematrimonial antes de casarnos, pero los testamentos son algo complicado, así que se le olvidó o nunca encontró el momento para hacerlo. Y tampoco nos preocupamos de cambiar el acuerdo prematrimonial, que era algo que él también tenía intención de hacer. Era demasiado joven aún para preocuparse por la muerte. —Andrew tenía una salud envidiable—. Nadie espera morirse con cincuenta y seis años.

—¿Así que esas dos brujas lo han heredado todo? —preguntó Sabrina, furiosa por lo que eso significaba para su madre y, sobre todo, por lo mal que sus hermanastras se habían portado siempre con ella.

—Prácticamente —reconoció Sydney con un hilo de voz—, excepto el apartamento de París, porque me lo regaló y estaba a mi nombre.

—¿Y esta casa? —siguió preguntando Sabrina, consternada por su madre.

Se habían quedado destrozadas con la muerte de Andrew y muy preocupadas por su madre en general, pero esa nueva información añadía un problema financiero a las circunstancias ya de por sí dramáticas. No era difícil deducir que ella iba a tener dificultades para salir adelante si él no había previsto alguna forma de asegurar su situación.

—Ahora es suya, y también todo lo que hay en ella —confesó Sydney, aborreciendo cada palabra—. Tengo que mudarme dentro de dos semanas, algo menos quizá. He alquilado temporalmente un apartamento en Nueva York. No es bonito, pero está amueblado y al menos tendré un sitio donde dormir.

Pensar que su madre se iba a quedar prácticamente de patitas en la calle hizo que a Sophie se le llenaran los ojos de lágrimas. Sabrina, en cambio, estaba demasiado furiosa para llorar. Quería matar a alguien, preferiblemente a sus dos perversas hermanastras, que iban a disfrutar de un premio imprevisto gracias a la despreocupación de su padre. Sophie todavía no había llegado a ese punto. Y Sydney se negaba a dejarse llevar por la ira. Había amado mucho a Andrew en vida y tenía intención de seguir haciéndolo tras su muerte. Sabrina no era tan leal ni tan noble como ella. Siempre había tenido una personalidad impetuosa, detestaba todas las injusticias y estaba dispuesta a luchar por las causas en las que creía.

—¿Te tienes que ir de aquí? —insistió Sabrina, mirándola fijamente con una expresión que era una mezcla de incredulidad y desesperación.

—Las mellizas me han dado treinta días —explicó Sydney casi en un susurro.

—¿Y todo lo que hay aquí? ¿Los muebles, las obras de arte, todo lo que comprasteis juntos? No tienen derecho a quedarse con todo eso también.

—En realidad, sí lo tienen. Su padre lo pagó todo y según el testamento les corresponde a ellas heredarlo. No me conocía aún cuando lo redactó. —Sydney casi podía ver cómo su hija echaba humo y reconoció la indignación en su mirada.

—¿Y ellas no han aceptado concederte algún tipo de período de gracia? ¿Hasta que puedas organizarte y encontrar un lugar decente donde vivir? —continuó Sabrina.

Sydney negó con la cabeza. No quería decirles que ya no podía permitirse un lugar decente y que incluso alquilar el diminuto apartamento amueblado en el edificio destartalado iba a suponer un esfuerzo económico para ella.

—¿Has hablado con un abogado?

—Por supuesto. Pero no hay nada que pueda hacer. El testamento es muy claro al respecto. Y el acuerdo prematrimonial lo empeora todo, porque renunciamos a los bienes gananciales. Como él lo pagó todo, todo era suyo y ahora de ellas, excepto los regalos que me hizo y que están a mi nombre, como las joyas o el apartamento de París. Lo único que yo aporté al matrimonio es lo que había ahorrado mientras trabajaba y que me gasté hace ya mucho tiempo. —Costaba admitirlo ante ellas, pero quería ser sincera con sus hijas.

—¿Y no pensó en asegurarte económicamente de alguna manera, mamá? —quiso saber Sabrina, mostrándose práctica—. ¿Te dejó algún dinero? No quiero ser entrometida, pero es que siempre había supuesto que tú mantendrías tu posición socioeconómica si a él le pasaba algo. No me podía imaginar que perderías la casa o que tendrías que irte.

Las dos chicas estaban profundamente afectadas. Les costaba creer lo que su madre acababa de decirles. La propiedad en la que Andrew y ella habían vivido era una de las más grandes y bonitas de la Costa Este.

—Teníamos una cuenta corriente conjunta para los gastos de la casa y mis gastos personales, con un dinero que podía utilizar para lo que quisiera. También me queda el apartamento de París, que tengo previsto vender. Estoy esperando a que el mercado inmobiliario mejore. Mientras tanto lo voy a alquilar y eso me va a proporcionar unos módicos ingresos. Y tengo joyas que puedo vender. Pero voy a necesitar encontrar un trabajo.

—Oh, Dios mío, mamá... —Sabrina se apoyó en el respaldo de la silla de la cocina y la miró fijamente.

Sus hijas parecían dos versiones de la misma cara, la luz y las sombras. El yin y el yang. Sabrina tenía las facciones delicadas de su madre, aunque Sydney era rubia y el pelo de Sabrina era de color ébano brillante, mientras que Sophie tenía unos rasgos más suaves y redondeados, no era tan alta como su madre o su hermana y, por razones genéticas que nadie podía explicar, era pelirroja.

—¿Cuándo te enteraste? —preguntó su hija mayor.

—El día después del funeral. Jesse vino a verme.

—¿Y por qué no nos lo has dicho antes? —preguntó Sophie con una suave vocecilla, sufriendo por su madre.

—Solo han pasado poco más de dos semanas y yo también tenía que asumirlo. Por eso me fui a París, para poner a la venta el apartamento. Esta semana voy a empezar a llamar a agencias de empleo. Pero no sé qué me van a decir. Hace dieciséis años que no trabajo. Espero encontrar algún trabajo que tenga que ver con la moda o el diseño, pero tal vez tenga que hacer otra cosa. —Sonaba preocupada al decirlo.

Sophie se inclinó hacia ella y le cogió la mano.

—Lo de diseñar ropa no es algo que se olvide —dijo.

—Pero mis habilidades resultan completamente arcaicas en el mundo actual. La gente ya no lleva la ropa que yo diseñaba antes. Creo que estoy completamente desfasada.

Estaba asustada y no quería parecer vulnerable ante sus hijas, pero no podía negar la realidad.

—¿Y te las vas a arreglar bien por ahora, hasta que encuentres un trabajo? —preguntó Sabrina muy seria.

—Lo estaré cuando venda el apartamento de París y tenga un empleo. Hasta entonces, podré apañarme por una temporada, pero voy a andar muy justa. Todavía queda dinero suficiente en la cuenta para pagar los gastos básicos durante un período corto de tiempo, pero no para siempre.

Era doloroso admitir ante sus hijas que estaba casi sin un céntimo. Y no tenía ni la más mínima intención de ser una carga para ninguna de las dos, ni de aceptar su dinero. Sabrina tenía un muy buen salario, bien merecido por el trabajo que hacía diseñando cuatro colecciones al año, y a Sophie también le iba razonablemente bien, aunque ganaba menos que su hermana diseñando ropa para adolescentes. En ocasiones, cuando lo había necesitado, Andrew y su madre la habían ayudado económicamente. Pero Sydney ya no podía seguir echándole una mano y la miró con aflicción. Aquel era el peor revés que le podía deparar el destino. Un día estaba viviendo una vida segura, rodeada de lujos, y al siguiente se veía en un apartamento diminuto, desesperada por tener pronto un trabajo, si es que podía conseguirlo.

—Si no encuentro nada más, siempre puedo vender ropa en una tienda —sugirió con mucha humildad, dispuesta a hacer lo que fuera necesario.

—No digas bobadas —contestó Sabrina con los dientes apretados—. Mira esta casa y todo lo que hay en ella, por todos los santos. ¿Y ahora vas a ser dependienta? Vamos, mamá. Las mellizas no pueden hacerte esto. Ellas no necesitan el dinero. Andrew les debe de haber dejado una buena fortuna, si es que han heredado todo. Y lleva años dándoles dinero. Su padre les hizo un fideicomiso y su madre tiene un pastizal.

Aparte de contar con el dinero que le había pagado Andrew por el divorcio años atrás, Marjorie era una de las interioristas con más éxito de Los Ángeles, muy solicitada por la gente de Bel Air, y había decorado las casas de las grandes estrellas.

—Todo eso es cierto, pero no podemos hacer nada con el testamento. Él no lo cambió. A veces la vida es así. A mí tampoco me gusta, pero no me queda más remedio que aceptarlo. ¿Qué otra opción tengo?

Sabrina sintió que se le llenaban los ojos de lágrimas de rabia. Justo en ese momento su madre se acordó de algo, se levantó de la mesa y volvió un momento después con la tarjeta de Paul Zeller. La había encontrado en su bolso la noche antes y quería enseñársela.

—Ya os he hablado del hombre que estaba sentado a mi lado en el avión. Es un buen tipo y, por lo visto, es el dueño de una empresa enorme. Me dio la impresión de que vende moda barata. Me dijo que lo llamara si quería volver al mundo del diseño. Tiene fábricas en China y se portó estupenda-

mente conmigo cuando estaba muerta de miedo. Esta mañana he pensado que quizá debería llamarlo. El otro día, cuando
me lo preguntasteis, no me acordaba del nombre de su empresa. —Le dio la tarjeta a Sabrina—. Se llama Lady Louise.

Cuando oyó el nombre, Sabrina cerró los ojos y soltó un
gruñido.

—Oh, por favor, no me digas que el hombre que conocis-
te en el avión es el dueño de Lady Louise. Es lo peor de la industria. Deberías haberle tirado al Atlántico a la primera oportunidad. ¿No sabes quién es?

Sydney negó con la cabeza. Sophie también parecía decepcionada. Había reconocido el nombre de la empresa. Todos
los que trabajaban en la industria de la moda lo conocían.

—Es el mayor magnate de las imitaciones en el mundo de
la moda —explicó Sabrina—. Se dedica a copiar a los diseñadores de verdad. Y ni siquiera intenta disimularlo. Contrata
diseñadores recién salidos de la universidad, sin experiencia,
y les paga diez veces menos de lo que vale su trabajo. Tiene
un montón de gente por ahí, fotografiando todas las prendas
estilosas que encuentran. No tiene vergüenza. Les cambia lo
mínimo para que no sean copias exactas y no lo puedan acusar de plagio, aunque de todas formas la mayoría de los diseños no se pueden registrar como propiedad intelectual. Lo
produce todo en China, por una miseria y con telas de muy
mala calidad, y lo tiene en las tiendas mucho antes de que a
ninguno de nosotros nos hayan enviado nuestros productos.
Se pueden comprar las copias de mis diseños que hace él antes de que los originales estén a la venta. Ese hombre no tiene
nada de respetable. Nunca ha vendido una prenda original.
Hace basura de la peor calidad.

—Dice que hay mercado para lo que él vende y que acerca
la verdadera moda a la gente que antes no podía permitírsela
—respondió Sydney—. El concepto es bueno, si es que es cierto. No todo el mundo puede permitirse la ropa que tú haces,

Sabrina. De hecho, solo se la pueden comprar unas pocas personas. ¿Qué tiene de malo acercar la moda a la mayoría de la gente? No seas tan purista.

Sabrina se enfadó al oír lo que acababa de decir su madre.

—No habría nada malo en ello si su equipo de diseño hiciera sus propias creaciones de vez en cuando, o solo se «inspirara» en otras. Pero lo único que hacen es copiarnos al resto, fabricar lo más barato posible y dejar que nosotros marquemos las tendencias cada temporada. No es más que una enorme fotocopiadora, mamá. Nunca he visto ni una sola prenda suya que sea original. Plagia incluso los diseños que hace Sophie para los adolescentes. No puedes trabajar para un individuo como ese. Tienes una reputación. La gente todavía recuerda lo que hacías. De vez en cuando encuentro vestidos tuyos en las tiendas *vintage* cuando estoy investigando. Hacías una ropa preciosa. Y no copiabas a nadie. Tienes tu propio estilo. La gente sigue respetando el nombre de Sydney Smith, aunque hayan pasado veinte años. Vas a ser el hazmerreír de todo el mundo si trabajas para ese tipo. Y nosotras también lo seremos.

—No puedes ser tan esnob, Sabrina. Además, antes o después voy a necesitar un trabajo para pagar las facturas y no se puede decir que tenga donde elegir.

—Haz cualquier cosa, donde quieras, pero no trabajes para ese hombre. Es lo peor de lo peor.

Sabrina se lo estaba suplicando y Sophie apoyaba a su hermana, aunque lo expresaba de una forma menos enérgica, como era habitual.

—Mamá, en la industria nadie respeta lo que él hace. Sabrina tiene razón. Nos copia incluso a nosotros, y la nuestra es una línea joven y barata, nada estratosférico como lo de Sabrina. Lo copia todo, a todo el mundo, sin la más mínima vergüenza. Confía en nosotras, es un parásito. Solo hace malas imitaciones, no respeta a nadie, y ni una sola cosa de las que vende la han diseñado en su empresa. Todo es de otra persona, solo que más barato y peor.

Sydney se preguntó si debería comprobarlo por sí misma. El concepto de Lady Louise era bueno. Los productos que hacían no podían ser tan malos. Sabía lo posesiva que era Sabrina con todo lo que tenía que ver con sus diseños. Su hija mayor trabajaba para una firma que se podía permitir pedir el precio que quisiera, gracias a su nombre y a que la calidad de la ropa que hacían era excelente. Pero Sophie no trabajaba para esa élite y ella también lo rechazaba. Aunque lo cierto es que había demanda en el mercado para productos baratos y todo lo que Paul le explicó cuando habló con ella en Nueva Escocia parecía tener sentido. Pero decidió no seguir insistiendo en el tema. Sus hijas se mostraban realmente preocupadas porque se estuviera planteando pedirle trabajo.

—Sea como sea, se portó estupendamente conmigo cuando el avión estuvo a punto de estrellarse contra el agua. Estaba muerta de miedo y habría tenido un ataque de pánico si no hubiera estado él a mi lado.

—Gracias a Dios que no te pasó nada —dijo Sophie, afectada—. Estaríamos perdidas sin ti, mamá. Sabrina y yo te ayudaremos a encontrar un trabajo, ¿a que sí?

Miró fijamente a su hermana mayor y Sabrina asintió, inquieta por todo lo que había oído durante esa comida. Sus hermanastras iban a obligar a su madre a dejar su casa. Su marido, que en paz descansara, no le había dejado dinero ni bienes y ahora ella se veía obligada a considerar la posibilidad de trabajar para la peor firma de plagios de ropa que había en la industria. A las dos les había quedado más que claro que la situación de su madre era crítica, aunque ella intentaba mostrarse tranquila. Pero acababan de darse cuenta de que la mirada de desolación que tenía no era solo por el dolor de haberse quedado sin su marido, al que amaba, sino también por la desesperación financiera y el golpe que había supuesto para ella que todo fuera a parar a manos de las mellizas.

—Te ayudaremos con la mudanza, mamá —se ofreció Sabrina—. Y les diremos a esas dos brujas que no entren en la casa hasta que acabes.

—No podéis hacer eso —reconoció Sydney, realista—. Ahora es suya. Y creo que Kellie se va a venir a vivir aquí. Quiere hacer algunas reformas, pero necesitaba una casa más grande y ya la tiene. —No lo dijo con amargura, solo sonaba práctica y triste.

—Sí, ese gilipollas con el que está casada estará encantado de poder presumir de que vive en una casa como esta —contestó Sabrina, rencorosa.

Odiaba a Geoff, el marido de Kellie, y lo cierto es que Sydney tampoco le tenía ninguna simpatía. Era pretencioso y arrogante, aunque no había conseguido nada por sí mismo en su vida. Se aprovechaba del dinero que tenía su mujer, que gastaba sin medida y del que alardeaba en cuanto tenía oportunidad. A Andrew le ponía de los nervios, pero Kellie lo quería y tenían dos hijos. Él era analista en Wall Street cuando ella lo conoció, pero había dejado de trabajar en cuanto se celebró la boda y no había vuelto a hacer nada útil desde entonces. Llevaban nueve años casados, y ahora que habían ganado el premio gordo, seguro que iba a disfrutar de lo lindo pavoneándose. Solo pensar en ello le revolvió el estómago a Sabrina, aunque su madre no había reaccionado de igual manera. Sydney todavía estaba aturdida por el golpe que había sufrido su vida y se hallaba demasiado aterrada y confusa para enfadarse con nadie. Estaba atenazada por el miedo ante lo que le podía deparar el futuro.

Las tres estuvieron bastante apagadas el resto del fin de semana. El domingo por la noche, durante todo el camino de vuelta a Nueva York, las dos chicas no dejaron de hablar sobre la situación de su madre. Estaban preocupadas por si no podía encontrar un trabajo y acababa quedándose sin dinero.

—Puede vivir conmigo, si quiere —se ofreció Sophie generosamente.

Pero Sabrina era más sensata.

—Ninguna de las dos queremos que se vea en esa situación permanentemente. Es demasiado joven para vivir contigo, como si fuera una abuela viuda. Necesita una vida y, al parecer, también un trabajo. Todo esto va a ser muy duro para ella —dijo Sabrina, triste—. Al menos la hemos convencido de que no trabaje para Paul Zeller. No podría soportarlo.

Sophie sonrió al pensarlo. Incluso a ella la idea le parecía ridícula.

—Me alegro de que se portara bien con ella en el avión. Parece que tiene algo de humano, al menos —comentó, otorgándole el beneficio de la duda a pesar de que era el archienemigo de todos los diseñadores creativos y con talento.

—No entiendo cómo Andrew ha podido hacerle algo así —continuó Sabrina—. Lo normal sería que en algún momento de todos esos años hubiera redactado un nuevo testamento que la incluyera a ella. No me puedo creer que las mellizas la hayan echado de la casa y se vayan a quedar con todo. Ahora las odio más que nunca.

Pero en ese momento con quien realmente estaba furiosa era con Andrew. La había decepcionado y su desidia le había hecho mucho daño a su madre.

—Es que no esperaba morir a esa edad —lo defendió Sophie, pero a ninguna de las dos les parecía una explicación razonable.

Era un desastre de enormes proporciones viniendo de un hombre que era más listo que todo eso y que además amaba a su madre.

—Tampoco se lo esperaba nuestro padre cuando se estrelló con esa avioneta en Zimbabue, por eso no tenía testamento —recordó Sabrina.

—No lo necesitaba. No tenía nada. Pero Andrew sí —respondió Sophie.

Pensó una vez más en la situación y se preguntó qué sería de su madre. Sophie quería consolarla y protegerla. Y Sabrina quería luchar por ella. Pero no podían luchar contra nadie. Andrew estaba muerto y no le había dejado nada a su madre. Las mellizas se quedaban con todo.

Sophie y Sabrina sabían que su madre iba a tener que buscar la manera de sobrevivir. Pero ¿cómo? No tenían respuesta a esa pregunta y les esperaban tiempos difíciles.

3

Durante los diez días siguientes, Sydney se dedicó a empaque-
tar su ropa y sus objetos personales. Revisó la colección de
libros de Andrew y recogió todas las cosas que sabía que significaban mucho para él: objetos con valor sentimental, fotografías, los álbumes de los viajes que habían hecho... También
embaló los souvenirs que habían reunido a lo largo de los años
que habían pasado juntos. Aunque había excepciones, en general todos esos objetos solo tenían un valor personal. Aparte de su ropa, reunió varias pilas de cajas para llevarse al apartamento de Nueva York. Limpió sus armarios, sacó cosas que
no se iba a poner más y que podía vender y preparó unos
cuantos percheros con cosas bonitas y caras que pensó que
podían gustarles a sus hijas, para que los revisaran por si querían algo. También alquiló un trastero para guardar algunas
prendas especiales que no necesitaba, pero de las que no quería desprenderse. Con ayuda del ama de llaves que tenían contratada, dedicó todo su tiempo a vaciar la casa. Ninguna de
las dos pudo evitar las lágrimas mientras lo recogían todo.

Estaba sacando un perchero lleno de cosas para vender,
cuando Veronica volvió a aparecer sin avisar con expresión
compungida. Le llevaba un sándwich y una ensalada césar,
por si tenía hambre, pero Sydney no quería perder el tiempo
comiendo. Veronica tenía ganas de charlar y no parecía tener

prisa por marcharse, pero al cabo de un rato Sydney le dijo que estaba muy liada y no tuvo más remedio que irse. Se dijo a sí misma que había algo invasivo en esas visitas de Veronica pero, un momento después, cuando retomó lo que estaba haciendo, Sydney se sintió culpable por pensar eso. Las mellizas se pasaban por la casa todos los días para ver cómo iba y comprobar si había desaparecido algo que ellas consideraban valioso. Kyra se quejó cuando se dio cuenta de que ya no estaba en la mesita de Sydney un pequeño reloj de Fabergé con esmalte rosa, perlas y diminutos rubíes incrustados, y le preguntó a su madrastra por él.

—Tu padre me lo regaló cuando cumplí cuarenta años —respondió Sydney.

Kyra se encogió de hombros. Ella se podía comprar una docena de relojes Fabergé, pero ese siempre le había gustado.

—Papá me dijo que podría quedármelo —dijo Kyra, aunque no iba a convencer a nadie.

Sydney no se molestó en responder. Ya tenía bastantes cosas de las que preocuparse. Había decidido empezar a buscar trabajo una vez que se hubiera instalado en Nueva York. Por ahora estaba demasiado ocupada con la mudanza. Se alegró de estar sola la última noche que pasaba en la casa en la que había vivido tan buenos momentos y que había compartido tantos años con Andrew. Solo quería quedarse allí con sus recuerdos. Había embalado también la ropa de Andrew, junto con la suya, con la intención de guardarla en su trastero. Todavía no podía deshacerse de ella y no quería que Kyra y Kellie rebuscaran entre sus cosas, vendieran alguna prenda o se la regalaran a Geoff. Llevársela con ella le hizo sentir como si se estuviera llevando también a Andrew, aunque estaba empezando a asumir la realidad de que ya no estaba. Y, aunque no lo admitió ante nadie, había momentos en los que se sentía enfadada con él por lo que había pasado y por haberla dejado a merced de sus hijas. Se había quedado sin nada, no solo sin las obras de arte y los muebles, sino también sin la casa que había sido su refugio, sin su estatus de mujer casada, su sensación de seguridad y todo lo que quedaba y conocía de su vida con él. Lo único que aún conservaba era su apellido. Las mellizas se habían quedado con casi todo lo demás.

La furgoneta de la mudanza llegó la mañana en que se suponía que tenía que dejar la casa, justo treinta días después de la muerte de Andrew, para llevarse lo que iba a guardar en el trastero y lo que iba al diminuto apartamento de Nueva York. Ella se quedó de pie en su dormitorio durante un rato. Después bajó las escaleras con un enorme nudo en la garganta y se despidió del ama de llaves con un beso. Sydney ya no se podía permitir tenerla y Kellie la iba a mantener en su puesto. La mujer necesitaba el trabajo, así que tenía que quedarse, a pesar de que se le rompía el corazón.

Sydney no miró atrás cuando se alejó con su coche familiar. No podía. Sabía que si lo hacía, no podría irse de allí. Tenía que seguir adelante. Y en cuanto salió ella, detrás de la furgoneta de mudanzas, en dirección a la ciudad, vio que el coche de Kellie entraba por las puertas.

Hacía calor ese día y el apartamento sin aire acondicionado resultaba asfixiante. El ascensor era pequeño y lento, así que le llevó mucho rato descargar el camión. Sabrina y Sophie aparecieron esa tarde, cuando estaba guardando las cajas al fondo del segundo dormitorio que iba a utilizar como armario y Sophie la ayudó a montar percheros para su ropa. Se había llevado todas las cosas que creía que se pondría más a menudo en su nueva vida en la ciudad o en el trabajo, si lo conseguía. También había elegido algunos vestidos de cóctel y de noche, por si tenía que hacer vida social, aunque en ese momento no se lo podía ni imaginar. Había recibido cartas de sus amigos, en las que prometían que la llamarían, pero hasta entonces no lo había hecho nadie. Veronica la había avisado de que, ahora que era una mujer soltera y atractiva, suponía una amenaza para sus amigas casadas, algo que Sydney no se creyó al principio, pero que tal vez era cierto. Y el rumor de que tenía que dejar su casa había corrido como la pólvora. Por vergüenza, discreción, cobardía o lo que fuera, no había sabido nada de nadie en las semanas que habían pasado desde el funeral. Solo Veronica llamaba o se presentaba en su casa y siempre parecía tener alguna mala noticia que contarle. Sydney había empezado a ignorar sus llamadas. No quería saber nada de todo eso. Ya tenía bastantes malas noticias en su vida, no necesitaba que esa mujer fuera a contarle más.

Sophie había llegado al apartamento con unos shorts vaqueros blancos, una camiseta rosa de la marca para la que trabajaba y unas sandalias con largos cordones que llevaba enroscados alrededor de sus delgadas piernas. Solía llevar la ropa juvenil y desenfadada que ella diseñaba y le sentaba muy bien; la hacía parecer más joven de lo que era, con esa melena pelirroja rizada. Parecía una adolescente, totalmente diferente a su hermana. Sabrina llevaba un vestido negro de algodón muy elegante, que había diseñado ella, y sandalias de tacón alto. Con el pelo oscuro peinado hacia atrás, parecía que iba a alguna comida importante. Sydney llevaba vaqueros y una camisa vieja de Andrew y se sentía muy desorientada.

Todo aquello parecía irreal. Le costaba creer que ese apartamento feo y diminuto fuera a convertirse en su nuevo hogar. Sus hijas se quedaron conmocionadas al verlo. Sabrina se fue un momento a comprar flores para decorarlo, mientras Sophie ayudaba a su madre a colgar su ropa y hacía todo lo que podía para facilitarle ese proceso tan doloroso. Seguía pensando que su madre podría haberse ido a vivir a su casa, pero Sydney estaba decidida a no obligar a ninguna de las dos a cargar con ella.

Les llevó todo el día organizar el apartamento para que cupiera todo en aquel espacio tan reducido. Terminaron a las ocho de la noche. Ya no les quedaba nada más por hacer. Habían hecho todo lo que podían, pero la mayoría de las cosas que Sydney llevó al apartamento tuvieron que quedarse en las cajas. No había sitio para colocarlas. Las flores que Sabrina había comprado y colocado en jarrones alegraban un poco el lugar, pero Sydney tenía la sensación de que estaba de acampada. No podía dejar de pensar en Kellie mudándose a su casa. Estaba exhausta cuando por fin se sentó en el sofá y miró a sus hijas. Ninguna de ellas era capaz de decir nada para intentar mejorar la situación. Había sido un día difícil. La dura realidad de su vida en ese momento la estaba mirando justo a la cara.

—¿Por qué no salimos a cenar fuera? —sugirió Sabrina.

Había varios restaurantes por la zona, pero a ninguna le apetecía mucho salir. Todas estaban agotadas y apenas tenían hambre, pero las dos chicas querían animar a su madre.

—No creo que podáis levantarme de este sofá ni con una grúa —dijo Sydney, sin fuerzas—. Estoy tan cansada que no creo que pudiera caminar ni comer —aseguró con total sinceridad.

Tener que dejar su casa e intentar convertir ese piso del tamaño de un armario en un hogar había hecho de la jornada algo extenuante. Se acababa de dar cuenta de que no había cortinas, tendría que comprar unas, y que las toallas parecían robadas de un motel barato: eran ásperas y pequeñas, y estaban grises de tantos lavados, así que prefería comprarlas nuevas. Kellie le había dejado muy claro que quería que dejara toda la ropa de casa allí y ella no había querido discutir. No se iba a pelear por un puñado de toallas y unos trapos, aunque sí se había llevado tres juegos de sus sábanas favoritas. Tenían tantas que Kellie no se daría cuenta de que faltaban.

—Creo que me he olvidado de traer jabón —comentó sin fuerzas con una vocecilla suave y en ese momento Sophie le recordó que, al menos, había llevado papel higiénico esa mañana.

Las dos chicas se fueron juntas, dejando a Sydney aún en

el sofá, pero prometieron volver al día siguiente y salir a pasear con su madre a alguna parte. Compartieron un taxi para volver al centro y durante el trayecto ambas estuvieron de acuerdo en que su madre parecía derrotada, pero que realmente había sido un golpe muy duro para las tres. Lo que Sydney se había traído con ella desde Connecticut parecía muy poca cosa en la furgoneta, pero cuando llegaron al apartamento se dieron cuenta de que no cabía todo en ese lugar tan diminuto. Eso hizo que reconocieran una vez más lo difícil que iba a ser todo para ella y el enorme cambio que suponía.

Sydney las llamó a las dos al día siguiente y les dijo que estaba demasiado cansada para salir de la cama. Además llovía, así que prefería quedarse en casa. Intentaron convencerla, pero no pudieron, así que al final accedieron a dejarla sola. Ella insistió en que iba a estar bien. Colocó fotografías de Andrew y sus hijas en todas las superficies donde cabían y se pasó el resto del día en la cama, viendo películas en la antigua y enana televisión que había en su dormitorio.

El lunes se obligó a llamar a todas las agencias de empleo que tenía en su lista. Consiguió cuatro citas para esa semana y decidió que tenía que aprovechar la inercia. Ya no podía mirar atrás ni tampoco hundirse. Era como si estuviera escalando un acantilado solo agarrándose con las uñas; tenía que seguir adelante hasta que llegara a un lugar seguro para detenerse, pero todavía le faltaba para conseguirlo. El abismo seguía abriéndose debajo de ella y tenía miedo de caer en él.

Todas sus citas en las agencias resultaron decepcionantes y el viernes ya había oído lo mismo varias veces. Llevaba demasiado tiempo fuera del mercado de trabajo, la experiencia que tenía ya no le serviría, era demasiado mayor y competía por los trabajos con gente muchísimo más joven. Le sugirieron que considerara otra área de empleo dentro del mundo de la moda que no fuera el diseño. Tal vez ayudante editorial en una revista o algún trabajo en la tienda de un diseñador o en la zona de ropa de diseño en unos grandes almacenes. Nadie creía que pudiera incorporarse al mundo laboral como diseñadora. A las cuatro de la tarde del viernes sacó la tarjeta de Paul de su bolso, donde la había guardado después de enseñársela a sus hijas, y lo llamó. No tenía intención de suplicarle que le diera un trabajo de algo para lo que ya había entendido que no estaba preparada, sino que quería pedirle que le diera alguna idea. No sabía qué intentar. La gente con la que había trabajado tantos años atrás parecía haber desaparecido. No encontró a ninguno de sus antiguos colegas por ninguna parte, ni siquiera en internet. Dio las gracias cuando vio que Paul contestaba al teléfono inmediatamente. Su voz sonaba agradable y alegre, y fue un alivio para ella oírlo.

—¡Hola, Sydney! ¿Qué tal te va la vida?

Parecía sinceramente interesado en saberlo y ella no estaba segura de si contarle la verdad o mentir. Se estaba quedando sin energías. Había sido una semana agotadora.

—Bueno —empezó—, pues desde que volví de París me he mudado de mi casa en Connecticut a un apartamento del tamaño de una cabina telefónica y esta semana he estado en cuatro agencias de empleo con poco éxito. Por eso, antes de aceptar algún trabajo de camarera en Starbucks, he pensado en llamarte a ver si se te ocurre algo que creas que puedo hacer en el sector.

A pesar de su intento de bromear sobre su situación, él notó en el tono de su voz que no estaba bien.

—¿Has sido camarera alguna vez? —preguntó él, asombrado.

—La verdad es que no.

—Entonces ¿por qué no te limitas a lo que sabes hacer? Comemos juntos el lunes y hablamos. No firmes el contrato con Starbucks todavía.

—Intentaré resistirme a la tentación —contestó ella y rio.

Solo con hablar con él ya se sintió mejor. Había tenido el

mismo efecto en ella que cuando estaban en el avión a punto de estrellarse y lo creyó cuando él le aseguró que todo iba a salir bien.

—¿Y qué más has estado haciendo? ¿Qué tal se encuentran tus hijas?

—Se han portado estupendamente. Me ayudaron con la mudanza este fin de semana.

Él no podía ni imaginarse lo traumático que debía de haber sido para ella dejar su casa solo unas semanas después de haber perdido a su marido. No mencionó ningún tema doloroso durante su conversación, que duró unos minutos. Le pidió que fuera a verlo a su oficina, que estaba en un viejo almacén que habían rehabilitado en Hell's Kitchen. También tenían parte de las instalaciones en Nueva Jersey. Le dijo que fuera a mediodía para poder enseñarle la empresa y después la invitaba a comer. Había varios restaurantes muy buenos en el barrio.

—Bien, nos vemos entonces —prometió ella—. Y, Paul... Gracias por acceder a verme. Necesito ideas nuevas.

—A ver qué se me ocurre este fin de semana —respondió él.

Cuando colgó, su humor había mejorado un poco. Ya tenía un plan que le apetecía, pero no le iba a decir a sus hijas que lo había llamado. Tenían unos prejuicios muy viscerales contra el tipo de ropa que él hacía y ella no se iba a molestar en intentar convencerlas. Eran copias baratas de ropa cara, pero obviamente había mercado para esas prendas. Como mínimo, después de su experiencia de Nueva Escocia, Paul y ella habían forjado una amistad. Y ella ahora necesitaba amigos. Los que tenía antes, en Connecticut, parecían haber desaparecido en cuanto Andrew murió. La teoría de Veronica sobre que las mujeres casadas no querían amigas divorciadas o viudas cerca estaba demostrando ser cierta. Le pareció una tontería cuando se lo dijo, pero seguramente ella sabía bien de lo que hablaba. Ahora ya no quedaba ninguna parte de su vida que no hubiera cambiado.

Pasó un fin de semana tranquilo, porque sus dos hijas estaban en los Hamptons. Decidió dar un largo paseo por Central Park, contemplando a las parejas que paseaban y las familias que hacían picnic. Escuchó durante unos minutos la música de un grupo de reggae y se sentó en un banco a mirar el mundo pasar. Después volvió al apartamento e intentó leer un libro, pero desde que murió Andrew no podía concentrarse, así que se tumbó en la cama, que ocupaba prácticamente todo el dormitorio, y se durmió.

El lunes por la mañana fue hasta Hell's Kitchen en metro. Llevaba un vestido blanco, un collar de turquesas grandes, sandalias planas, un bolso de paja muy moderno y el pelo recogido. Se la veía fresca y veraniega cuando le dio su nombre a la chica joven y guapa que había en el mostrador de recepción. De repente, parecía que todo el mundo tenía la mitad de los años que ella y las personas que vio ir de acá para allá le parecieron prácticamente críos. Fue un alivio ver aparecer a Paul unos minutos después con una sonrisa en la cara. Estaba encantado de verla. La recibió con un abrazo y le dijo que estaba estupenda. Los dos fueron a su despacho para hablar, antes de que le enseñara las instalaciones.

—¿Sabes? He estado todo el fin de semana pensando en ti —comentó, muy serio—, intentando que se me ocurriera alguna idea brillante que te sirviera para reinventarte, pero solo he llegado a una conclusión. Es una locura. Cuando dejaste de trabajar eras una magnífica diseñadora. Y eso no se olvida. No puedes, ni debes, tirar por la borda un talento como ese. Es como obligar a Picasso a reconvertirse en camarero o en ingeniero. ¿Por qué iba a querer nadie hacer eso? Eres una artista, Sydney, una diseñadora con mucho talento. Has estado unos años alejada de la industria y careces de las habilidades informáticas que tienen los chicos de ahora, pero no te costará coger el ritmo. Y, de todas formas, si tienes un trozo de papel y un lápiz, ¿a quién le importa cómo hagas los diseños o lo que utilices para dibujarlos? Mírate, estás totalmente fabulosa. Tú entiendes de moda. ¿Por qué ibas a querer renunciar a ello? Te has tomado un descanso. Ahora quieres volver. ¿Por qué no intentarlo?

—Porque nadie quiere contratarme —dijo con total sinceridad—. Al menos eso es lo que me dijeron en las agencias de empleo la semana pasada. Llevo demasiado tiempo fuera. Mi punto de vista ha cambiado, el mundo ha cambiado, ya no tengo instinto comercial y todos los que trabajan en la industria son muchísimo más jóvenes que yo. Como mis hijas, que tienen veinticinco y veintisiete años, y ahora es cuando están en lo más alto. Yo estoy en el otro extremo —reconoció, intentando no sonar tan desanimada como se sentía.

—Eso es una tontería. Tú tienes una experiencia que ellas no tienen y también cierta perspectiva. Tienes bagaje en la moda, lo que te da más de una dimensión. Conoces lo que ya se ha hecho, lo que funcionó y lo que no. La mayoría de esos chicos jóvenes no han visto suficiente todavía. Y muchos se apoyan en los ordenadores porque no tienen un verdadero talento. ¿Cuántas personas lo tienen en realidad? Tú lo sabes igual que yo. Saben dibujar, pero no saben diseñar. No tienen lo que hace falta para darle ese toque especial. Han visto lo del año pasado y lo de hace dos años. Tú has visto mucho más. Y eso cuenta. Además, tienes tu propio estilo, algo que muchos de esos chicos no tienen. Todos parecen vagabundos que duermen debajo de un puente.

Ella sabía que él tenía razón en aquel tema. Pero era el estilo que se llevaba.

—¿Qué es lo que me estás intentando decir? Ya lo he intentado, he ido a las agencias.

Escuchándole, él casi había logrado convencerla, pero no

estaba funcionando. En la moda actual la juventud era la reina. Y algo que no podía hacer era quitarse años.

—Te lo estoy diciendo. Dame una oportunidad a mí. Dánosla a nosotros. Ven a trabajar a Lady Louise. Si les has hablado a tus hijas de mí, seguro que habrán intentado disuadirte. Están en lo más alto, trabajan en un mundo elitista, incluso en el caso de la línea para adolescentes que diseña tu hija menor. Hasta esos precios están por encima de los nuestros. Pero la verdad es que no siempre venden algo que esté a la altura. Los diseñadores como tus hijas odian a la gente como yo, porque nosotros muchas veces tomamos prestadas sus ideas, lo admito, pero acercamos la moda a todo el mundo. Ponemos al alcance de la gente corriente la capacidad de tener una buena imagen a precios que se pueden permitir. Y, de todas formas, si quieres puedes hacer diseños originales y crear prendas de firma para nosotros. A mí me gustaría probar y, si no funciona, al menos habremos aprendido algo de ello. Creo que los dos nos necesitamos. Y si te apetece utilizar aquí tu nombre, puedes hacerlo. Yo no tengo ninguna objeción. Me encantaría. Te podemos hacer una etiqueta propia para tus diseños. Sydney Smith para Lady Louise. Así se llamaba mi abuela, por cierto. Era costurera y tenía uno de esos bonitos nombres de dama antigua. Le puse su nombre a mi empresa. Vino aquí desde Polonia y fue ella quien me lo enseñó todo sobre la vida y la ropa. ¿Qué te parece?

Sydney se imaginó a Sabrina chillando de horror si hubiera podido oír esa conversación, pero muchas de las cosas que Paul decía tenían sentido y también tenía razón. Los diseñadores como Sabrina eran unos esnobs increíbles con respecto a todo lo que tenía que ver con la moda y creaban piezas muy elitistas. Había mucho nicho en el mercado para un tipo diferente de cliente. A Sydney le parecía un reto y a la vez algo muy divertido.

—Déjame que te enseñe un poco esto —se ofreció Paul—. Quiero que veas el estudio de diseño.

Ella lo siguió. Ambos salieron de su despacho y subieron un tramo de escaleras. El edificio tenía un aire industrial, algo que a Sydney le gustaba. Era muy diferente del ambiente señorial en el que había trabajado antes y le parecía fresco y juvenil.

Él la llevó a una sala enorme en la que había veinte diseñadores trabajando en varias mesas: dibujaban, modificaban en los ordenadores o corregían diseños, y tenían muestras de colores y trozos de tela colgando sobre sus mesas. En algunas pantallas se veían fotografías de prendas que ella reconoció y supo inmediatamente lo que eso significaba. Estaban copiando diseños de ropa más cara, pero Paul no lo había negado en ningún momento. Le aseguró que los modificaban lo suficiente para que no fueran copias exactas. La mayoría de los diseños de moda no se podían proteger con un *copyright*, ni de ninguna otra forma, pero aun así él obligaba a sus diseñadores a cambiar un bolsillo o la largura de una manga o de una falda para que no fueran idénticos a los diseños que los habían «inspirado». Y, a veces, les daban un toque nuevo que quien hizo el diseño original no se atrevió o no pudo hacer, o que simplemente no se le ocurrió.

Sydney fue pasando de una mesa a otra, en silencio, y le llamó mucho la atención lo jóvenes que eran los diseñadores. Iban vestidos como huérfanos e indigentes, había tantas chicas como chicos y todos parecían muy concentrados en su trabajo. Era bastante impresionante. En el piso superior había patronistas que trabajaban sin descanso ajustando los diseños para asegurarse de que podían funcionar. Era emocionante estar otra vez en un entorno que le resultaba tan familiar, aunque a escala mucho mayor. Paul tenía más de cualquier cosa. Había tantos diseñadores que parecía una facultad y en cierta forma lo era. Todos estaban aprendiendo algo nuevo y ella también tendría que aprender las últimas técnicas. Recorrió el edificio entero con él y volvieron después al vestíbulo, desde donde salieron a la calle y se dirigieron a un restaurante italiano para comer. Ese día la temperatura era lo bastante agradable para poder sentarse en el jardín exterior. Él pidió un Bloody Mary y después eligieron la comida y hablaron de lo que habían estado viendo. Ella le hizo muchas preguntas y sus respuestas le parecieron directas y le sonaron correctas. Le entusiasmaba que él estuviera dispuesto a darle una oportunidad. Tenía la sensación de que nadie más lo haría y, sin duda, no podía soñar con una firma como la que empleaba a Sabrina, ni ninguna otra de esas características. Llevaba fuera demasiado tiempo. Pero a Paul eso no le importaba.

—Está bien, lo haré —dijo a mitad de la comida y él la miró sorprendido.

—¿Te refieres a lo que creo que te refieres? ¿Lo que a mí me gustaría? —preguntó.

Ella asintió y sonrió.

—Si me das una oportunidad, la acepto —confirmó.

—No puedo pagarte lo que ganabas antes, cuando dejaste de trabajar. Pero a la larga, aquí puedes ganar más incluso. Mucho más si llegas a ser todo lo importante que espero que seas. Sydney, aquí tenemos un hueco para ti a largo plazo, si tú quieres. Podrías tener un impacto importante en esta casa.

Oírlo la hizo sentir competente, relevante e importante y no una vieja gloria del pasado. Le dio esperanzas de que podría salir del atolladero financiero en el que estaba metida.

—Sí que quiero —contestó, muy seria.

De repente, haber estado a punto de morir en un accidente de avión con él a su lado se había convertido en lo mejor que le había pasado en mucho tiempo, sobre todo en las últimas semanas.

—¿Cuándo puedes empezar? —preguntó él, sonriéndole.

Ella rio.

—¿Mañana?

—¡Contratada!

Paul se levantó y rodeó la mesa para darle un abrazo. Aquello le recordó otra vez a Nueva Escocia, cuando él le prometió que todo iba a salir bien y ella le creyó. Y ahora estaba cumpliendo esa promesa. Se aferró a él durante un momento y le dio las gracias. Cuando volvió a sentarse, Paul pidió champán para celebrarlo.

—Mi abuela estaría contenta con esto —aseguró con una sonrisa y ella soltó una carcajada.

Las cosas estaban empezando a mejorar. Tenía un empleo. Lo único que no podía hacer era decirles a sus hijas dónde trabajaba. En las cinco semanas que habían pasado desde la muerte de Andrew había estado a punto de ahogarse, pero ahora, gracias a Paul, estaba consiguiendo salir a la superficie y supo que lograría sobrevivir.

4

El día siguiente a su comida con Paul, Sydney se levantó por la mañana nerviosa y excitada al mismo tiempo. Parecía que habían pasado cien años desde la última vez que fue a trabajar, pero de repente tenía otra vez un empleo en una importante compañía, aunque esta vez lo que iba a diseñar sería muy diferente de lo que hacía antes. Se le aceleraba el corazón solo con pensar en ello, pero estaba deseando llegar a la oficina. No tenía ni idea de lo que le iban a encargar al principio. Había muchas cosas a las que se iba a tener que acostumbrar.

Cogió el metro hasta el centro y entró en el edificio de Lady Louise, en Hell's Kitchen, a las nueve menos cinco. Paul le había dicho que cuando llegara pasara por Recursos Humanos para rellenar todo el papeleo. Cogió el ascensor hasta el piso más alto del complejo de almacenes remodelados, encontró la oficina de Recursos Humanos y se presentó. Una chica que parecía tener la edad de Sabrina le sonrió, le dio el manual del empleado y le puso delante unos papeles para que los firmara. Se fijó en que iba a tener seguro médico, algo importante para ella, porque el que tenía había quedado cancelado tras la muerte de Andrew y por eso desde entonces no se había podido permitir ponerse enferma. Todo el proceso le llevó una media hora. La chica era rápida y eficiente y se ofreció a contestar cualquier duda o pregunta que Sydney tuviera. Solo le quedaba por firmar un último papel: su contrato de trabajo. Paul y ella no habían hablado de su sueldo y Sydney se quedó mirando fijamente la cantidad que había escrita en el papel. Ni se acercaba a lo que ganaba cuando era la jefa de diseño de una casa de moda de primer nivel, pero era mucho más de lo que ella esperaba ganar en ese momento y de lo que creía que se merecía tras ese largo paréntesis. Eso demostraba el respeto que tenía Paul Zeller por ella y por su trabajo y la confianza que estaba depositando en lo que ella podía hacer por su empresa. Cinco minutos después de firmar el contrato entró en el despacho de Paul y le dio las gracias efusivamente.

—Me vas a pagar demasiado —dijo, sintiéndose un poco avergonzada.

Él rio y la invitó a sentarse.

—Eres la primera empleada que me dice eso. Creo que lo mereces, Sydney. Quiero darle a Lady Louise un toque de clase, lo que no tiene actualmente, y convertir la marca en algo un poco más a la última, dirigida a un público más pudiente, darle un aire distinto de lo que hemos estado haciendo hasta ahora. Creo que algunos de nuestros compradores lo necesitan y queremos atraer a ese tipo de cliente. Y, de todas formas, para los que no encajan en ese perfil seguimos teniendo nuestras líneas con precios más ajustados.

La miró pensativo, admirando cómo se había vestido. Para su primer día de trabajo había elegido una falda corta negra, una camiseta sencilla de seda blanca y zapatos de tacón alto forrados de tela negra. Se la veía elegante y juvenil y todo lo que llevaba era caro y elegante. Sabrina habría aprobado su look, pero no el trabajo que acababa de aceptar.

Sydney sabía que había tenido mucha suerte de encontrarlo. Solo esperaba estar a la altura.

—Hoy te voy a dejar en manos del director creativo y jefe del departamento de diseño. Quiero que seas su sombra durante los próximos meses. Él puede enseñártelo todo sobre el negocio. Tuve una reunión con él ayer, después de nuestra comida y quedamos en que te daría algunos proyectos para que te pongas manos a la obra. Es un tipo estupendo y el responsable de algunos de nuestros mayores éxitos. Tiene un ojo infalible. Se parece mucho a ti —apuntó, sin dejar de sonreírle—. No creo que tarde en aparecer por aquí.

Nada más decirlo entró en el despacho un hombre alto, delgado y asiático que llevaba una camiseta negra, vaqueros del mismo color y unas zapatillas Converse altas también negras. Tenía el pelo negro azabache y tan largo como Sydney. La lisa melena, que le caía por la espalda casi hasta la cintura, le favorecía. Tenía un rostro atractivo de facciones delicadas, como las de una estatua de marfil, pero su estilo en general era moderno, sencillo y elegante. Saludó a Paul muy formal y miró a Sydney de arriba abajo, evaluándola. A ella no le quedó claro si le había gustado o no el atuendo que llevaba ni si aprobaba que le hubieran dado ese trabajo. Se preguntó si habría gente celosa por la forma en que la habían contratado o si alguien tendría problemas con su edad. Aparte de Paul, no había visto a nadie por allí de su generación. Y le dio la sensación de que muchos de los empleados del departamento de diseño, que había visto de pasada, eran chicos recién salidos de la universidad.

Paul los presentó. El chico asiático se llamaba Edward Chin, tenía veintinueve años y acento británico. Paul comentó que era originario de Hong Kong, que había trabajado durante dos años para Dior, que llevaba en Lady Louise tres y que en ese tiempo tan breve había hecho despegar la compañía. A ella le pareció un contraste interesante que él hubiera pasado de una firma de moda tan exclusiva y de precios tan altos a una que producía moda a precios bajos como Lady Louise. Pasaron unos minutos charlando en el despacho de Paul y después Edward dijo que tenían trabajo que hacer e invitó a Sydney a acompañarlo. De repente, sintió que iba demasiado arreglada en comparación con su nuevo jefe. Había pensado que era mejor ir bien vestida su primer día de trabajo, pero se estaba dando cuenta de que en el futuro no habría problema si iba a trabajar en vaqueros, e incluso con camiseta, siempre y cuando fuera arreglada y presentable. Aunque lo cierto era que no se había fijado mucho en lo que llevaba puesto Edward, porque lo único que ella veía, y que la tenía absorta, era la cara de rasgos perfectamente cincelados y sus ojos oscuros e inteligentes.

Lo siguió hasta la sala de diseño que había visto el día anterior, donde había veinte diseñadores jóvenes trabajando sin descanso. Ninguno tenía un despacho privado. Todos trabajaban en un gran espacio abierto, que parecía un loft, con paredes de ladrillo, ventanas altas y largas y techos altos. Edward la acompañó hasta la mesa que le había asignado, que estaba cerca de la suya. La de Sydney tenía un ordenador enorme encima. Había varios cuadernos de dibujo, una caja de lápices, gomas, sacapuntas y todo lo que podía necesitar. Se sintió como un niño el primer día de colegio.

—Paul me ha dicho que no sabes diseñar en el ordenador. Ya aprenderás —aseguró Edward—. Ahora mismo estamos trabajando en la colección de la próxima primavera. La mitad del grupo está con los tops y las blusas y los diseñadores con más experiencia se están dedicando a las chaquetas.

—¿Y qué quieres que haga yo? —preguntó ella, un poco abrumada.

—Te voy a enseñar lo que hemos hecho hasta ahora y lo que ya se ha aprobado —dijo muy serio.

Ella lo siguió hasta el ordenador grande que había en su mesa y él abrió en la pantalla un montón de diseños. Le impresionó lo limpios y sencillos que eran y se dio cuenta al instante de que muchos de ellos eran variaciones del mismo patrón, algo que resultaba muy económico para la empresa.

También tuvo que reconocer que algunas de las prendas y estilos le resultaban familiares. Se concentró en todo lo que Edward le estaba mostrando.

—¿Por qué no le das una vuelta a algunos de estos diseños y vemos qué se te ocurre? Intenta mantenerte dentro de los parámetros de lo que ya tenemos, utilizando los mismos cuerpos y solo añadiendo algo nuevo en el cuello, las mangas, los detalles o las costuras. Tenemos un rango bastante amplio de tallas, así que tienen que ser cosas que queden bien también en una talla cuarenta y seis. Y nada de cierres ocultos complicados, porque son demasiado caros de fabricar. Me temo que no son las cosas a las que estás acostumbrada.

Ella asintió, aunque no le quedó claro si lo que acababa de decir era una crítica. Hasta ese momento había sido directo y práctico. La miraba fijamente y todavía no le había sonreído ni una vez, pero su acento británico y su forma de hablar le sonaban muy educados. Cuando le señaló los diseños de la pantalla, se fijó en que tenía unas manos largas y elegantes. De repente, mientras le estaba mostrando un boceto en el ordenador, cogió una cosa que parecía un lápiz y añadió unas correcciones a una de las piezas directamente sobre la pantalla. Era un programa especial y con él podía dibujar a mano alzada en el ordenador. A ella le pareció magia y sonrió mientras le veía hacerlo.

—Me da la sensación de que vengo de la prehistoria —confesó—. Hace veinte años lo que acabas de hacer era ciencia ficción.

Él sonrió al oírla.

—Yo también tuve que aprender a hacer esto. Estudié en el Royal College of Art de Londres. Y hace diez años allí no creían en este tipo de cosas. Estuve de prácticas en Stella McCartney y después trabajé para Alexander McQueen, antes de irme a Dior. Venir a trabajar aquí supuso un gran cambio. A Paul le gusta que todo se haga en formato digital, pero seguimos aplicando muchos de los principios de toda la vida. Solo los hemos simplificado y digitalizado.

Sydney sabía que también copiaban a menudo los diseños de otros y solo los modificaban lo justo, así que no tenían que empezar cada diseño desde cero, como hacían los diseñadores famosos.

—He visto muchos trabajos tuyos —reconoció Edward en voz baja—. Soy un gran admirador. Cuando estaba estudiando hice un proyecto basándome exclusivamente en tus abrigos. Tenían una estructura fantástica. De ti aprendí todo lo que sé sobre el trabajo con telas rígidas, que me gustan más que las más fluidas, como las que usan en los vestidos de noche en Nina Ricci o Chanel. Aquí no hacemos mucho ese tipo de vestidos de noche, al menos no por ahora. Nos centramos en la ropa de día, que es lo que más vendemos y lo que más mercado tiene. La ropa de noche es para una clientela mucho más reducida y cuesta más producirla. Se malgasta mucha tela si algo sale mal.

Todo eso ella lo sabía por experiencia. Le había impresionado la trayectoria de Edward y las firmas para las que había trabajado antes de aterrizar en Lady Louise. Que hubiera decidido trabajar allí era algo que decía mucho a favor de la compañía.

Imprimió algunos de los diseños de blusas y chaquetas que tenía en la pantalla para que ella pudiera trabajar sobre ellos, modificándolos, y le dio los folios.

—No vas a tener ningún problema en esta empresa. Sé que Paul tiene grandes planes para ti, si todo sale bien. Pero primero debes aprender cómo trabajamos aquí. Dentro de tres semanas tengo previsto ir a China para ver las fábricas que tenemos allí y creemos que sería buena idea que me acompañaras. No supone un problema para ti, ¿verdad? —La miró fijamente—. Estaremos fuera unas tres semanas. Allí hace muchísimo calor ahora, pero hace tiempo que tengo que ir y además Paul quiere que veas aquello. Coordinarnos con nuestras fábricas y mantenerlas controladas es una parte importante de mi trabajo —explicó.

Solo con oírle hablar se dio cuenta de que Paul había acertado al confiar en él. Era brillante y a ella se lo estaba dejando todo muy claro y se lo estaba poniendo fácil.

Cogió los folios que él le había imprimido y se los llevó a su mesa. Intentó concentrarse en lo que estaba haciendo y añadirles a aquellas prendas básicas algo que las hiciera un poco más interesantes, sin que resultaran más caras de producir. Se pasó toda la mañana dibujando; en ese tiempo dos o tres de las diseñadoras jóvenes se acercaron y la saludaron tímidamente. A la hora de comer solo tenía un diseño que le gustaba. Los otros seguían sin acabar de convencerla. Se sentía muy oxidada y muy inexperta al mismo tiempo. Cuando a las doce y media Ed Chin fue a ver lo que estaba haciendo, ella no estaba aún satisfecha con su trabajo, pero a él le gustó mucho lo que vio.

—Me gusta este —dijo señalando uno que ella había descartado. Después les echó un vistazo a los otros—. Esos bolsillos costarían una fortuna —comentó señalando el diseño con el que estaba contenta ella—. También la doble costura. Es muy bonito, pero en esta empresa no podemos permitirnos esos detalles. Tenemos que crear la ilusión, pero encontrando una forma barata de conseguirla. Tienes que pensar todo el tiempo en los costes. Todo gira alrededor de la apariencia, pero sin los toques de las firmas caras para apoyarla. Hay que renunciar a algo en todos los diseños —confesó sonriéndole—. Es un mundo totalmente diferente y es duro renunciar a lo que más nos gusta. Pero tienes que recordar quiénes son nuestros clientes y lo que están dispuestos a pagar. Estamos obligados a mantener un estándar de precios. Es nuestro punto fuerte en el mercado.

No mencionó lo de copiar los diseños de otros. Parecía

más interesado en lo que ella podía crear por sí misma, para hacerse una idea de lo que le aportaría a su línea. Sus comentarios le sirvieron de ayuda. Un rato después vio que él se estaba comiendo una ensalada en su mesa, no había ido a la cafetería del sótano con los demás. Mucha gente salió fuera a comer, aunque uno de los otros diseñadores le dijo que la comida de la cafetería, situada algunas plantas más abajo, era buena. Pero ella decidió quedarse en su mesa y trabajar durante el descanso para comer.

Estuvo toda la tarde concentrada en las blusas y las chaquetas y se quedó hasta las seis. Ed seguía en su puesto cuando ella se fue. Se despidió de él.

—¿Qué sensaciones has tenido durante tu primer día? —preguntó él, interesado.

Aunque no se lo había dicho, le impresionaba que alguien como ella trabajara allí.

—Ha sido emocionante, aterrador, nuevo y familiar a la vez. Y tengo muchas ganas de hacer ese viaje a China que me has comentado. No he estado nunca en Asia.

Él sonrió al oír eso.

—Es una experiencia muy educativa, sobre todo en este negocio. Ahora todo el mundo tiene la producción allí, incluso las grandes firmas. Ya no tiene sentido fabricar productos para un mercado a gran escala en ningún otro sitio. Las ciudades industriales en China son deprimentes, la polución es horrible y trabajar en Pekín puede resultar duro. Y es mucho menos sofisticado que lo que tenemos aquí, pero allí tienen una ética del trabajo tremenda y un número impresionante de trabajadores a su disposición. Tengo previsto hacer escala en Hong Kong en el viaje de vuelta para visitar a mi familia. Puedes venir conmigo si te apetece. Creo que te va a encantar. Es una ciudad fantástica. —La miró con nostalgia al decirlo.

—Gracias. —Le había conmovido esa invitación y estaba

deseando realizar ese viaje—. ¿A tu familia no le importa que estés aquí?

Paul había dejado caer que él provenía de una familia importante de Hong Kong.

—En realidad, me animaron. Querían que adquiriera algo de experiencia en Estados Unidos. Mi familia trabaja confeccionando ropa para todas las marcas importantes europeas y estadounidenses, así que me alentaron a venir a descubrir cómo funciona todo aquí. Lady Louise para mí es un poco como dar un rodeo, pero estamos hablando de un mercado importante. Nuestras fábricas elaboran todos los productos que se hacen en Asia de Chanel, Prada, Gucci y las grandes marcas estadounidenses. En China es donde se mueve todo ahora mismo. Volveré algún día, pero todavía no. Aún me queda mucho que descubrir aquí.

Parecía que estaba aprendiendo rápidamente, porque había conseguido un puesto muy importante en Lady Louise. Paul le había contado que confiaba plenamente en él en todo lo relacionado con la imagen de la marca. Y Edward tendría que dejar de diseñar si volvía a casa y se implicaba en el negocio familiar de las fábricas, así que lo estaba disfrutando mientras podía, incluso estando allí, en Lady Louise. Parecía que él lo vivía como otro reto nuevo, no como un paso atrás.

Se despidieron hasta el día siguiente, pero no dejó de pensar en Ed durante todo el trayecto de vuelta en el metro. Era un hombre muy inteligente y tenía un talento enorme. Pensó que le gustaría presentárselo a sus hijas, porque tenía mucho en común con ellas y una mirada purista en cuanto a la moda, pero estaba segura de que ellas se mostrarían críticas con la empresa en la que trabajaba. Esa tarde se había quedado con uno de los diseños de Sydney, porque quería trabajar un poco en él con su lápiz digital mágico. La había alabado y le había dicho que iba por buen camino. Sydney captó enseguida lo que esperaban que hiciera y tenía muy presente que cualquier modificación en los diseños debía suponer cambios fáciles, sencillos y baratos.

Cenó una ensalada en su pequeño y mal ventilado salón y se preguntó cómo les iba a explicar a sus hijas su ausencia de tres semanas para irse a China con él. Quizá supondría un punto de inflexión para ella, porque tendría que contarles lo del trabajo. No podría desaparecer tanto tiempo sin más.

Sophie la llamó y le preguntó dónde se había metido durante todo el día, porque la había llamado al móvil varias veces y le sorprendió encontrarlo apagado. Sydney sabía que Sabrina ya estaba muy liada con su colección para la Semana de la Moda de septiembre. La firma de Sophie, en cambio, aunque hacía presentaciones para los compradores, no estaba sometida a la enorme presión de organizar elaborados desfiles. Tampoco obtenía el mismo reconocimiento que su hermana mayor, pero Sophie prefería diseñar ropa para adolescentes, porque le permitía poder desarrollar toda su creatividad y le resultaba mucho menos estresante, algo que encajaba perfectamente con su carácter. Era un mercado que ella disfrutaba mucho.

—He estado en una conferencia en el Metropolitan todo el día —mintió Sydney, refiriéndose al museo, y esperó que eso fuera suficiente explicación—. Sobre arte etrusco. Fascinante.

—Me extrañaba que no cogieras el móvil en todo el día —contestó Sophie, sorprendida.

Le dijo a su madre que su novio, Grayson, y ella se iban a Maine a pasar el fin de semana y saldrían en un barco con unos amigos, si a su novio le apetecía. Sydney sabía que, debido a la ansiedad, Grayson a menudo tenía comportamientos antisociales, por lo que era un poco impredecible. Pero Sophie aceptaba su personalidad excéntrica y no se quejaba porque se querían.

—Tal vez tú también deberías irte por ahí un fin de semana, mamá. No puedes quedarte encerrada en ese apartamento, asfixiándote.

—Estoy bien.

No podía decirle que había estado todo el día en el estudio con aire acondicionado de Lady Louise y que había sido agradable librarse un poco de ese calor. Su apartamento era sofocante por las noches.

Estuvieron un rato charlando y después Sydney se fue a la cama pronto, sorprendida de lo cansada que se sentía. Ya no estaba acostumbrada a trabajar y había permanecido tensa la jornada entera, intentando hacerlo todo bien el primer día.

Después de eso, las semanas se sucedieron volando y sus compañeros diseñadores empezaron a pararse a menudo a charlar con ella cuando pasaban al lado de su mesa. Les habían impresionado sus dibujos y más porque los había hecho de la forma tradicional, que era más difícil y menos indulgente con los errores que el diseño digital, en el que había programas que lo corregían todo. Ella también les echó un vistazo a los diseños de los demás y así vio lo básico de la línea de Paul Zeller. Era cierto que estaban copiando a muchos grandes diseñadores, introduciendo pequeños ajustes y cambios menores para que no los acusaran de plagio, pero la similitud con los originales era innegable. No obstante, todo eso ya había dejado de parecerle mal. Estaban poniendo la moda cara a disposición de las mujeres que no podían permitírsela, pero que querían ir bien vestidas y estar estupendas en el trabajo y en su tiempo de ocio. Habló con Ed una noche sobre ello, mientras tomaban una copa después del trabajo. Habían ido todos a un pequeño bar que había al final de la calle y él la invitó a un vino.

—Mis hijas están indignadas por lo que hace Lady Louise. Creen que no es más que una fábrica de imitaciones indiscriminadas, pero yo no lo veo así. Creo que hacemos un servicio importante. No solo las mujeres que ganan seis cifras deberían poder comprarse ropa a la moda —razonó.

Había visto muchas de las copias en los ordenadores que rodeaban su mesa, pero Ed todavía no le había pedido a ella que hiciera ninguna.

Él rio al oír su alegato. Era una persona agradable, trabajadora, con talento y concienzuda, y cuanto más tiempo pasaba con él, mejor le caía. Además le estaba enseñando poco a poco los entresijos de su nuevo trabajo.

—Ten cuidado de no creerte su palabrería, Sydney —advirtió—. Somos una fábrica de imitaciones, solo que lo hacemos mejor que las demás. Sabemos qué mantener y qué cambiar para que no nos rechacen del todo, pero merecemos muchas de las críticas que nos hacen. Y sí, puede parecer que está bien poner la moda a precios que se pueden permitir las mujeres con unos sueldos más modestos, pero utilizamos muchas cosas de los grandes diseñadores y por eso la gente de la industria, como tus hijas, no nos respeta. Es inevitable. No obstante, Paul es un tipo inteligente. Sabe lo que hace y conoce su mercado. Responde a una necesidad y nuestros precios son mejores que los de la competencia. —Sin duda, las copias de Lady Louise eran más baratas y mejores que las de ninguna otra empresa.

—¿Alguna vez ha tenido Paul problemas por copiar a otros diseñadores? —preguntó Sydney.

Ese hombre despertaba su curiosidad. En las últimas semanas, desde que había empezado a trabajar para él, lo había visto en contadas ocasiones. Le estaría agradecida eternamente por el trabajo que le había dado y por el sueldo que le pagaba, que había sido de gran ayuda en un duro momento de necesidad, pero él estaba muy ocupado dirigiendo su negocio y no pasaba demasiado tiempo con sus empleados, así que tampoco esperaba que hiciera una excepción con ella, que ahora formaba parte de la plantilla.

—No te puedes meter en problemas solo por copiar un vestido. Únicamente si plagias prendas de firmas que tengan una marca registrada. Paul asume grandes riesgos en muchos aspectos, pero por encima de todo es un hombre de negocios. Invirtió mucho dinero en las fábricas de China cuando las compró y ahora son de las mejores que he visto. No le asusta hacer grandes inversiones de dinero si cree que puede recuperarlo después y siempre tiene un plan. A veces roza la línea, pero nunca la cruza. No está dispuesto a hacer saltar por los aires todo lo que ha conseguido arriesgándose a que nos demanden. Las revistas de moda nos crucifican con frecuencia, pero no creo que fuera capaz de hacer nada ilegal.

Ella asintió. Eso tampoco le parecía mal del todo.

—Es un genio a la hora de poner a la venta artículos que no son rentables, pero que sirven para atraer clientes —continuó Ed—. Sabe en qué puede permitirse perder dinero porque van a causar un gran impacto, como las prendas de cachemira de la última temporada. Los pone ahí para destacar otra cosa con la que gana veinte o cincuenta veces el dinero que ha invertido.

Con lo que sabía de él hasta el momento, Sydney no pudo más que estar de acuerdo.

—Cuenta contigo para que aportes a la empresa cierta «clase», como dice él —añadió Ed—. A mí me parece una buena idea. Has aparecido en nuestra puerta justo en el momento adecuado, cuando él estaba buscando algo nuevo.

—Yo estaba en la misma situación —reconoció ella—. También era justo el momento perfecto para mí.

Ed no tenía ni idea de por qué ella había decidido volver a trabajar de repente. No daba la impresión de necesitar dinero y toda la ropa que llevaba era cara. Pensó que tal vez se aburría y por eso había decidido regresar al mundo de la moda después de tanto tiempo. Ella no le había contado nada y él tampoco preguntó. Era educado y discreto en todo lo que tenía que ver con la vida privada de los demás y con la suya propia.

Mientras tomaban una copa Ed le había mencionado que no tenía pareja y ella se había dado cuenta de que trabajaba demasiado, como Sabrina e incluso Sophie. Aunque Sophie tenía novio, cuando estaba diseñando una nueva colección pasaba poco tiempo con él. Tampoco la relación iba muy en serio. Grayson era una persona complicada y le gustaba estar solo. Por su parte, Sabrina reconocía abiertamente que no tenía tiempo para citas ni para novios. Y Ed era igual.

—Todos trabajáis demasiado ahora, es una locura —comentó Sydney—. Mi hija mayor tampoco tiene pareja y siempre dice que no tiene tiempo para salir con nadie. Está en su oficina hasta medianoche la mayor parte de los días y creo que incluso duerme allí durante un mes antes de la Semana de la Moda y los días que dura esta.

—Probablemente tú trabajabas antes tanto como nosotros ahora —apuntó Ed, pero ella lo negó.

—Creo que la industria no llegaba a estos extremos entonces. Siempre ha sido un mundo estresante, pero ahora todo ha aumentado hasta un grado increíble.

—Pero no hay nada como esto —contesto él con verdadera pasión—. Yo no quiero dedicarme a ninguna otra cosa.

—Tampoco sabrías hacer otra cosa —contestó Sydney riendo.

Ella ya no sentía dentro ese mismo fuego que ardía en el interior de Sabrina y de Ed porque sabía que había otras cosas en la vida, como los hijos, la pareja, la familia... Cosas que ninguno de los dos parecían querer aún. A nadie le importaba ya casarse. Ella se casó y tuvo a sus hijas joven, mientras trabajaba. Pero la generación de sus hijas estaba completamente centrada en unas carreras que excluían todo lo demás. Después de pasar dos agradables horas con él, hablando de moda, de arte y de su vida en Hong Kong, volvió a ponerse triste por no poder presentarle a las chicas, al menos hasta que les contara lo de su trabajo en Lady Louise.

El momento de la verdad llegó, por fin, tres días antes de que Ed y ella salieran para Pekín. Para entonces ya llevaba tres semanas en Lady Louise, empezaba a estar cómoda allí, le gustaba mucho trabajar para Ed y tenía muchas ganas de realizar ese viaje. Sus hijas habían empezado a quejarse de que cada vez les costaba más contactar con ella. Sydney les decía que estaba en conferencias en el museo, en el cine, durmiendo o que se había quedado sin batería en el teléfono, pero ya se le estaban acabando las excusas y no había forma de explicar una ausencia tan larga, ni el hecho de que no iban a poder contactar con ella durante la mayor parte de su estancia en Asia. No tenía ni idea de si su teléfono funcionaría allí donde iban ni si tendría acceso a internet. Ed le había dicho que las ciudades industriales, donde estaban las fábricas, se hallaban en lugares muy remotos.

Esperó hasta el final de la cena. Habían ido a un restaurante de sushi del centro que a ellas les gustaba mucho. No había dejado que fueran al apartamento, porque habrían visto su maleta. Solo se iba a llevar una, algo raro en ella. Cuando viajaba con Andrew llevaba dos o tres, cuatro incluso, dependiendo de la duración del viaje. Pero no necesitaba nada demasiado elegante para ese viaje, solo ropa para trabajar que fuera adecuada para el calor, y algo para su visita a Hong Kong, donde quería ir un poco mejor vestida para conocer a la familia de Ed o para ir a algún restaurante.

—Tengo algo que deciros —dijo Sydney muy seria y las dos la miraron sorprendidas.

—¿Las dos hijastras sin escrúpulos han decidido devolverte el dinero y dejar que te quedes la casa? —preguntó Sabrina, sarcástica.

—Ni mucho menos. La semana pasada me mandaron un montón de facturas de gastos que hicimos Andrew y yo hace un tiempo, como renovar la moqueta en dos de los dormitorios de invitados o comprar una nevera nueva. También pintamos el garaje y este mes ha llegado un poco más tarde la factura del supermercado.

Y ellas se las habían enviado todas. Esas cosas suponían un gasto inasumible para Sydney en ese momento.

—No les pagues las mejoras de la casa —respondió Sabrina con voz dura—. Ellas se la han quedado. Tú no te has llevado la nevera ni la moqueta. No deberías pagarles ni siquiera la factura del supermercado, que les den. ¿Por qué ibas a tener que pagarles ni un céntimo?

Sydney había estado intentando tomar una decisión sobre el tema. Quería ser justa, pero no comportarse como una idiota, ni ser el saco en el que sus hijastras podían dar todos los puñetazos que quisieran. Ya había tenido que soportar muchas cosas, demasiadas, por Andrew. Así que decidió que le iba a dar las facturas a su abogado para que las negociara en su nombre.

—Pero no era de eso de lo que quería hablaros —continuó—. Tengo que contaros otra cosa.

Inspiró hondo y Sophie pareció entrar en pánico.

—¿Estás enferma, mamá? —preguntó inmediatamente.

—No, estoy bien. Debería haberos contado esto hace semanas, pero no quería que os enfadarais. He encontrado un trabajo.

Sabrina se mostró suspicaz al instante.

—¿Qué tipo de trabajo? Espero que no sea de dependienta en unos grandes almacenes.

Su madre lo había mencionado como posibilidad en cierto momento, pero Sabrina quería un trabajo mejor y una vida más fácil para ella.

—No, no es de dependienta. Me dedico a diseñar. Pero no a vuestro nivel, claro. No podría llegar a eso, llevo demasiado tiempo alejada de este mundo.

—¿Y para quién trabajas? —Sabrina intentaba que fuera al grano, pero le pareció que su madre estaba incómoda. Tenía una expresión culpable y no se atrevía a mirar a sus hijas a los ojos.

—Sé que ninguna de las dos lo aprobáis, pero tampoco es que tuviera muchas más opciones. No estoy en situación de elegir. Las agencias de empleo a las que fui no tenían nada para mí y me dijeron que llevaba fuera demasiado tiempo. Acepté la única oferta que tenía y, además, con un sueldo más que decente. Me la hizo Paul Zeller. No quería decíroslo, pero me voy a Pekín dentro de tres días para ver las fábricas que tiene allí y no quería desaparecer sin más.

Al quitarse ese peso de encima se sintió mejor. Sabrina dio un respingo, se apoyó en el respaldo de la silla y la miró con una expresión colérica.

—Oh, Dios mío, ¿por qué no lo hablaste con nosotras primero?

—Os lo conté antes de llamar a Paul. Y las dos os lanzasteis a mi yugular. Necesitaba trabajo, niñas. Ahora tengo que trabajar. No tengo elección y él me dio una oportunidad y me está pagando más de lo que merezco después de estar desempleada tanto tiempo. Ninguna gran firma me habría contratado como directora de diseño, ni como subdirectora ni siquiera como ayudante. Y no me importa lo que digáis vosotras, porque creo que lo que hace tiene su mérito. Y el jefe del departamento de diseño es fantástico. Me voy a China con él. Se llama Ed Chin y es de Hong Kong. Vamos a pasar por allí a la vuelta.

Ambas se entristecieron al descubrir que su madre no les había contado nada de su nueva vida.

—¿Te haces una idea de lo vergonzoso que es esto para nosotras? —respondió Sabrina con tono beligerante—. Que tú trabajes para una firma de mierda como esa tiene consecuencias para nosotras.

Sophie no parecía tan disgustada, solo decepcionada, pero Sabrina estaba furiosa.

—No es una firma de mierda —insistió Sydney—. Y están pensando en dejarme hacer prendas de diseño, utilizando el nombre de antes.

—Claro. Te está explotando y comerciando con tu nombre, y el de la casa para la que trabajabas, para darle algo de caché a la basura que vende.

No había forma de convencerlas y Sophie parecía tan descontenta como su hermana. Sabrina tenía una forma de expresarlo más dura y más explosiva y por eso había hablado primero, pero lo hacía por las dos.

—Siento que no lo aprobéis —fue lo único que dijo Sydney en respuesta—, pero ese es mi nuevo trabajo y os lo cuento porque creo que debíais saberlo. Os enviaré el itinerario del viaje antes de irme.

Tras oír la contestación de su madre se quedaron allí sentadas, sumidas en un silencio triste. Ambas insistieron en pagar la cena. La noche había acabado de una forma muy amarga. Cuando se separaron, Sydney les dio un beso a las dos.

Más tarde, en el taxi, Sabrina estaba fuera de sí.

—Tienes que reconocer que tiene mérito que haya logrado encontrar un trabajo —señaló Sophie, magnánima.

—¿Te das cuenta de lo que pasará si alguien de *Women's Wear Daily* se entera? Su nombre quedará totalmente desprestigiado. Y el nuestro también, por asociación —explicó Sabrina, que parecía desesperada.

—No seas tan egocéntrica —la reprendió Sophie—. Necesitaba una forma de pagar el alquiler y está siendo muy valiente. No está sentada en su casa, llorando. Ha salido ahí fuera, a trabajar. Deberíamos admirarla por ello.

—Admiro su valentía, pero no su criterio —respondió Sabrina con dureza y cara de preocupación—. Esperemos que nadie se entere o que no sean capaces de encontrar la conexión con nosotras.

Sophie fue la primera en bajarse del taxi y Sabrina continuó hasta llegar a su apartamento vacío. Todavía no se le había pasado el enfado con su madre. Tampoco le gustaba la idea de que se fuera a China. Iba a ser agotador y peligroso para ella y podía pasarle cualquier cosa.

Sabrina le envió a Sydney un encendido correo electrónico en el que le explicaba por qué era una idea tan terrible que trabajara para Lady Louise y donde le advertía que estaba siendo muy inocente al caer en la trampa de Zeller. Aseguraba que estaba humillando a sus dos hijas y que ahora no podían decirle a nadie dónde trabajaba su madre sin morirse de vergüenza, mientras que antes estaban orgullosas de contarle a la gente de la industria que su madre era Sydney Smith. Al aceptar trabajar para esa empresa se había degradado a sí misma y a ellas. Su madre leyó el correo con los ojos llenos de lágrimas.

En ese momento Sydney no solo estaba enfadada con sus hijas, estaba furiosa con Andrew, mucho más de lo que lo había estado antes. No importaba lo malas personas que fueran las hijas de él o lo fácil que le resultara centrar toda su ira en ellas por haberla echado de su casa; era Andrew el responsable de que se encontrara ahora en esa situación al no haber hecho un testamento nuevo tras casarse con ella. Todo era culpa suya. Las mellizas habían dejado de ser las únicas malas de la película, Andrew también había desempeñado un papel en todo aquello. Todo empezaba con él y con su error al no haberse preocupado por su futuro. Se tumbó en la cama y se quedó despierta, furiosa. Era culpa de Andrew que sus hijas estuvieran ahora enfadadas con ella. Ya no le quedaban aliados, ni amigos, ni dinero, ni nadie a quien recurrir para pedirle ayuda. Lo único que tenía era su trabajo. Y sus hijas la odiaban por eso mismo. Pero al menos tenía un empleo, pensaran lo que pensasen sus hijas.

Sabrina también estaba molesta con Andrew. Después de haber hecho tanto por ellas, se había comportado de forma irresponsable con su madre y la había dejado en la estacada. Y por eso ella había tenido que aceptar ese trabajo. Todo por su culpa. Estaba mucho más enfadada con Andrew que con su madre, que solo estaba siendo muy inocente en lo que respectaba a Paul Zeller, porque lo veía como una especie de héroe que la había salvado dándole un empleo. Pero ninguno de los dos era un héroe a ojos de Sabrina y Andrew menos que ninguno, porque había dejado a su madre desprotegida en un mundo de tiburones. Y según lo que se decía en la industria, Paul Zeller era el rey de los tiburones y su madre no tenía ni idea de dónde se estaba metiendo al aceptar trabajar para él. Lo último que quería Sabrina era que le hicieran daño a su madre, al menos no más del que ya le habían hecho.

5

El avión despegó del aeropuerto Kennedy con destino a Pekín. Ed y Sydney ocupaban asientos contiguos. La empresa tenía por norma sacar billetes en clase *business* para todos sus principales ejecutivos cuando estos debían realizar viajes largos. Ed solía pagar de su bolsillo el cambio de billete de clase *business* por uno de primera clase cuando realizaba el trayecto entre Nueva York y Hong Kong, pero esta vez había decidido no hacerlo para viajar con Sydney. Estuvieron un rato charlando mientras comían y después, mientras Ed veía una película, Sydney se quedó dormida. Cuando, al cabo de varias horas, se despertó, vio que Ed estaba trabajando en su ordenador, preparando las reuniones. Informó a Sydney sobre algunas personas con las que se iban a reunir. Ed no dejaba de pensar en el trabajo y quería estar preparado para afrontar cualquier eventualidad, por eso era tan bueno en lo que hacía y esa era la razón por la que Paul confiaba tanto en él.

—¿Les has contado lo del viaje a tus hijas? —preguntó cuando terminó de informarle de temas estrictamente profesionales. Sydney asintió—. ¿Y cómo fue? —Él sabía que estaba preocupada por la reacción que estas tendrían cuando les contara dónde la habían contratado.

—No muy bien —confesó, suspirando.

Sophie le había enviado un correo electrónico un día después que Sabrina. Le decía las cosas con más tacto, pero el mensaje subyacente era igual de duro. Su conclusión era que ambas se avergonzaban de que su madre trabajara para Lady Louise. Pero ellas no tenían que pagar sus facturas y Sydney no disponía de muchas más opciones.

—Son unas esnobs de la moda. No aprueban lo que nosotros hacemos.

Hasta ese momento, Sydney no había tenido que copiar ningún diseño, pero eso era lo que caracterizaba a la marca y ella nunca había tratado de negarlo. Seguía insistiendo en que había un mercado válido para lo que ellos ofrecían y que las mujeres con un menor poder adquisitivo tenían derecho a ir vestidas a la moda.

—Tal vez se acostumbren con el tiempo —contestó él, amablemente.

Ed tenía muy buena opinión de Sydney: la consideraba una persona inteligente y sensata, con la que era fácil trabajar. Y, aunque no llevaban colaborando mucho tiempo, se veía que tenía talento y que era una buena diseñadora, una profesional de la cabeza a los pies. También se notaba que era una persona honrada y que quería a sus hijas, así que su desaprobación sin duda debía de causarle un gran dolor. Se esforzaba mucho y había resultado tener más dedicación de lo que él creyó al principio. No le importaba pasarse horas en el despacho, como él, y quería aprender todo lo que pudiera del negocio.

—Lo dudo —respondió con expresión triste Sydney, pensando en sus hijas—. Pueden ser muy testarudas, y en esto las dos están de acuerdo. Mi hija mayor dice que, si alguien se entera de que trabajo para Lady Louise, podría repercutir negativamente en su trabajo. Y por nada del mundo quiero que eso ocurra. Pero tampoco quiero renunciar a esta oportunidad solo para contentarlas a ellas.

Y tampoco podía permitírselo. El saldo de su cuenta se

había reducido de manera considerable. Necesitaba el dinero desesperadamente.

—Yo solo espero que no dejes el trabajo —dijo él con convicción—. Se les pasará. Hay gente muy purista y elitista en el mundo de la moda, sobre todo los que trabajan en la industria de la ropa de lujo. A veces es un poco ridículo. Lo he visto en otras firmas para las que he trabajado. Todo el mundo me decía que estaba loco cuando acepté este puesto. Y yo temí que tuvieran razón, pero la verdad es que me encanta y está suponiendo una gran experiencia para mí. He aprendido muchas cosas que no habría podido aprender en otro sitio. Paul y yo no siempre estamos de acuerdo, pero es un buen jefe si sabes establecer desde un principio los límites de lo que estás dispuesto a hacer y de lo que no. Eso lo respeta. Es un jefe justo. Y siempre tiene en cuenta mi opinión cuando le digo que creo que se ha pasado copiando los diseños de alguien y no duda en dar un paso atrás.

Sydney se sintió aliviada de oír lo que Ed acababa de decir y de que él creyera que sus hijas se equivocaban. Se había ganado su respeto en el poco tiempo que había estado trabajando para él y estaba convencida de que a sus hijas les caería bien también si accedieran a conocerlo, algo que no le parecía muy probable en ese momento. No querían nada que ver con aquella empresa ni con su nueva vida.

Tenían billetes para un vuelo a Pekín con una escala de tres horas en Hong Kong. Sydney estaba cansada tras el vuelo de dieciséis horas, pero había estado durmiendo la mitad del trayecto, así que se dedicó a hacer algunas compras en el aeropuerto antes de coger el siguiente avión. Tenían reservadas sendas habitaciones en el Fairmont Hotel de Pekín, en el distrito de Chaoyang. Allí era donde solía alojarse Ed. Pasaron una noche en la capital para recuperarse del viaje y al día siguiente tomaron otro vuelo de media hora hasta Shijiazhuang, donde se hallaban las fábricas de Lady Louise. El hotel de allí era mucho más modesto y algo más incómodo y ninguno de los empleados hablaba su idioma. Por suerte, Ed dominaba perfectamente el mandarín. Pero en las fábricas, que estaban gestionadas de manera impecable, había algunos trabajadores que sí hablaban su idioma y ella aprovechó para hacerles innumerables preguntas y enterarse de primera mano del volumen de fabricación que movían, de los problemas a los que se tenían que enfrentar y de lo que necesitaban que hicieran los diseñadores. Quería aprender cómo era el negocio desde las bases y Ed se quedó impresionado. Pasaron dos semanas en Shijiazhuang, yendo a la fábrica todos los días, y después viajaron a otra ciudad para ver otra fábrica que Paul se planteaba comprar. A Ed no acababa de gustarle del todo la idea ya que creía que les iba a costar una fortuna adaptarla a sus estándares. Al fin, tras aquellas dos semanas y media en la China continental, se dirigieron a Hong Kong, que era otro mundo totalmente diferente.

Nada más bajar del avión y cruzar el aeropuerto, Sydney supo que aquel era un lugar fascinante que albergaba una embriagadora mezcla de culturas: británica, europea y china, con un millón de sutiles variaciones. La gente era sofisticada, las tiendas fabulosas y era fácil comunicarse. La familia de Ed envió su Bentley con chófer a recogerlos. Él la había invitado a quedarse en casa de sus padres con él e insistió en que no habría ningún problema y que estaban deseando conocerla. Su casa era enorme y estaba en la zona de Victoria Peak, con unas vistas impresionantes del puerto y la ciudad. Había un ejército de personal de servicio para atenderlos, estaba magníficamente decorada con una combinación de antigüedades inglesas, francesas y chinas, y la habitación de invitados que le asignaron ofrecía un paisaje espectacular. Nunca en su vida había estado en una habitación tan cómoda y elegante. Después de ver todo aquello, a Sydney le costaba entender por qué Ed quería vivir y trabajar en Estados Unidos. Cuando se lo preguntó, él le respondió con una sonrisa en los labios:

—Es fácil echarse a perder aquí. Además, mis padres siguen tratándome como si tuviera doce años.

Era hijo único y su padre y sus dos tíos eran los que gestionaban el imperio familiar. Su madre era una mujer culta y preciosa que había estudiado historia del arte en París. Era una de las mujeres más bellas que Sydney había visto en la vida y llevaba un largo collar de cuentas de jade imperial alrededor del cuello. Todo lo relacionado con ella era exquisito.

—Tengo intención de volver aquí para trabajar con mi familia dentro de un tiempo, pero quería ver más mundo.

Viendo lo que su familia podía ofrecerle y la magnitud de su imperio, Sydney no creía que Ed fuera a permanecer lejos de aquello durante muchos años más. Había demasiadas cosas que tiraban de él para regresar, aunque parecía estar disfrutando de su vida de independencia en Nueva York, donde no tenía a su familia vigilándolo todo el tiempo y donde, a diferencia de en Hong Kong, nadie lo conocía. En Nueva York podía mantener el anonimato y eso le encantaba. Le había contado que su familia no tenía problema con que fuera gay. Uno de sus primos mayores también lo era. Decía que su madre de vez en cuando se lamentaba de que no iba a tener nietos, pero él pensaba que tal vez algún día, cuando volviera a Hong Kong, podría adoptar un niño. No obstante, todavía no estaba listo para eso, así como tampoco las hijas de Sydney estaban preparadas aún para comprometerse. El matrimonio y los hijos eran ideas que no les cabían aún en la cabeza. Estaban totalmente centradas en su trabajo, igual que él. Ed tenía mucho en común con sus hijas, aunque él parecía más maduro.

Pasaron dos días con la familia de Ed en Hong Kong y allí les sirvieron comidas suculentas, fueron a tiendas que Sydney no habría encontrado sin su ayuda y Ed le enseñó la ciudad. Era un lugar extraordinariamente civilizado y emocionante al mismo tiempo. Una noche, tarde, uno de sus tíos los llevó a Macao, a jugar, en una lancha privada. Aquella era una vida de lujos y comodidades que le recordaba todo lo que había perdido, aunque, al estilo chino, era incluso más ostentoso que lo que ella había tenido. Era fácil deducir que la fortuna de la familia de Ed era inmensa. Le esperaba un futuro prometedor y, en el avión de vuelta a Nueva York, le dijo que a veces soñaba con crear su propia línea de moda, pero que no estaba del todo seguro. Era realmente tentador y durante un segundo Sydney envidió la tranquilidad de la que él gozaba. Podía hacer lo que quisiera porque siempre contaría con el apoyo de sus parientes. Era una posición muy poco común. Pero a pesar de ello era modesto y discreto, y nunca alardeaba ni se jactaba de su familia ni de sus circunstancias. Después de ese viaje lo admiró aún más y sintió que se estaban haciendo amigos de verdad.

Llevaban en el avión una hora, en la que ella había estado evocando momentos del viaje y disfrutando de los recuerdos de todo lo que había visto y de los lugares escondidos y difíciles de encontrar que Ed le había mostrado, cuando el piloto anunció que había un pequeño problema eléctrico en el avión y que estaban decidiendo si volver o no a Hong Kong. Les dijo a los pasajeros que les comunicarían la decisión en unos minutos.

Sydney se puso de los nervios al escuchar aquello, gruñó y miró a Ed.

—Oh, mierda. Otra vez no.

—¿A qué te refieres con «otra vez»? —preguntó Ed, desconcertado por lo que acababa de decir.

A él normalmente no le daba miedo volar, pero no le gustaban los anuncios sobre problemas mecánicos mientras estaba en un avión a treinta y cinco mil pies.

—Así fue como conocí a Paul —explicó ella—. En un avión. Estuvimos a punto de caer sobre el Atlántico y tuvimos que hacer un aterrizaje de emergencia en Nueva Escocia. Él me cogió la mano cuando creímos que íbamos a tener un accidente. Nos quedamos atrapados allí durante quince horas. Para cuando aterrizamos en Nueva York, ya parecía que fuéramos amigos de toda la vida.

Ed puso los ojos en blanco.

—Entonces es culpa tuya. Tienes un mal karma con los aviones. Si lo hubiera sabido, no me habría subido nunca a uno contigo. —Estaba bromeando, pero ambos estaban preocupados.

El avión estuvo media hora dando vueltas y después el piloto volvió a dirigirse a los pasajeros para decirles que habían conseguido solucionar el problema y que continuaban el viaje hacia el aeropuerto JFK.

—Esta vez te perdono —le dijo Ed.

Ella le dio las gracias otra vez por invitarla a quedarse con su familia en Hong Kong. Tras el largo viaje hasta la fábrica y dos semanas de duro trabajo, había sido un gran regalo para ella.

—Ya volveremos —aseguró él—. Tienes que celebrar el Año Nuevo chino allí alguna vez. Es muy divertido en esa época.

—Sigo sin entender cómo puedes querer vivir en Nueva York cuando en Hong Kong te esperan tantas cosas.

—Todo eso no se va a ir a ninguna parte y me lo he pasado genial viviendo en Londres y en Nueva York estos últimos cinco años.

A ella le había encantado visitar Hong Kong por primera vez junto con él. Andrew y ella nunca habían estado en Asia. Solían visitar lugares de Europa y habían ido a Sudamérica unas cuantas veces. Pero ese viaje había sido muy especial porque Ed le había enseñado la ciudad como solo alguien que hubiera nacido allí podría hacerlo.

Cuando aterrizaron en Nueva York, ella pensó en sus hijas inmediatamente. Se habían intercambiado mensajes varias veces durante el viaje. Sabrina había estado un poco fría, Sophie algo menos, pero no había hablado con ninguna de ellas en todo ese tiempo. La diferencia horaria impedía que pudiera llamarlas cuando a ella le iba bien y además tenía la sensación de que las dos la estaban evitando, castigándola de alguna manera por aceptar el trabajo. Sydney sentía que no era justo y no estaba dispuesta a renunciar a su nuevo puesto por ellas. Tampoco es que pudiera permitírselo.

—¿Qué planes tienes para este fin de semana? —le preguntó a Ed en el taxi que compartían para volver a la ciudad.

Sydney se acordó del Bentley que había ido a recogerlos en Hong Kong y pensó que nada en su apariencia, su forma de vestir o de comportarse sugería que Ed pertenecía a una familia tan adinerada. Esa discreción merecía todo su respeto.

—Tengo una cita —dijo y le sonrió, un poco misterioso.

Ella sabía que no salía mucho, así que se alegró por él.

—¿Y tú? —preguntó él.

—Espero ver a mis hijas, si es que todavía me hablan —dijo, algo triste. Las había echado de menos durante el viaje.

—Ya se les tendría que haber pasado —dijo Ed con una mirada de desaprobación.

Sydney era una mujer estupenda y él le había cogido cariño. No se merecía que sus hijas la castigaran de esa manera, después de todo lo que había sucedido. No sabía toda la historia, pero sí lo bastante para compadecerla. Ella le había contado únicamente que las hijas de su difunto marido se habían quedado con su casa y eso a él le había parecido una pesadilla. ¡Y eso que no sabía que se habían quedado también con el dinero! Sydney era demasiado orgullosa y discreta para contarle el resto.

—Ya veremos. Puede que tengan algo que hacer.

Llevaba tres semanas sin verlas y esperaba que hubieran dejado atrás el enfado.

Las llamó en cuanto llegó a su apartamento. Solo Sophie respondió a su llamada, pero estaba con su novio y dijo que tenía planes para el día siguiente. Le prometió a su madre quedar con ella para cenar la semana siguiente. Sabrina la llamó más tarde. Parecía más calmada, pero también tenía cosas que hacer. Le dijo que estaba hasta el cuello con las pruebas de las prendas para el desfile de la Semana de la Moda. Esos siempre eran días frenéticos para ella. Prometió ir a verla en cuanto tuviera un hueco, algo que su madre sabía que no ocurriría hasta después de que se celebrara el desfile e hicieran las sesiones de fotos para los catálogos de ventas.

—¿Qué tal el viaje? —preguntó Sabrina educadamente.

—Fascinante. En Hong Kong me quedé en casa de la familia de mi jefe. Es un sitio increíble. Y el tiempo que pasamos en la fábrica también fue interesante.

Ella sabía que Sabrina había hecho un desfile en Pekín dos años antes y que no le gustó nada. Todo lo que podía ir mal, salió mal. En el salón que alquilaron se les estropeó el aire acondicionado, tres de las modelos se desmayaron en la pasarela por el calor y ella cogió bronquitis por culpa de la polución. El viaje de Sydney había ido mucho mejor, principalmente gracias a Ed, que lo hizo todo más fácil porque el idioma no suponía ningún problema para él.

Así se lo hizo saber a Paul Zeller cuando este la invitó a comer al día siguiente para que le contara cómo había ido el viaje. Ella le explicó todo lo que habían hecho, le dio su opinión sobre algunos temas y se deshizo en elogios hacia Ed: le comentó lo competente y eficiente que era, lo bien que lo gestionaba todo y lo fácil que le había hecho el viaje a ella.

—Lo sé —dijo Paul con un suspiro—. He hecho un par de visitas a las fábricas con él. Es una joya. Por desgracia, siempre he sabido que tarde o temprano nos dejará. No importa lo que le ofrezca, antes o después volverá con su familia en Hong Kong. Es inevitable. No puedo competir con ellos. Son una de las familias más poderosas en la industria textil en China. Y él dirigirá todo algún día, si quiere. Pero me alegro de poder contar con él mientras pueda. Por cierto... —Volvió a un tema que le había mencionado antes y en el que ahora quería profundizar—. Creo que es hora de que Lady Louise se plantee seriamente lanzar al mercado algunas prendas firmadas por Sydney Smith. Es una apuesta arriesgada, pero si funciona bien, podría convertirse más adelante en tu propia línea.

Era una deliciosa zanahoria con la que tentarla.

—¿Y qué tipo de ropa tienes en mente? —le preguntó, halagada de que confiara tanto en ella—. ¿Más elegante? ¿Más informal? ¿Ropa para ir un poco más arreglada que la que hacemos ahora?

—Sí, esa es la idea. Vamos a ver qué se te ocurre. Te doy carta blanca.

Estaba emocionadísima y deseando contárselo a Ed, pero cuando esa tarde le habló de una potencial línea firmada por ella se sorprendió al ver que su jefe directo fruncía el ceño. Se preguntó si estaría celoso, pero no había ningún motivo para ello. Él era el director creativo de Lady Louise, un puesto mucho más importante que el de ella.

—Llámame loco o paranoico —dijo él—, pero después de tres años aquí, conozco a Paul. A veces tiene un propósito oculto y te pone delante una jugosa zanahoria porque tiene otra idea en mente. Y esta mañana me ha dado esa sensación, aunque no sé por qué. Es pronto para que te proponga diseñar una línea propia con tu nombre. Todavía no llevas aquí mucho tiempo y aún no ha comprobado qué tal funcionan las prendas de firma en el mercado. Tengo la extraña sensación de que tiene un as escondido en la manga.

Ed parecía preocupado y Sydney no supo cómo tomárselo.

—¿Otra idea en mente?, ¿en qué estás pensando?

Le había desconcertado lo que Ed acababa de decir. Siempre había defendido que Paul era una persona íntegra y un jefe justo. ¿Por qué ahora pensaba de manera diferente?

—No tengo ni idea —admitió Ed— y probablemente esté equivocado. Solo sé que, a veces, cuando te ofrece una gran oportunidad como esta, es que tiene algún plan. Sé que tenía previsto esperar un poco antes de darte tu propia línea. No sé por qué lo habrá querido acelerar. No me lo ha dicho. En ocasiones se vuelve demasiado ambicioso. Tú mantén la guardia alta. Tendrá que enseñar sus cartas antes o después. No es tan sutil como cree.

Sydney pensó que era una advertencia muy alarmante y tomó la decisión de mantenerse alerta. Pero estaba casi segura de que la extraña sensación de Ed no tenía ningún fundamento. Además, estaba emocionada ante la idea de crear una línea con su marca propia y quería pensar que podía ser un proyecto con vistas al futuro. Paul estaba hablando de incluir unas cuantas prendas especiales suyas en la colección de primavera para atraer compradores de mayor poder adquisitivo.

Después de la conversación, apartó las preocupaciones de Ed de su mente y se concentró en preparar la presentación de la marca en la Semana de la Moda. Como eran una firma de ropa barata, no organizaban ningún desfile, sino que presentaban la colección en un local que alquilaban, por el que las modelos se paseaban llevando su ropa, algo parecido a lo que hacían en la firma en la que trabajaba Sophie. Era mucho menos estresante que el desfile de moda exclusiva que preparaba Sabrina, con cuarenta de las supermodelos más cotizadas.

Ed ya le había dicho que, como todas las temporadas, uno de los diseñadores jóvenes le acompañaría a ver las grandes pasarelas. Pero que en esta ocasión, quería que ella también fuera. Mencionó que una de ellas era la de la firma en la que trabajaba Sabrina. Sydney sabía que, tras los desfiles, los diseñadores de Lady Louise trabajaban en las copias y desarrollaban su nueva línea en un tiempo récord. Era algo por todos conocido y con lo que tenían que vivir. Sydney no estaba orgullosa de copiar los diseños de otras firmas, pero Paul le había explicado la razón para hacerlo y podía llegar a comprenderlo. Sin embargo, ella esperaba poder introducir mayores modificaciones en las copias esa temporada, para que las similitudes no fueran tan evidentes. Era uno de sus objetivos a largo plazo. A Ed también le preocupaba ese tema, pero a Paul no parecía importarle demasiado que se diseñaran prendas exactamente iguales que los originales. Mimi, la joven diseñadora francesa que iba a acompañarlos a los desfiles, era una de las favoritas de Paul precisamente porque nunca introducía demasiados cambios en los diseños respecto a los originales, algo que, por el contrario, no satisfacía demasiado a Ed, que a menudo discutía con Paul sobre el tema. Ed estaba decidido a mantener su integridad hasta donde pudiera.

Sydney había conseguido cenar con Sophie un día, antes de que empezara la Semana de la Moda y ella estuviera demasiado ocupada para quedar con su madre. Sin embargo, aunque había hablado con Sabrina por teléfono varias veces, no logró verla antes de la presentación. Sydney estaba sentada junto a Ed y sonreía de oreja a oreja, orgullosa, cuando Sabrina hizo una reverencia al final, después de que todas las modelos salieran por última vez. Había sido un desfile espectacular, uno de los mejores, pensó Sydney y Ed estuvo de acuerdo con ella. Había seguido la carrera de Sabrina de cerca porque admiraba su trabajo desde mucho antes de que Sydney fuera a trabajar a Lady Louise.

En cuanto terminó el desfile, Sydney se metió entre bambalinas para darle un rápido abrazo a su hija antes de ir con Ed y la joven diseñadora a ver otros dos desfiles esa misma tarde. Sydney se percató de que Mimi no se sentaba junto a ellos y una semana después, cuando pasó por casualidad junto a su mesa y vio sus dibujos de cerca, entendió por qué la joven había ido por su cuenta. Le pareció que las copias eran casi idénticas y así se lo dijo a Ed.

—Son demasiado parecidas. Parecen exactamente iguales a las prendas originales —comentó Sydney—. Las revistas de moda no nos lo van a perdonar.

Después de verlo con sus propios ojos, Ed no pudo más que estar de acuerdo. Sabía que, en la mayoría de los casos, a nivel legal los diseños originales no estaban protegidos, pero los diseñadores que hacían copias normalmente intentaban cambiar cuatro o cinco elementos. Mimi solo había alterado uno o dos, que además eran apenas apreciables porque las modificaciones eran mínimas.

—Tiene tendencia a excederse —le dijo Ed a Sydney—. Puedo plagiar casi cualquier diseño, pero tiene que simplificarlo, quitarle detalles y darle una vuelta. Gracias por decírmelo.

Sydney se dio cuenta de que Mimi había sido elegida para ir a los desfiles porque fusilaba las colecciones. Y, siempre que podía, acudía a los eventos de moda para ver las prendas de cerca y examinar los detalles de la ropa de los grandes diseñadores. Era una cara anónima entre la multitud y lo que hacía era exactamente aquello que Sabrina criticaba de Lady Louise y por lo que odiaba a Paul Zeller y el nuevo trabajo de su madre. No se estaban «inspirando» en el trabajo de otros diseñadores, como ellos decían, sino que estaban plagiando todos los detalles, o muchos más de los que deberían, hasta hacer copias casi exactas.

Sydney volvió a la mesa de Mimi para comprobar las reproducciones que había hecho de la colección de Sabrina. Le pareció que eran las que menos se diferenciaban de los originales, porque los diseños de su hija mayor estaban muy de moda últimamente.

—Creo que deberías modificar un poco más estos —sugirió Sydney.

—Pero esto es lo que quiere el señor Zeller —contestó con total seguridad la diseñadora francesa.

—Seguro que no quiere que se parezcan tanto.

Volvió a quejarse a Ed y él prometió echar otro vistazo a sus dibujos.

Cuando se acabó la Semana de la Moda Sydney por fin pudo cenar con sus dos hijas. Sabrina parecía agotada, pero su desfile había salido bien y los pedidos posteriores de las tiendas habían superado sus expectativas. La presentación de Sophie había sido un gran éxito también, había generado unos pedidos que habían pulverizado todos los récords y sus empleados estaban encantados.

Sydney les contó cómo había ido su viaje a China. Al final de la cena Sabrina se volvió hacia ella con expresión irritada.

—¿Tu empresa ya ha copiado todos los diseños de mi colección? —preguntó disgustada y con una profunda mirada acusatoria.

—Espero que no. Ya les he llamado la atención por eso un par de veces. Paul quiere que hagamos cosas innovadoras en el futuro. No queremos que se nos conozca por ser una empresa que plagia. Nuestra línea es mejor que eso.

—Tú eres la única que piensa eso —contestó Sabrina con aire triste—. Ojalá no hubieras aceptado trabajar para ellos.

—No tenía otra opción —reconoció Sydney y después les dio la única buena noticia que tenía—. Acaban de alquilar el apartamento de París, así que eso me ayudará un poco.

Se abstuvo de contarles a sus hijas que las mellizas le habían enviado otro montón de facturas exigiéndole el pago. Sydney se había negado a pagarlas, porque no creía que le correspondiera a ella hacerlo, pero que la estuvieran acosando con facturas que no se podía permitir era un estrés añadido en su vida actual.

—Cualquier día Zeller tendrá serios problemas con esa fábrica de copias indiscriminadas. Y tú te verás salpicada si estás muy cerca de él. Ten cuidado, mamá —le advirtió Sabrina.

—Lo tengo, y el director del departamento de diseño está muy pendiente de esas cosas. Es un hombre honrado.

—Si fuera honrado y un diseñador serio, no estaría trabajando para Paul Zeller —contestó Sabrina con frialdad.

—Siento mucho que pienses así, porque me encantaría que lo conocieras. Es más o menos de tu edad, un poco mayor. Y su familia se portó fantásticamente bien conmigo cuando fuimos a Hong Kong.

Sabrina no dijo nada, pero era obvio que ninguna de ellas quería conocerlo. Era la segunda vez que una cena había acabado con un ambiente enrarecido por las críticas que sus hijas hacían a su trabajo. Se estaban mostrando intransigentes en ese tema. Pero ella estaba convencida de que se equivocaban. Aunque copiar no era algo digno de admiración, creía que tenía cierto mérito acercar los grandes diseños a la gente haciendo prendas a precios asequibles. Esa era la misión principal del negocio de Paul, que él defendía a ultranza. Pero Sabrina y Sophie no se tragaban ese supuesto noble propósito.

Quince días después de la Semana de la Moda de Nueva York, Sydney y Ed asistieron a la Semana de la Moda de París para ver las colecciones de *prêt-à-porter* de los diseñadores franceses. A petición de Paul, Mimi fue con ellos y acudió a todos los desfiles, aunque, igual que había ocurrido en Nueva York, no se sentó a su lado. También había ido a las Semanas de la Moda de Milán y de Londres antes de que ellos llegaran. A Sydney le encantaban los desfiles franceses, pero le parecía que el de Sabrina en Nueva York no tenía nada que envidiarles.

Cuando volvieron a Nueva York, Sydney empezó a trabajar en los primeros bocetos de sus prendas de firma, que la tuvieron muy ocupada. Quería echarles un vistazo a los diseños de Mimi, tras la Semana de la Moda de París, pero no tuvo tiempo. Ed dijo que se encargaría personalmente de comprobar que no fueran demasiado parecidos o copias exactas de los diseños originales. Pero cuando Sydney vio las primeras muestras de la colección, a principios de noviembre, supo que algo no iba bien. Y podía tratarse de un enorme problema. Se dio cuenta de que no había visto todos los diseños, de que le habían ocultado algunos. Habían producido copias exactas de todas las principales prendas de la colección de Sabrina y en algunas de las fotos ni siquiera se podía distinguir el original de la copia. En la revista de moda *Women's Wear Daily* apareció un largo artículo sobre el tema, en el que se arremetía contra Lady Louise y sus prácticas, y se acusaba a su equipo de diseño de carecer de «ninguna ética» y a Paul Zeller de ser «el principal parásito de la industria de la moda». E incluso se mencionaba a la madre de Sabrina Morgan, la anteriormente famosa Sydney Smith, que ahora trabajaba para Lady Louise. Y la periodista sugería indirectamente que Sabrina podría haberle filtrado sus diseños a su madre o incluso habérselos vendido para que los reprodujera Zeller. Sydney se sintió fatal al leer aquello. Una hora después la llamó su hija mayor. Cuando le cogió el teléfono, se dio cuenta de que esta no paraba de llorar y de sollozar.

—Espero que estés contenta, mamá. Me acaban de despedir. Me han dicho que lo que ha pasado es imperdonable y me culpan a mí. Creen que te he vendido mis diseños para que los utilizaras en esa empresa de mierda en la que trabajas. Les he jurado que no, pero dicen que no pueden correr el riesgo. Me han despedido fulminantemente. Incluso me han acompañado los de seguridad hasta la puerta del edificio.

A Sydney se le cayó el alma a los pies al oírlo.

—Oh, Dios mío, lo siento... Advertí al director del departamento de diseño de que esto podía pasar. Se supone que no deberían plagiar los modelos —dijo Sydney, también llorando.

Todos conocían las reglas que imperaban en la compañía sobre cambiar suficientes elementos para hacer prendas aceptables, pero Mimi no las había seguido, y había realizado copias exactas de los diseños de Sabrina.

—No deberíais copiar nada —exclamó Sabrina, sollozando.

Pero las dos sabían que el negocio era así y que Lady Louise no era la única empresa que lo hacía.

—Mi carrera ha acabado por tu culpa —acusó a su madre y después colgó.

Sydney estaba tan enfadada que fue a hablar con Ed en medio de un ataque de ira. Él ya se había enterado de lo del artículo y el revuelo que había producido.

—Lo siento mucho, Sydney. Le dije a Paul que eran demasiado parecidos, pero creo que esta vez no ha tenido en cuenta mi opinión.

—Acaban de despedir a Sabrina —dijo Sydney, consternada—. Creen que nos ha vendido sus diseños. Han ordenado al personal de seguridad que la acompañe hasta la salida. ¡Tengo que dejar este trabajo!

¿Cómo se lo iba a poder compensar a su hija? Todo aquello le había costado perder un trabajo maravilloso y tal vez incluso suponía el final de su carrera. Sabrina tenía razón desde el principio. Trabajar para Paul Zeller era jugar con fuego.

—No puedes dimitir. Acabo de hablar con Paul y van a apartar todos los diseños de Sabrina para hacerles modificaciones. Estoy de acuerdo contigo, no debería haber ocurrido, pero no somos los únicos que lo hacemos.

Eso no era excusa para Sydney porque la que había salido mal parada era Sabrina.

—Pero es mi hija y me culpa a mí. Ella espera que yo la proteja, y no lo he hecho.

—¿Crees que volverán a contratarla si nos comprometemos a modificarlos? —Él quería ayudar desesperadamente, pero no era fácil revertir el daño y borrar la sombra que ahora se cernía sobre Sabrina y su madre—. Dile que contrate a un buen abogado y que negocie un acuerdo con sus jefes. Si la despiden, deberían pagarle una buena indemnización y no imponerle una cláusula anticompetencia. Eso es importante.

—Se lo diré. Pero hay algo que está claro: mi relación con mi hija es mucho más importante para mí que mi trabajo.

Aunque lo cierto era que necesitaba dinero desesperadamente. No podía sobrevivir solo con el alquiler del apartamento de París. Y no tenía muchas posibilidades de conseguir otro trabajo, y mucho menos después de eso. Le envió inmediatamente un mensaje a Sabrina explicándole lo que Ed le había dicho mientras este se dirigió al despacho de Paul para hablar del tema.

Fue una tarde muy estresante y Paul le aseguró a Ed que ya estaban haciendo todo lo que podían para modificar los diseños y que incluso había aceptado retirar del mercado uno de ellos. Admitió que sus modelos eran demasiado parecidos a los de Sabrina y llamó a Sydney por teléfono, delante de Ed, para disculparse y asegurarle de que no volvería a pasar. Ninguno de los dos quería que ella dejara Lady Louise.

—Mi hija nunca me va a perdonar por esto. Que yo trabaje para ti le ha costado el mejor trabajo que ha tenido.

Sydney estaba muy enfadada con Paul, pero también consigo misma por haber participado en todo aquello sin darse cuenta.

—Pero no puedes irte ahora —le suplicó Paul—. Quiero lanzar toda una línea firmada con tu nombre el año que viene. No hablo de unas cuantas prendas, sino de toda una colección. Y, además, quiero que tengas una participación de los beneficios.

Estaba utilizando todo lo que tenía en la recámara para tentarla. Y ella sabía que no podía permitirse perder ese empleo. Pero se sentía como si le estuviera vendiendo el alma al diablo y Sabrina hubiera pagado el precio por ello. Estaba dispuesta a dimitir para compensar a su hija.

Sydney fue a verla a última hora de la tarde. Sabrina estaba sentada en el salón de su apartamento de Tribeca, llorando, y gritó a su madre en cuanto entró por la puerta. Sophie había salido antes del trabajo y había ido también a consolarla. Estaba abrazada a su hermana cuando Sydney entró. Sophie siempre era la pacificadora en todos los conflictos.

—Te dije que no te acercaras a ese hombre, mamá. Es de la peor calaña —fue lo primero que dijo Sabrina.

Su madre intentó darle un abrazo, pero ella de manera comprensible rechazó el gesto. Indirectamente, acusaba a su madre de la pérdida del trabajo que tanto le gustaba aunque esta no tuviera nada que ver con las prácticas mezquinas de su empresa.

—Me siento fatal por todo esto. Paul se ha comprometido a modificar todos tus diseños e incluso ha retirado uno del mercado. ¿Crees que tus jefes reconsiderarán su decisión si se enteran? —Sydney estaba tan desconsolada como su hija—. ¿Has llamado a un abogado?

Sabrina asintió.

—Está trabajando ya en ello. No tienen pruebas de que yo te enseñara mis diseños o de que se los vendiera a Zeller, pero mi jefe es un cabrón. No sois la única empresa que nos ha copiado alguna vez. También lo hacen otros. Pero esta vez eran copias exactas, no solo «inspiraciones», y la periodista del artículo aprovechó mi vínculo contigo. Y está por todo internet. Creo que mi jefe solo buscaba una excusa para culparme a mí —comentó siendo justa—, pero no tienen pruebas, principalmente porque no he hecho nada.

—Le he dicho a Paul que me estaba planteando dimitir por todo esto —dijo Sydney con voz contenida, destrozada por su hija.

—¿Te lo puedes permitir? —preguntó Sophie.

Sydney dudó antes de contestar. No podía, pero estaba dispuesta a hacerlo por lealtad hacia su hija.

—La verdad es que no —respondió Sydney sinceramente—, pero lo haría sin dudarlo si te hiciera sentir mejor —aseguró y Sabrina sonrió, emocionada.

Ya se le había pasado el enfado con su madre, pero seguía muy afectada por el hecho de haber perdido su empleo, sobre todo porque temía que sus jefes intentaran evitar que consiguiera otro, algo que sería totalmente desastroso.

—Yo puedo encontrar otro trabajo más fácilmente que tú —dijo Sabrina con esperanza—. Y no tiene sentido que las dos nos quedemos en el paro. Pero, por Dios, mamá, ten cuidado con ese hombre. Sé que crees que Paul Zeller es tu salvador, pero no tiene ninguna ética y, si puede, se aprovechará de ti.

—Confío en Ed Chin, que es mi jefe directo. Él le parará los pies.

—Pues no ha logrado detenerle esta vez.

Las tres estuvieron hablando durante horas. Sophie se quedó a pasar la noche con su hermana, pero Sydney volvió a su apartamento. En verano era muy caluroso y en otoño era frío y tenía corrientes, pero no le importaba. Cuando llegó a casa se sirvió una copa de vino para tranquilizarse, aunque apenas le dio un sorbo. No tenía ni idea de cómo iba a poder compensar a Sabrina lo que acababa de suceder. ¿Y si su hija no podía encontrar otro trabajo? ¿Y si realmente eso había terminado con su carrera? Sydney lo había perdido todo y ahora estaba destruyendo las vidas de sus hijas. Desde que Andrew había muerto no habían pasado más que desgracias. Entonces recordó las pastillas para dormir que le había recetado el médico cuando le dijo que le costaba conciliar el sueño. No se había tomado ninguna, así que el frasco seguía lleno.

Sacó el frasco del botiquín y se sentó con él en la mano. Sentía que había destrozado la carrera de Sabrina y que su vida ya no valía gran cosa. Se mantenía a duras penas y no le estaba haciendo ningún bien a nadie. Y le había causado a su hija un dolor y un daño indecibles. Solo les podía dejar el apartamento en París, que era todo lo que tenía, pero al menos era algo. De repente, pensó que les resultaría más útil muerta que viva. Ni siquiera se le pasó por la cabeza que la echarían de menos o que se sentirían abandonadas. Solo pensó en que les haría un favor muriéndose y así expiaría sus errores. Ya no le quedaba nada por lo que vivir y tampoco nada que poder darles. Y su carrera como diseñadora de Lady Louise parecía una broma. Allí no la necesitaban. Podían copiar a todos los diseñadores importantes del mundo. Lo único que ella quería en ese momento era desconectar de todo. ¿Cómo podía haberla dejado Andrew sin nada si tanto la quería? El dolor de los últimos cinco meses había sido demasiado.

Su mente no dejaba de dar vueltas mientras daba otro sorbo al vino y abría el frasco de pastillas. El teléfono sonó, pero ella no lo cogió. Ya no le quedaba nada que decirle a nadie. Ya había tomado una decisión. El teléfono volvió a sonar. Vio que era Ed Chin quien llamaba, pero no le importó. No quería hablar con él tampoco. Sydney sostuvo el frasco de pastillas en la mano y dejó la copa de vino en la mesita del café para, finalmente, coger el teléfono.

—Sydney, ¿estás bien? —Ed estaba preocupado por ella. Había visto la desesperación en su cara cuando salió de trabajar.

—Sí, estoy bien —contestó mecánicamente con voz áspera.

El vino no le había subido demasiado. No bebía mucho y normalmente notaba enseguida los efectos del alcohol.

—¿Qué tal está Sabrina?

—Fatal. ¿Cómo va a estar?

—Hemos apartado todos los diseños para modificarlos. Lo he confirmado antes de salir de la oficina. Y Paul quiere compensártelo de alguna manera.

—No puedo conseguir que le devuelvan el trabajo —contestó Sydney con un tono de profundo pesar—. Y yo no puedo permitirme renunciar a mi trabajo. ¿No parece una broma de mal gusto? Les sería de más ayuda muerta que viva. Ahora mismo no les estoy haciendo ningún bien. —Sus pensamientos eran inconexos y muy oscuros.

—No digas esas cosas —la reprendió él y sintió que el pánico lo atenazaba. Su mejor amigo, que había sido también su primer amante, se había suicidado cuando los dos estaban en la universidad y le pareció que ella estaba tomando esa misma dirección—. Ellas te necesitan, eres su madre. No tienen a nadie más.

—Mi hija acaba de perder su puesto de trabajo por mi culpa. Un trabajo que le encantaba. Y, encima, no puedo ayudarla. Estoy sin blanca. Ahora mismo solo les provoco dolores de cabeza.

—Todas las firmas de moda de Nueva York le harán ofertas en cuanto se enteren de que la han despedido. Es una de las diseñadoras jóvenes más famosas de Estados Unidos. ¿Qué estás haciendo ahora mismo?

«Planear mi suicidio», pensó, pero no se lo dijo.

—Nada. Tomarme una copa de vino.

Eso alertó a Ed.

—Voy a tu casa.

—¿Por qué? —No quería que él fuera a estropearle el plan—. No es buena idea que vengas, estoy ocupada.

Pero Ed no iba a dejar que eso pasara una segunda vez en su vida. Él estaba en la biblioteca, estudiando, cuando su amante se suicidó porque no tenía el valor suficiente para decirles a sus padres que era gay. Prefirió morir. Ambos tenían veinte años y eso había dejado marcado a Ed para siempre. No había estado en una relación seria desde entonces. Tenía demasiado miedo.

—Estaré allí en cinco minutos —dijo y colgó.

Llegó siete minutos después. No vivía lejos y había ido a su apartamento corriendo lo más rápido que pudo. Se dio cuenta inmediatamente de lo destrozada que estaba. Todavía tenía el frasco de pastillas en la mano. Él se las quitó y se las guardó en el bolsillo.

—Te puedes emborrachar si quieres, pero no puedes acabar con tu vida. Eso solo empeorará las cosas. Tienes que aguantar, quedarte y ayudarlas. Todavía no son lo bastante mayores para poder perderte —dijo con toda la sensatez del mundo, preocupado por su amiga—. Todo esto pasará. Tu hija conseguirá otro trabajo. Ni siquiera estoy seguro de que puedan obligarle a cumplir la cláusula anticompetencia tras haberla despedido así, porque no pueden probar que ella vendiera nada, ya que no lo hizo. Un buen abogado le conseguirá una buena indemnización gracias a eso. No ha sido culpa suya. ¿No crees que es mejor quedarte y ayudarla con todo?

Sydney lo miró con remordimiento y él vio que empezaba a recuperar la cordura.

—Siento haberte hecho venir hasta aquí —dijo con voz de disculpa.

—No lo has hecho. He venido porque he querido. ¿Por qué no te vas a la cama? Yo me quedaré a dormir en tu sofá esta noche.

Entonces fue al baño y tiró las pastillas por el retrete para que Sydney no pudiera tomárselas mientras él dormía. No se fiaba de ella en ese momento. Todavía se la veía destrozada, aunque se había calmado un poco. De repente, se derrumbó entre sus brazos y se echó a llorar. Él la abrazó mientras sollozaba. Todo había sido demasiado para ella y ahora él era su único amigo. La acostó con la ropa puesta y se tumbó a su lado. La estuvo abrazando hasta que se durmió y después se dirigió al sofá. Cuando se despertó, ella estaba sentada a su lado, con expresión abatida y profundas ojeras bajo los ojos.

—Lo siento. Creo que anoche perdí la cabeza. Ni siquiera estaba borracha. Solo tomé unos sorbos de vino.

—Lo sé. Lo de Sabrina se va a arreglar —dijo para consolarla.

—¿Te importa si hoy me tomo el día libre? —preguntó ella.

Él negó con la cabeza.

—No te voy a dejar sola. No me fío de ti ahora mismo. Vas a venir a trabajar, porque yo tengo que ir.

Acababa de convertirse en su guardaespaldas autoimpuesto.

—De verdad que ya estoy bien.

—No me convences. Dímelo cuando estés vestida, te hayas maquillado y estés sentada delante de mi mesa.

Ella gruñó, pero se levantó para darse una ducha. Antes se giró para mirarlo, agradecida.

—Gracias... me salvaste la vida anoche. Iba a hacer una estupidez.

Él asintió con lágrimas en los ojos al recordar a su amigo.

—Me di cuenta... —Señaló el baño y ella entró a ducharse.

Cuando volvió, vestida con unos vaqueros y un jersey negro, él le pasó una taza de café. Tenía mejor aspecto, aunque no estaba del todo bien. Sabrina la llamó unos minutos después para contarle que le habían ofrecido recuperar su empleo, pero que le había afectado tanto que la hubieran acusado injustamente que había decidido aceptar una buena indemnización sin cláusula anticompetencia para poder buscar otro trabajo.

—Tal vez sea lo mejor —dijo Sabrina, que parecía tener más energía que su madre—. Se la voy a devolver con creces, mamá.

Sydney rio, aliviada de oír a su hija con ganas de pelea. Cuando ella y Ed salieron del apartamento, media hora después, estaba mucho más animada.

—Vamos en taxi, pago yo —se ofreció él mientras paraba uno allí mismo.

Durante el trayecto al centro Sydney no dijo nada, pero le cogió la mano a Ed. Él se acercó para darle un beso en la mejilla.

—Me diste un susto de muerte anoche —susurró y ella asintió.

También ella se había llevado un buen susto. En ese momento solo quería morir y si él no hubiera ido a verla, seguramente ahora no seguiría con vida. Era algo en lo que no podía evitar pensar. Mientras el taxi se abría paso entre el tráfico, los dos siguieron sentados en el asiento de atrás, en silencio, cogidos de la mano.

6

Cuando Sydney llegó a la oficina el día después de que despidieran a Sabrina, Paul la invitó a comer y le contó los planes que tenía para ella. No dejó de disculparse por lo que había pasado. Repitió su oferta de sacar al mercado una línea completa con su firma y en la que tendría participación en los beneficios. También tenía pensado un nuevo proyecto que quería comentar con ella para convencerla de que se quedara. Le habló de una línea de complementos de cuero, muy bien acabados, copias de bolsos caros, pero a precios asequibles, en la que también quería poner su nombre. Le aseguró que eran las mejores reproducciones que había visto. Se hacían en China y le ofreció también un porcentaje de los beneficios de esa nueva línea de bolsos. Le dijo que era una oportunidad para ganar un buen dinero que no podía dejar escapar. Lady Louise era conocida por sus productos de cuero de alta calidad a precios increíblemente bajos que siempre se agotaban. Después de comer con Paul fue a contárselo a Ed.

—Quiere que yo me haga cargo de esa línea y que la firme con mi nombre, aunque la verdad es que jamás he trabajado con cuero y nunca antes he hecho bolsos —confesó Sydney, algo intrigada y nerviosa. Paul la estaba animando a trabajar en sectores que ella no conocía, pero que según él daban mucho dinero.

—¿Y qué pinta tienen? —preguntó Ed, que sentía curiosidad por los bolsos. Paul no le había hablado a él del proyecto aún, pero sabía que los bolsos que traían de China siempre funcionaban bien y tenían la apariencia de los de mejor calidad y precios altos.

—No lo sé. Me ha dicho que me los enseñará hoy. Ya han llegado unas muestras, están en el almacén. Luego se las traerán.

Paul les pidió a ambos que fueran a su despacho más tarde y los dos se quedaron gratamente sorprendidos al ver los productos que había sobre la mesa. Parecían auténticos bolsos de diseñador, nada que envidiar a los caros de verdad, y mejores incluso que los que ya vendían.

—¿Quién ha hecho estos? —preguntó Ed mientras comprobaba el forro de seda. Paul le dio el nombre de una fábrica con la que nunca habían trabajado antes.

Ed los examinó detenidamente y Sydney también. El trabajo era realmente bueno. Había cuatro estilos diferentes, con diseños idénticos a los de una marca de lujo muy conocida. Ed los abrió y buscó alguna etiqueta que indicara que eran auténticos bolsos de diseñador y no copias, pero no la encontró. Miró a Paul y asintió con la cabeza, sinceramente impresionado.

—Son increíbles —lo felicitó Ed.

Paul quería bautizarlos con el nombre de «Sydney Smith para Lady Louise», y pensaba ponerlos a un precio irresistible para sus clientas.

—Debemos ir a China a firmar el contrato de producción. No tenemos la maquinaria adecuada para hacer complementos de cuero así en nuestras fábricas y tenemos que comprárselos directamente al proveedor —le explicó a Sydney. Ed confirmó lo que decía.

Los bolsos eran el producto más sofisticado que habían hecho hasta entonces, aunque fueran baratos.

—¿Cuándo quieres que vayamos? —preguntó Ed, preocupado—. Tengo varias reuniones de producción aquí el mes que viene, catálogos que supervisar y ya estamos hasta el cuello con la preparación de la presentación de la línea de otoño. —Trabajaban con casi un año de antelación, como las otras importantes firmas de diseño—. No puedo volver a China ahora mismo. —Ya estaba bastante agobiado con todo el trabajo que tenía y solo de pensarlo le entraba pánico.

—Necesito que Sydney vaya antes de dos semanas —dijo Paul, mostrándose muy práctico—. No quiero esperar. Los bolsos ya están fabricados, así que lo único que hay que hacer es escoger los modelos y los colores que queremos e importarlos. Estos diseños no admiten modificaciones, aunque eso no es ningún problema porque tampoco se las vamos a pedir. Los bolsos son magníficos. Sydney puede ocuparse de todo. La empresa que los fabrica está a un par de horas de Pekín. Le buscaré un traductor y un chófer. Esta vez se las puede arreglar sin ti —dijo con total confianza.

Sydney no estaba tan segura. Estaba poniendo en sus manos mucha responsabilidad e ir a China sin Ed iba a ser complicado. Él conocía las costumbres mucho mejor que ella. Pero Paul le estaba ofreciendo una gran oportunidad y no se atrevió a rechazarla. Era un reto, pero tendría que estar a la altura.

Ed y ella hablaron del tema mientras volvían a la sala de diseño. Él se mostró preocupado por Sydney.

—¿Crees que podrás hacerlo? La exportación exige mucho papeleo y es muy importante que te asegures de que lo que fabrican es tan bueno como lo que acabamos de ver. No queremos que nos hagan morder el anzuelo y que después el producto que envíen sea de calidad inferior a las muestras que hemos visto. Nunca hemos trabajado con bolsos y no conocemos a ese fabricante.

—La verdad es que han hecho un trabajo magnífico —comentó Sydney.

Los bolsos se parecían mucho a algunos que ella tenía guardados en el trastero que había alquilado. Eran demasiado buenos para ser verdad y Ed reconoció que eran las mejores copias que había visto en su vida. Paul apostaba por ellos, sobre todo teniendo en cuenta el precio, y confiaba en Sydney para que dirigiera ese proyecto. Ed estaba de acuerdo. Con una participación en los beneficios, esos bolsos podían ser un regalo caído del cielo para ella.

Programaron una estancia de dos días en Pekín, tiempo suficiente para hacer las gestiones, y Paul le aseguró que cuando llegara tendría a su disposición traductor, chófer y habitación en un buen hotel. Ya le había concertado una cita con el fabricante. Lo único que tenía que hacer era revisar los bolsos, elegir los que más le gustaran, rellenar los documentos de aduanas, hacer los preparativos para que los enviaran a Nueva York y coger el avión de vuelta.

Una semana después estaba volando hacia Pekín y en el viaje de ida no hubo ningún contratiempo. Había un coche esperándola en el aeropuerto y el traductor apareció a la mañana siguiente para ir con ella a la reunión. Los bolsos que le enseñaron eran de la misma excelente calidad que los que había visto en Nueva York y con un diseño fácilmente reconocible, puesto que eran copias de los de una marca muy conocida. Solo se diferenciaban ligeramente en las asas de los modelos originales. Sin duda, iba a ser una línea con un éxito espectacular y el precio al por mayor que les pedían era increíblemente bajo. Lady Louise iba a ganar mucho dinero con esos nuevos bolsos, sin duda lo que más le gustaba a Paul de ellos. Y que llevaran su nombre era una oportunidad increíble para ella.

Cogió el vuelo de regreso a Nueva York tal y como estaba previsto, y en cuanto llegó a casa se lo contó todo a Ed. El viaje había transcurrido sin incidentes. Había comprado doscientos bolsos, una cantidad considerable para un artículo nuevo que no habían probado en el mercado, pero el precio era tan bajo que se lo podía permitir con el presupuesto que le había autorizado a gastarse Paul. Le prometieron que estos llegarían dos semanas después por avión. Estaba segura de que se los iban a quitar de las manos y que iban a comprar muchos más en el futuro.

Como Ed no había podido desplazarse, fue Sydney quien, como representante de la compañía, firmó todas las órdenes de compra así como los documentos de aduanas. Ir a China sola le había servido para recuperar su autoconfianza y Paul alabó su eficiencia.

Llamó a sus hijas la noche que volvió a casa. Sabrina había tenido una entrevista con una firma para la que siempre había querido trabajar y finalmente, con ayuda de su abogado y tras una dura negociación y unas cuantas amenazas a su anterior empresa, le habían ofrecido una indemnización excelente que no había dudado en aceptar. La habían acusado prematuramente sin pruebas y su reputación se había visto seriamente afectada. Le pagaron la nómina correspondiente a dos años y dejaron que se fuera sin obligarla a firma una cláusula anticompetencia, algo que era vital para ella. Estaba encantada. Y la revista *Women's Wear Daily* había tenido que incluir una disculpa a Sabrina después de que su abogado les amenazara con emprender acciones legales.

—Creo que me has hecho un favor, mamá —le dijo por teléfono.

Al oírlo, Sydney sintió un gran alivio. Habían conseguido una victoria cuando estaban al borde de la derrota. Se estremeció al pensar que había estado a punto de acabar con su vida cuando despidieron a Sabrina debido a los remordimientos que tenía y lo culpable que se sentía. Habían pasado tantas cosas en los últimos meses que, de repente, creyó ser incapaz de soportarlo. Que Sabrina hubiera perdido su trabajo por su culpa había sido la gota que colmó el vaso.

Sophie no le cogió el teléfono cuando la llamó. Pero en cuanto colgó, recibió una llamada de Veronica. Había oído por boca de su contratista que Kellie estaba haciendo una gran remodelación en la casa antes de mudarse y le pareció que Sydney debía saberlo.

—Ahora es su casa, así que puede hacer lo que quiera —respondió Sydney—. Y, sinceramente, prefiero no saberlo. Pensar en los cambios que vaya a hacer solo logra entristecerme. No hay nada que yo pueda hacer. No quiero que me vayas informando de los progresos cuando inicie las obras —advirtió a Veronica.

—Pues creí que querrías saberlo —repitió esta, que sonaba ofendida.

Era la única persona de su antiguo círculo social que todavía la llamaba, pero solo lo hacía cuando tenía algo desagradable que contar. Era la infatigable trasmisora de malas noticias. Dejó caer, además, con una voz con fingida consternación, que corría el rumor de que Andrew no le había dejado nada y que ahora estaba sin un céntimo, comentario que también molestó a Sydney.

—Seguro que lo piensan porque has vuelto a trabajar. Pero ¿qué otra cosa vas a hacer? Es mejor que estés ocupada ahora que no tienes marido ni casa de la que ocuparte. —Sus conversaciones siempre giraban sobre los mismos temas, sin duda dolorosos para ella. Sydney pensó que, si realmente era cierto que la gente estaba cotilleando, el rumor habría salido de boca de una de sus hijastras.

—Me gusta trabajar —contestó Sydney, pero se dio cuenta de que había sonado a excusa, incluso para ella misma.

—He leído en alguna parte que han despedido a Sabrina de su trabajo —continuó Veronica con tono de superioridad, para resarcirse porque Sydney le había dicho que no quería saber nada de la remodelación de la casa.

—La verdad es que no. Tuvo un desacuerdo con su empresa y ellos actuaron demasiado precipitadamente. Pero se retractaron al día siguiente, aunque al final ella decidió dimitir. Ya está haciendo entrevistas con otras firmas. —Sydney se preguntó por qué siempre se sentía obligada a justificarse ante Veronica. Sus dos hijas estaban en el paro de forma permanente y una de ellas se iba a divorciar. ¿Por qué no era Veronica la que justificaba a sus hijas? ¿Por qué siempre centraba todo su interés en las desgracias de Sydney?

—¿Y qué tal te va? —insistió Veronica.

—Acabo de volver de China por segunda vez —dijo muy orgullosa de sí misma por lo que había logrado.

—Supongo que ahora no tienes tiempo ya para tus viejas amigas —soltó Veronica, que parecía ofendida, como si Sydney le hubiera hecho algún tipo de desaire cuando la realidad era que estaba trabajando e intentando salir adelante como fuera.

—No, nada de eso. Mis «viejas amigas» no me han llamado desde que murió Andrew —replicó Sydney. Era cierto. Al principio le dolió mucho, pero ahora estaba demasiado ocupada para pensar en ello.

—Seguramente no quieren molestarte —sugirió Veronica.

—Quizá tenías razón cuando me dijiste que no les gusta tener a una mujer soltera cerca. No he sabido nada de nadie.

Y ya no le importaba. Ya tenía bastantes cosas en las que pensar. Pero no le gustaba que fueran diciendo por ahí que estaba sin un céntimo. Eso hacía que pareciera que había salido perdiendo. Sin embargo, no podía evitar que Kyra y Kellie, si es que habían sido ellas, soltaran aquellas historias, teniendo en cuenta, además, que eran ciertas.

Veronica se despidió y prometió llamarla pronto. Sydney deseó que no lo hiciera, pero no tuvo agallas para decírselo. Siempre que ella la llamaba, estuviera del humor que estuviese, la hacía sentir peor. Al menos no esperaba que apareciera por su apartamento de Nueva York. Nunca iba a la ciudad.

Durante las dos semanas siguientes Sydney trabajó mano a mano con Ed en la preparación de la presentación de la nueva línea para el otoño. Y también realizó diferentes bocetos para inspirar la colección firmada por Sydney Smith que iban a desarrollar. Pero todavía quedaba mucho para eso. Primero iban a presentar la línea de bolsos con su firma y eso serviría de prueba para ver si su nombre funcionaba bien.

La noche de Acción de Gracias fue a cenar con Sabrina y Sophie al restaurante del Greenwich Hotel, cerca de donde vivían sus hijas. Era su primer Acción de Gracias sin Andrew y todas sabían que sería duro. Cuando volvió a casa después de la cena, Sydney se alegró de poder meterse en la cama y de que el día se hubiera acabado. Pasaba constantemente de echarle muchísimo de menos y recordar todos los momentos felices que habían vivido al extremo opuesto de estar furiosa con él por la inseguridad financiera que dominaba ahora su vida, por tener que preocuparse a todas horas por el dinero e intentar pagar los gastos y facturas con lo que ganaba porque él no le había dejado nada. Le recordó a otra época de su vida, veintidós años atrás, cuando se acababa de divorciar de su primer marido y tenía que intentar que el dinero le llegara para todo. Al menos esta vez sus hijas no eran pequeñas y no tenía que preocuparse por ellas. En aquel entonces se las arreglaba bien con su sueldo, pero cuando apareció Andrew y se casaron todo fue mucho más fácil. A su lado se acostumbró a una vida de lujos a la que nunca había aspirado, pero en la que había aprendido a vivir, y después, al morir, la había arrojado al otro extremo, dejándola sin un céntimo. Y lo único que tenía era un apartamento en París que no podía vender.

Después del día de Acción de Gracias, estuvo todo el fin de semana lloviendo y Sydney se quedó en casa, leyendo. Su diminuto apartamento había empezado a parecerle un hogar confortable.

El jueves por la mañana llamó su agente de aduanas. Los doscientos bolsos que estaban esperando habían llegado desde Pekín y como era ella quien había firmado los documentos en China, quería que fuera a repasarlos con él. Poco antes de mediodía le dijo a Ed adónde iba, pero su jefe tenía una montaña de papeles en su mesa y media docena de diseños en la pantalla de su ordenador y no pareció prestarle demasiada atención.

—Llámame si tienes algún problema —contestó distraídamente cuando ella abandonaba las oficinas para ir a las aduanas del aeropuerto.

—Seguro que no hay ningún problema —dijo para tranquilizarlo—. Nuestro agente estará allí conmigo. Todo fue muy fácil en China. —Sonaba confiada.

—Con las aduanas nunca se sabe. Se fijan en cualquier detalle menor, como una cremallera o el hilo del forro. Depende del día que tengan o de la alineación de los astros y de si la policía de aduanas quiere seguir las normas al pie de la letra.

—Seguro que todo va bien.

Nunca había ido a recibir un envío sola y, en circunstancias normales, no lo habría hecho, pero en ese caso, como responsable de esa línea, había rellenado todos los formularios y firmado todos los documentos ella, así que no era necesario que nadie de la empresa la acompañara.

Cuando salía del edificio se encontró con Paul, que iba a comer. Al verla, sonrió de oreja a oreja. Estaba muy elegante con un traje gris oscuro, camisa blanca y corbata roja, un abrigo de corte impecable y unos zapatos que identificó enseguida como los John Lobb de Hermès. Nunca escatimaba en su ropa. Vendía ropa a precios bajos, pero se compraba lo mejor para él. Y su esposa tenía fama de estar costándole una fortuna, algo de lo que se quejaba en broma de vez en cuando. Pero parecía aceptar el alto coste del matrimonio y el divorcio como algo que formaba parte de su vida.

—¿Adónde vas? —le preguntó al verla acercarse con prisa al Uber que había llamado y que la esperaba en la acera.

—Al aeropuerto, a aduanas, a recibir el cargamento de bolsos. Ya han llegado. Me acaba de llamar nuestro agente.

Sabía que Paul iba a estar encantado. Los había comprado en color negro, marrón, cuero natural y unos pocos en color rojo. Y había acordado con él que iba a ser la principal novedad de cara a la temporada de Navidad. Estaban muy bien acabados. Incluso el forro era atractivo, porque estaba hecho con una seda a juego de buena calidad.

—Vamos a ponerlos a la venta en las tiendas en cuanto podamos —contestó él y se apresuró a salir con el cuello subido para evitar el frío.

Ella asintió y se metió en el coche.

Le dio la dirección de la oficina de aduanas del aeropuerto al chófer y se acomodó para contestar unos cuantos correos electrónicos desde su iPad, para aprovechar el tiempo. Tenía uno del abogado de las mellizas que le exigía el pago de la moqueta nueva, que ya le había dicho que no pensaba pagar porque ellas se habían quedado con la casa. Él decía que a sus hijastras no les gustaba el color y que querían cambiarla. Se lo reenvió a Jesse Barclay y le pidió que volviera a darles la misma respuesta. No tenía intención de darles un céntimo, pero ellas seguían intentándolo. Tenía que pagar a Jesse sus honorarios, porque este no podía atenderla de oficio; pero eso era más barato que darles a ellas un dinero que no les debía y que tampoco tenía.

Tardó cuarenta minutos en llegar al aeropuerto desde Hell's Kitchen. No había visto nunca a su agente de aduanas, pero imaginó que era el hombre que la estaba esperando afuera. Se llamaba Dan Parker.

—¿Te han entregado el envío a ti? —le preguntó después de saludarle y presentarse, esperando que así fuera, pero él negó con la cabeza. Ambos debían dirigirse a la oficina de envíos comerciales.

—Me han dicho que quieren verte en persona. Se han estado comportando como un auténtico grano en el culo.

Eso no sorprendió a Sydney. Entró en el edificio con el agente a su lado. Había tres policías de aduanas esperándola y le pidieron que se identificara. Querían saber si era su firma la que aparecía en los documentos y ella se lo confirmó. Ellos mismos podían comprobarlo.

—¿Y ha comprado estos artículos para uso comercial? —le preguntó uno.

Ella empezaba a estar un poco molesta con todo aquello, pero contestó con mucha educación.

—Sí, los hemos comprado al por mayor directamente al fabricante chino. Yo fui a China para encargarme personalmente de la adquisición y a aprobar el producto final. —No quería admitir que eran copias, porque entonces podían acusarla de importar falsificaciones. Pero sus bolsos no eran ilegales. Cumplían con todas las normas de las mercancías plagiadas: estaban hechos de cueros más baratos, tenían forros diferentes a los originales y las asas eran distintas. Ella los había inspeccionado atendiendo a las especificaciones de Ed y a las instrucciones de Paul.

El segundo policía le enseñó uno de los artículos para que lo identificara y ella confirmó que formaba parte de su pedido. Era un bolso de cuero marrón con un forro de seda también marrón, diferente del de la marca original que habían copiado. Los originales estaban forrados de cuero de buena calidad, como ella sabía bien. Entonces el agente cortó el forro con una navaja, lo sacó y lo puso sobre el mostrador mientras ella miraba. No le gustó nada lo que acababa de hacer ese policía. Esperaba que no quitara todos los forros porque no le gustaba la tela y que no le hiciera pagar una tasa mayor.

—Se supone que no debería dañar la mercancía —comentó.

—Mire el interior del bolso —dijo él con unos ojos inescrutables que no apartó de Sydney.

Ella miró dentro y reconoció el forro de cuero característico de los bolsos originales que habían copiado. Era igual al que ella tenía. Había una pequeña plaquita plateada con el nombre de la marca de lujo de la que se suponía que estaban copiados los diseños y con las palabras «Made in Italy» claramente visibles. Sydney miró al policía asombrada, sin saber muy bien qué estaba pasando. Habían colocado y cosido el forro cuidadosamente para ocultar el interior original del bolso con el nombre de la conocida marca. Y no parecía una falsificación. A ojos de Sydney parecía real, el bolso original. A todas luces alguien había cambiado las asas y los forros para ocultar bolsos auténticos.

—Se supone que no debería introducir mercancía robada en el país —dijo el policía fríamente, en respuesta a su queja anterior por haber arrancado el forro.

—No vi nada de eso cuando los inspeccioné en China —contestó con un tono mucho más humilde.

—¿Quién añadió las asas y el forro para ocultar los bolsos auténticos? —preguntó el policía.

—Nos presentaron esos detalles como modificaciones del diseño original —respondió, confusa por lo que estaba pasando—. Se supone que no eran más que buenas copias.

—Muy buenas —comentó el primer policía con desdén—. Hemos visto productos así antes. O son falsificaciones o son robados. Estos no son falsificaciones, así que tienen que ser robados.

Al quitar el forro, todas las marcas quedaban a la vista. Eran bolsos caros que vendían por un precio mucho menor del que valían y pediría su verdadero fabricante. Obviamente eran mercancía robada que vendían al por mayor para que se distribuyera en Estados Unidos. Una empresa como Lady Louise podía vender muchos más bolsos de los que se podían colocar en el mercado negro.

—Entonces está claro que nos engañaron cuando nos los

vendieron. —Le tembló un poco la voz al decirlo. El agente de aduanas de Paul la observaba, pero no dijo ni una palabra—. Tengo que llamar a mi jefe para informarle de esto. No le va a gustar nada.

De hecho, el dinero que habían gastado en esos bolsos se acababa de convertir en humo. Estaba claro que se los iban a confiscar en la aduana y que acusarían a la gente que se los habían vendido.

—El nombre de su jefe no está en los documentos —le dijo el policía—. El que aparece es el suyo. —Y nada más decirlo sacó unas esposas de su cinturón y se las puso en las muñecas antes de que consiguiera reaccionar o quejarse. Solo pudo mirarlo horrorizada—. Sydney Wells, está usted arrestada por tráfico de mercancía robada. —Y le leyó sus derechos mientras a ella se le llenaban los ojos de lágrimas.

Se volvió hacia el agente de aduanas con una mirada de desesperación.

—Llame al señor Zeller inmediatamente y cuéntele lo que ha ocurrido. ¿Tiene el número de su móvil? —Le temblaba la voz. El hombre negó con la cabeza y ella se lo dio de memoria—. Dígale que traiga un abogado y me saque de aquí lo antes posible.

Ella no tenía por qué responsabilizarse de lo ocurrido. El problema era de Paul. Ella había comprado los bolsos para él. Cuando pensó en que incluso habían planeado ponerles su nombre en la etiqueta, creció el pánico que sentía. Entonces se volvió hacia los policías de nuevo. Uno de ellos estaba pidiendo por el *walkie-talkie* que se personara en la oficina una policía femenina.

—¿Puedo hacer una llamada? —preguntó mientras rezaba para que se lo permitieran.

—¿A su abogado?

Ella asintió, aunque no era verdad. Dejaría que los abogados de Paul se ocuparan de ello. Quería llamar a Ed Chin para contarle que la habían arrestado. Sabía que él iría a buscar a Paul y la sacaría inmediatamente de allí.

—Está bien, solo una —concedieron y le dieron un teléfono.

Ella llamó al móvil de Ed. Él lo cogió al segundo tono, cuando ella ya estaba rezando para que no saltara el buzón de voz. Sonaba ocupado y distraído.

—Me acaban de arrestar en el aeropuerto —le dijo apresuradamente—. Los bolsos no son copias, son Pradas robados. El fabricante les puso un forro falso para ocultarlos, pero si quitas ese forro aparecen todas las marcas originales. Eso explica por qué eran de tan buena calidad. ¡Malditos bolsos! Encuentra a Paul y que me saque de aquí. Me han arrestado a mí porque fui yo quien firmó los documentos para la importación.

Paul le había dicho que lo firmara todo. De repente, se preguntó si él sabía lo que hacía cuando la envió a ella a China. No podía creerse que hubiera hecho algo así. Pero había dejado que se encargara ella de hacer todos los trámites de la operación, de manera que cargaría con toda la culpa si los pillaban. Apartó ese pensamiento de la cabeza. Seguro que él tampoco sabía que eran robados. Los había engañado el fabricante chino.

—¿Lo dices en serio? ¿Dónde estás ahora? —preguntó Ed sin poder creérselo después de que ella le explicara lo que había pasado.

—En la oficina de aduanas comerciales, en el aeropuerto.

Para entonces ya había llegado la policía femenina. Era una mujer corpulenta de aspecto muy desagradable. Y el caro abrigo de piel de cordero de Sydney y sus botas de Hermès no la impresionaron.

—¿Te van a retener ahí o te van a trasladar a alguna cárcel? —preguntó Ed.

Cuando ella miró a los policías tenía los ojos llenos de lágrimas.

—¿Me van a llevar a alguna parte? —preguntó.

Uno de ellos le dijo que fuera terminando su llamada.

—La vamos a llevar a un centro de detención federal que hay aquí en el aeropuerto. La trasladaremos a una cárcel federal de la ciudad esta noche. Su abogado puede ir a verla allí mañana.

—¿No puede venir a verme aquí ahora?

Los tres negaron con la cabeza y ella se lo dijo a Ed y le indicó adónde la iban a llevar.

—Tienes que encontrar a Paul inmediatamente —insistió ella—. No pueden arrestarme. Yo solo gestioné el envío de los bolsos actuando como representante de la empresa. Él tiene que hacerse responsable de todo esto, no yo. Encuéntralo, Ed, por favor. —Estaba aterrada por lo que podía ocurrirle.

—Me voy a ocupar de este asunto ahora mismo. Sydney... lo siento mucho. No debería haberte dejado ir a Pekín sola. Aguanta. Te sacaremos por la mañana.

—Oh, Dios mío, ¿tengo que pasar la noche en la cárcel? —preguntó en un estado de pánico.

—Voy a ver qué puedo hacer hoy.

A Ed le dieron ganas de matar a Paul Zeller por dejar que Sydney se arriesgara de esa forma. Cuando comprabas copias baratas, siempre existía el riesgo de que la mercancía fuera una falsificación o robada, sobre todo en Asia. Ella no debería haber firmado los documentos de exportación.

La policía le quitó el teléfono a Sydney en ese momento y se lo devolvió a sus compañeros, confiscó su bolso y la acompañó afuera, a un coche que la esperaba para llevarla al centro de detención. Empujó a Sydney sin miramientos para que entrara en la parte de atrás del coche, que era igual que cualquier coche de la policía, solo que este tenía una insignia gubernamental con un águila debajo de la cual se podía leer «Departamento de Seguridad Interior». Recorrieron casi un kilómetro en coche, hasta llegar a un edificio presidido por un letrero que rezaba ADUANAS DE ESTADOS UNIDOS. Dentro todo era igual que una cárcel, con barrotes por todas partes. Se utilizaba para encerrar a los traficantes de droga y otros criminales que atrapaban y tenía una zona pequeña reservada a mujeres. Solo había otra mujer en la celda en la que la metieron a ella. Le habían encontrado quinientos gramos de heroína encima, pegados con cinta adhesiva a su entrepierna. Empezó a gritarle a la policía en cuanto la vio, exigiendo que la dejaran ver a su abogado. Sydney se sintió como si acabara de aterrizar en medio de la pesadilla de otra persona.

Su compañera de celda en aquella especie de jaula, de poco más de veinte años, le preguntó a Sydney por qué la habían metido allí.

—Ha habido una confusión con unos bolsos robados. —Sydney se sintió muy ridícula nada más decirlo y la otra mujer rio.

—Sí. También ha habido una confusión con medio kilo de heroína que yo llevaba pegado al coño —dijo ella y empezó a gritar otra vez.

Pero no fue nadie a ayudarlas. Sydney solo podía esperar que Ed y Paul hicieran algo rápido para sacarla de allí. No podía estar pasándole eso a ella, no era culpa suya. Quizá no iba tan desencaminada cuando por un momento pensó que Paul Zeller sabía que los bolsos eran robados y la había utilizado a ella, una persona inocente, para poder colarlos en el país.

7

En cuanto Ed dejó de hablar con Sydney por teléfono, bajó corriendo al piso inferior por las escaleras para ir al despacho de Paul Zeller. Su secretaria le dijo que había salido a comer y que no volvería hasta dentro de una hora por lo menos.

—Encuéntralo —le dijo de malos modos.

No podía creerse que Sydney estuviera arrestada y que la fueran a llevar a una cárcel federal. Quería sacarla de allí inmediatamente, no solo porque era su jefe, sino también porque era su amigo.

Eso era lo último que quería que le ocurriese a ella. No dejaba de preguntarse una y otra vez si Paul sabía que los bolsos eran auténticos y seguramente robados. El fabricante le había ofrecido un precio fantástico, pero Ed no se podía creer que Paul le hubiera tendido a Sydney una trampa como esa, dejándola correr el riesgo que supone importar mercancía robada. Se sintió culpable por lo que estaba pensando. Pero fuera como fuese, necesitaba encontrar un abogado, sacarla de allí y después arreglar el lío del supuesto hurto. Había un mercado enorme para los productos obtenidos de manera fraudulenta en la industria de la moda, sobre todo para los artículos de cuero de todo tipo. Les había pasado a todos los grandes: Vuitton, Chanel, Prada, Gucci... Se cometían robos y luego se traficaba con los bolsos por todo el mundo. Y muchos de esos artículos robados se enviaban desde África o Asia a Europa y Estados Unidos.

Ed llamó a Paul al móvil, pero le saltó el buzón de voz. Caminó arriba y abajo sin parar ante la entrada de su despacho y estaba allí esperándolo cuando este volvió de comer, con expresión relajada y feliz. Se sorprendió al ver a Ed, claramente alterado y tenso.

—Han detenido a Sydney en la aduana. Los bolsos eran mercancía robada. Y su nombre está en todos los documentos, por eso la han arrestado. Tienes que llamar a un abogado y sacarla de allí. La pobre no se merece esto. Lleva en ese sitio desde la una.

Entonces eran casi las cuatro. Ed lo había contado todo apresuradamente porque llevaba horas esperándole y se había ido poniendo nervioso. Paul le dijo a Ed que entrara con él en su despacho. Una vez allí Paul se quitó el abrigo, lo dejó caer en una silla, se sentó a su mesa y se quedó mirando a Ed.

—Lo primero, no tenía ni idea de que los bolsos eran robados —dijo, negando cualquier posible acusación.

—Eso no importa, ya hablaremos del tema luego. Ahora tienes que llamar a un abogado. La empresa ha de asumir esta situación. Nos engañó el fabricante, o al menos eso supongo. Ella no es responsable de lo ocurrido. Tienes que enviar a alguien a sacarla de allí.

—No sé a quién llamar —respondió Paul muy despacio—. Necesita un abogado federal y, la verdad es que no conozco ninguno.

Tampoco se le veía muy apurado por encontrar uno, para gran consternación de Ed.

—¿Ha pasado algo así alguna vez? —preguntó Ed, que todavía estaba bastante nervioso.

—Una vez, hace unos cinco años.

—¿Y qué ocurrió?

—A mi empleado le cayeron cinco años de cárcel y cumplió cuatro. Pero era un caso diferente. Él sabía que las mercancías eran robadas, o lo sospechaba, pero no nos lo dijo. Acordó llevarse una comisión con el vendedor que nos las proporcionaba.

—Sydney no tenía ni idea de que los bolsos eran robados —aseguró Ed—. Es inocente y todo este tema la supera.

Paul era consciente de eso también.

—Probablemente no lo sabía —aceptó Paul—, pero seamos sinceros. Es una mujer sofisticada. Conoce bien los bolsos caros. Puede que reconociera que estos eran auténticos y no nos dijera nada ni a ti ni a mí. Desconocemos si ella también se llevaba una comisión del vendedor por traerlos al país. Tú y yo no fuimos a China. No sabemos qué pasó allí.

—¿Estás diciendo que sí que sabía que eran robados? ¿Lo dices en serio? Pero si es como una niña perdida. Es una diseñadora impresionante, pero nunca ha llevado temas de compraventa e importación. No sabría diferenciar una buena copia de algo auténtico. Y confía en nosotros. No tenía ninguna razón para sospechar que la mercancía era robada. —Él no dudaba en poner la mano en el fuego por ella, no tenía ninguna duda de lo que había dicho.

—De verdad que espero que no —respondió Paul con aire de superioridad moral.

Entonces Ed empezó a preguntarse cuánto habría bebido en la comida. No parecía tener ninguna prisa por sacar a Sydney de la cárcel federal del aeropuerto donde estaba encerrada.

—¿Y por qué te quedas ahí sentado, dándole vueltas al tema y perdiendo el tiempo? ¿Por qué no estás llamando a un abogado?

Paul se lo quedó mirando y se produjo una larga pausa.

—Ed, ¿te has leído alguna vez el manual del empleado? Tenemos una política muy clara para estos casos. Si un empleado resulta arrestado en el trascurso de su trabajo, en el país que sea, nosotros no tenemos la obligación de proporcionarle asesoramiento legal ni de defenderlo. Es exclusivamente su responsabilidad. No podemos hacernos cargo de trescientos empleados, que pueden acabar arrestados en cualquier momento y por cualquier razón. Cuando firmas un contrato de trabajo con nosotros, nos liberas de cualquier obligación de defenderte. Sydney tendrá que buscarse un abogado para que la defienda en este caso. Yo no puedo saber si ella era consciente de que los bolsos eran robados o no. Y no puedo responder por ella. Puede que el fabricante le ofreciera un soborno cuando estuvo en China. Parece muy inocente, pero nunca se sabe de lo que es capaz la gente.

Ed no se podía creer lo que estaba oyendo. En cualquier momento se le iban a salir los ojos de las órbitas mientras escuchaba a Paul.

—¿Me estás diciendo que te vas a desentender y dejar que ella cargue con la culpa? Pero ¿qué tipo de persona eres? La pobre mujer fue a China a buscar unos bolsos para ti, no pensaba venderlos en alguna esquina. Y ahora la han arrestado por traficar con mercancía robada.

—Tal vez el vendedor u otra persona le ofreció una comisión mejor que la que le ofrecía yo. Pero, sea como sea, la responsable de su defensa es ella. Hundiría la empresa si tuviera que proporcionar un abogado a todos los empleados que se meten en problemas.

—¡Pero fuiste tú quien le dijo que firmara todos los documentos, por todos los santos! —gritó Ed y Paul se limitó a asentir—. Podía haberlos firmado cualquiera, pero Sydney me dijo que tú le pediste que lo hiciera todo ella. La has utilizado, ¿verdad? Para que no te pillaran a ti. ¿Cuántas veces lo has hecho antes y no te han cogido? —Ed estaba lívido de ira—. ¿Y ahora ni siquiera vas a proporcionarle un abogado?

—No, no lo voy a hacer. Y si ella se hubiera leído su contrato, lo sabría.

—¿Y dónde lo pone? ¿En chino, en letra minúscula, en la parte de atrás del contrato? Yo me leo los contratos muy detenidamente y nunca ha leído esa cláusula cuando me ha tocado a mí firmar.

—Pues entonces deberías leértelo mejor, y ella también si tenía intención de aceptar una comisión mayor a mis espaldas o de responsabilizarse de mercancía que tal vez sabía que era robada. Tú y yo nunca sabremos la verdad —insistió Paul.

Ed tuvo que hacer un gran esfuerzo para mantener la calma y no pegarle un puñetazo.

—¿Y ya está? ¿Vas a dejar que cargue con la culpa de algo que has hecho tú? ¿El único problema para ti es asumir las pérdidas de doscientos bolsos que tú probablemente sí sabías que eran robados pero ella no? —Ed se dio cuenta de que Paul había querido probar si era fácil colarlos y había utilizado a Sydney para que fuera la responsable si algo salía mal.

Le había quedado claro que Paul no iba a hacer nada para ayudarla. Ed salió de su despacho dando un portazo y volvió a su mesa. No sabía qué hacer, pero lo primero era buscar un abogado. Por eso hizo lo único que se le ocurrió: aunque en Hong Kong eran las seis de la mañana y sabía que estaría durmiendo, llamó al más joven de sus tíos, que solo tenía diez años más que él. Cuando se despertó y cogió el teléfono, Ed le explicó la situación y le dijo que no sabía a quién recurrir para encontrar un abogado federal en Nueva York que pudiera defenderla. Su tío había conocido a Sydney cuando estuvo allí con Ed y entendió inmediatamente la preocupación de su sobrino.

—¿Estás seguro de que no tenía ni idea de que era mercancía robada? —El tono de voz del tío de Ed sonaba bastante escéptico, porque sabía que su sobrino tenía tan buen corazón, que a veces podía resultar un poco inocente. Sydney era una mujer adulta que se había dedicado al mundo de la moda, después de todo. Había que pensar que tal vez fuera culpable.

—Te lo prometo. Esa mujer es inocente, no tiene nada que ver con todo esto. Su marido murió hace seis meses y yo creo que el cabrón de nuestro jefe le ha tendido una trampa y la ha utilizado como chivo expiatorio, para poder culparla si las cosas salían mal.

—Eso es muy posible. ¿Necesita dinero ella? —preguntó su tío, como era de esperar. Eso podría explicar por qué Sydney podría haber aceptado correr el riesgo y hacer un trato con el vendedor para importar mercancía robada.

A Ed no le gustó nada tener que decirle la verdad.

—Creo que no le sobra el dinero desde que falleció su marido. Cuando murió no tenía el testamento actualizado y hubo problemas con su herencia, pero no creo que haya llegado a cometer un delito para solucionar su situación económica.

—No, pero cosas más extrañas han ocurrido. ¿Y por qué has de buscar tú un abogado?

—Porque me acabo de enterar de que nuestro jefe no lo va a hacer. Y no tiene a nadie más. Yo soy su jefe directo y es mi amiga.

—Voy a ver qué puedo hacer —prometió su tío—. No sé si podré darte un nombre inmediatamente. Te mantendré informado de lo que encuentre. Tengo una amigo con el que estudié en Oxford que es abogado en Nueva York. Puede que a él se le ocurra alguien que pueda ayudarla. Pero necesita un abogado federal que esté especializado en casos penales. Eso no es tan fácil de encontrar como uno especializado en derecho tributario. Veré qué puedo hacer. Oye, Edward, ten cuidado. Puede que no conozcas a esa mujer tan bien como crees —advirtió.

Ed se mostró irritado al instante.

—Sí que la conozco —aseguró y le dio las gracias a su tío por intentar encontrarle un abogado.

Después, aunque no eran aún las cinco de la tarde, se marchó. No se molestó en decírselo a nadie. Cogió un taxi para ir a su casa y llamó a la oficina de aduanas del aeropuerto desde el asiento de atrás. Pero la única respuesta fue una grabación que informaba de la ubicación, pero no del horario. Pensó en ir al aeropuerto para intentar verla, pero ella ya le había dicho que no le dejarían, así que llamó a la cárcel federal de la ciudad. Allí le indicaron de que no había ninguna interna registrada con ese nombre, pero se negaron a decirle cuándo estaba previsto que llegara. Le dijeron que llamara por la mañana. Así que lo único que podía hacer era esperar a que su tío le proporcionara el nombre de un abogado penalista federal o que Sydney se pusiera en contacto con él. Hasta entonces no había nada más que pudiera hacer.

A las seis de la tarde, Sydney ya llevaba en la celda de la aduana del aeropuerto cinco horas. No había tenido noticias de nadie, no se había presentado ningún abogado, el agente de aduanas desapareció en cuanto la arrestaron y no podía tampoco recibir llamadas de Paul Zeller ni de Ed Chin. Estaba segura de que los dos estaban haciendo todo lo que podían y que iba a aparecer en cualquier momento algún abogado para liberarla. Los policías que la había encerrado no le dirigían la palabra. Actuaban como si no existiera. El único ser humano que podía hablar con ella era la chica que había intentado colar heroína pegada a su entrepierna, pero se había tumbado en el camastro de la celda y se había quedado dormida. Le había dicho que venía en avión de Ciudad de México y que llevaba toda la noche despierta.

A las siete de la tarde les llevaron a las dos una bandeja con un sándwich y un cuenco de sopa de sobre. No tenían cocina allí y compraban la comida para los presos en el aeropuerto. Aquello solo eran unas dependencias de transición y enviaban a todos los arrestados a la ciudad en cuanto podían.

A las nueve de la noche dos agentes femeninas de aduanas entraron en la celda, les pusieron unas esposas a ella y a la traficante dormida, que se despertó sobresaltada, y las metieron en la parte de atrás de una furgoneta pequeña para llevarlas a la cárcel federal de la ciudad. Sus objetos personales —el bolso de Sydney, su móvil, el reloj, los pendientes y la alianza— estaban en una bolsa de plástico que les dieron a los agentes de la furgoneta y que entregarían en la cárcel cuando ellas ingresaran allí.

La traficante se quedó dormida de nuevo durante el corto trayecto hasta la ciudad y Sydney vio ese camino que le era tan familiar ir pasando al otro lado de la malla metálica de las ventanillas. Ni en sus peores pesadillas se había imaginado que pudiera verse en esa situación. Pero estaba segura de que Paul Zeller lo habría aclarado todo para cuando llegara a la ciudad y que allí mismo la liberarían.

Sin embargo, cuando llegaron a la cárcel federal, el Centro Correccional Metropolitano de Park Row, enfrente de los juzgados de Pearl Street, las llevaron a ambas a una celda con otras seis mujeres y les ordenaron que se desnudaran. Estaban en la zona de ingresos y a todas les dieron un número de registro federal con el que identificarse. Las normas estaban en un cartel en inglés y español. Sydney se quedó mirando a las agentes federales sin poder creérselo. No podía ser. Aquello era una pesadilla. Las otras se quitaron la ropa rápidamente; parecían acostumbradas a esa rutina. Casi todas estaban acusadas de haber cruzado fronteras estatales en posesión de drogas duras con intención de traficar con ellas. Una mujer había intentado colar armas de fuego en el aeropuerto y una chica con la piel pálida, que parecía adolescente, estaba colocada de metanfetaminas y había intentado robar un banco con la ayuda de dos amigas. Sydney se estremeció al quitarse la ropa. Era un grupo de aspecto bastante desagradable y en cuestión de minutos todas se quedaron desnudas en aquella celda fría.

Las guardias eran mujeres. Una agente federal recogió su ropa y la metió en bolsas de plástico con el nombre de cada prenda. Después, esposadas otra vez, las llevaron a una habitación muy deprimente mientras tres vigilantes con aspecto de duras las observaban.

Todas las guardias que las rodeaban eran mujeres y una de ellas se puso unos guantes de goma. Les dijeron que se agacharan y se agarraran los tobillos para hacerles un examen interno. Durante un segundo Sydney pensó que se iba a desmayar. Se obligó a pensar en otra cosa mientras la examinaban. Después la empujaron a una ducha y le dieron una toalla, ropa interior de algodón áspero, un mono de tela vaquera y unas zapatillas sin cordones. Tenía los ojos llenos de lágrimas cuando le hicieron la foto de la ficha. Después la llevaron a una celda individual. Tenía un camastro, un retrete, un lavabo diminuto y una estantería en la que no había nada. Le dieron un cepillo de dientes y una pastilla de jabón y la dejaron allí pensando qué estaría ocurriendo en el mundo exterior y si iría alguien a ayudarla. No se podía creer que Paul y Ed la hubieran abandonado y tampoco podía entender que tardaran tanto en sacarla. Dejaron las luces de la cárcel encendidas toda la noche y ella se tumbó en la estrecha cama, despierta, escuchando los sonidos de su alrededor, los silbidos, los gritos de las mujeres, que parecían estar locas, y las conversaciones de las guardias que pasaban. Hizo ejercicios de respiración para mantener la calma. Lo único que quería era que la sacaran de allí. Y estaba segura de que por la mañana lo harían. Todo aquello era un error terrible. Pensó en Sabrina y Sophie. Estaba decidida a no avisarlas, aunque se lo permitieran. No iba a llamar a sus hijas para decirles que estaba detenida.

Ed tuvo noticias de su tío Phillip a las diez de la noche. Eran las once de la mañana en Hong Kong. Por fin había conseguido encontrar a su amigo de Nueva York, que le había dado el nombre de un abogado penalista federal. Por lo visto era caro, pero un gran profesional. Había estudiado en la facultad de derecho de Harvard con él.

—¿Se lo vas a pagar tú? —preguntó el tío de Ed.

—No, espero que se lo pueda pagar ella. Nuestro jefe no se va a hacer cargo, eso seguro. Aparentemente en la letra pequeña de nuestros contratos de trabajo dice que si tenemos algún problema mientras desempeñamos nuestra labor profesional, nosotros tendremos que hacernos cargo de los honorarios de los abogados.

—Veo que trabajas para una gente que se preocupa por sus empleados —dijo Phillip Chin con tono de desaprobación—. ¿Cuándo vas a volver a casa?

—Un día de estos.

Entonces Phillip le hizo a su sobrino una pregunta que le había estado rondando durante las últimas cinco horas.

—¿Estás enamorado de esa mujer?

Ed rio.

—No. Sigo siendo gay. Pero soy su jefe inmediato y me siento responsable de lo ocurrido. Somos amigos y ella no se merece lo que le está pasando. Tampoco estoy convencido de la inocencia de nuestro jefe. Y esto es lo único que puedo hacer para ayudarla. Lo menos que puedo hacer es buscarle un abogado.

—¿Y tienes intención de seguir trabajando para ese hombre? —Su tío parecía alarmado.

—No, la verdad es que no.

Había tomado la decisión esa noche, mientras pensaba en toda la secuencia de acontecimientos. Estaba seguro de que Paul había utilizado a Sydney: la había deslumbrado con la oferta de la participación de los beneficios de la venta de los bolsos y con la propuesta de usar su nombre para una línea exclusiva para hacer que trajera la mercancía al país y que aceptara toda la responsabilidad en caso de que algo saliera más. Enviarla a China para que firmara todos los documentos y hacerla responsable de la transacción había sido una maquinación para que asumiera ella todos los riesgos. Y había funcionado. Ahora Sydney estaba en la cárcel y Paul libre. Incluso se atrevía a sugerir que ella lo había traicionado para eximirse él de toda culpa, lo que era aún peor. Paul Zeller era una persona despreciable y Sydney había sido una víctima inocente. Y Ed no la iba a abandonar ahora por nada del mundo. Estaba bastante seguro ya de que Paul sabía que los bolsos eran robados. Posiblemente ya lo hubiera hecho antes. Sus productos de cuero eran famosos por su apariencia cara. Tal vez esa era la razón.

—Pero todavía no se lo he podido decir —dijo al fin respondiendo a la pregunta de su tío—. Todo esto ha ocurrido esta tarde. No he podido hablar con ella desde que la arrestaron.

—Si es inocente —dijo su tío con cautela—, esto va a ser una experiencia muy traumática para ella.

Si lo que decía su sobrino era cierto, sentía lástima por esa mujer. Le había parecido una persona amable y encantadora cuando la conoció, alguien con una gran dignidad.

—Desde luego. Por eso lo primero que quiero hacer es sacarla de la cárcel. Mañana llamaré al abogado que me has recomendado. Ya te contaré cómo ha ido.

—Buena suerte —le deseó Phillip Chin, y colgó.

Ed se quedó sentado, mirando fijamente el nombre que había escrito. Solo esperaba que pudiera ayudarla y sacarla de la cárcel. Era Paul Zeller el que se merecía estar allí, no ella. Ed se quedó toda la noche sentado, despierto, preocupado por su amiga.

A las ocho de la mañana del día siguiente Ed telefoneó a Steve Weinstein al móvil. Se disculpó por llamarlo tan pronto, pero Weinstein dijo que no se preocupara, que volvía del gimnasio en ese momento. Tras explicarle quién le había facilitado su nombre, le contó lo que le había pasado a Sydney en el aeropuerto el día anterior y que creía que la habían trasladado a la cárcel federal en Nueva York.

—Su jefe parece un cretino —dijo Weinstein con frialdad.

—He descubierto que sí. Pero finge ser amigo de todo el mundo. Siempre me ha dado la impresión de que tenía un lado oscuro, pero no esperaba algo como esto.

—¿Y cree que su compañera ha podido tomar parte de alguna forma en esto o que sabía lo que estaba ocurriendo?

—No, en absoluto. —Ed puso la mano en el fuego por ella sin dudarlo—. Era una diseñadora muy conocida en el sector hasta hace dieciséis años, cuando se casó por segunda vez y dejó su empleo.

—¿Con quién se casó? ¿Sigue casada?

—Su marido murió hace seis meses. Se llamaba Andrew Wells.

—¿De la empresa de inversiones? —El abogado sonó impresionado.

—Creo que sí. No habla mucho de él. Creo que hubo problemas con las hijas del primer matrimonio de su marido por la herencia. Ellas se quedaron con todo y ella tuvo que volver a trabajar.

Steve Weinstein se quedó pensando un momento.

—Si ella es quien creo que es, esto va a atraer la atención de la prensa, algo que será muy desagradable hasta que todo este asunto se aclare. Puede que quieran sentar precedente con ella y que sean duros con los cargos para que sirva de ejemplo.

—¿Puede sacarla de la cárcel enseguida al menos? Seguramente estará destrozada. Parecía histérica cuando me llamó y ahora se estará preguntando por qué no ha aparecido nadie. Creí que Zeller enviaría a sus abogados, pero aparentemente la política de la empresa es que no se hacen responsables.

Ninguno de nosotros lo sabía. Tengo intención de dimitir hoy mismo. Ese tipo es un hijo de puta y además ahora estoy convencido de que también es un delincuente —dijo Ed muy alterado.

—¿Tiene alguna relación romántica con ella? —Weinstein quería tener toda la información posible antes de ir a verla.

—No —dijo Ed rotundamente—. Soy su jefe inmediato. Ella trataba todos los asuntos conmigo y por encima de todo somos amigos.

—¿Tiene hijos?

—Dos hijas. Las dos son diseñadoras.

—En respuesta a su pregunta anterior, puedo sacarla de la cárcel, pero no sé cuándo. Hoy es viernes y tiene que comparecer ante el juez. Después, si no consigo que desestimen el caso, el juez establecerá una fianza y tendrá que celebrarse una vista en el tribunal del gran jurado, probablemente tras la comparecencia. No parece que pinten muy bien las cosas, sobre todo teniendo en cuenta que su jefe no va a mover un dedo por ayudarla, por lo que usted me comenta.

—Esa es la impresión que me dio ayer. Intenta protegerse. Si fueran tras él, la cosa podría ponerse muy fea. Va a preferir sacrificarla a ella. Debería haberme esperado algo así, pero no lo hice —reconoció Ed, que se sentía culpable otra vez. La idea de que pudieran intentar sentar precedente con ella hacía que temiera aún más por Sydney.

—Intentaré ir a verla esta mañana y le tendré informado de lo que averigüe.

A Ed le gustó el tono de voz de aquel hombre. Parecía joven, inteligente y pragmático. Al menos ya tendría un abogado y estaría en buenas manos. E incluso tal vez Weinstein consiguiera que desestimaran el caso. Ed no se podía creer que la pudieran acusar de un delito. Había estado cumpliendo órdenes directas del dueño de la empresa. ¿Cómo la iban a acusar? No tenía ningún sentido. En ese momento odió a

Zeller. De repente, a Ed le parecía mucho más maquiavélico de lo que había pensado. Siempre había desconfiado un poco de él, pero nunca hubiera pensado que fuera un delincuente de cabo a rabo.

Una hora después Ed entró en el despacho de Paul Zeller. Ya había recogido sus cosas y todos los dibujos de su mesa de la sala de diseño. Paul tenía la puerta del despacho abierta y se estaba bebiendo un café que le había llevado su secretaria. Cuando vio a Ed, le dedicó una amplia sonrisa.

—Te iba a llamar ahora mismo. Tenemos que pensar en alguna promoción especial para sustituir a esos bolsos.

No parecía ni mínimamente preocupado por el tema y ni siquiera mencionó el nombre de Sydney. Ed se lo quedó mirando fijamente.

—No me lo puedo creer. ¿Estás pensando en una promoción mientras Sydney se pudre en la cárcel?

—No se está «pudriendo». Es una mujer con muchos contactos. Seguro que ya ha llamado a un abogado. Sin duda, ha cometido un gran error.

—No, ella no tiene la culpa. El culpable eres tú —soltó Ed directamente, con los ojos encendidos—. El único error que ha cometido Sydney es aceptar trabajar aquí. El mismo error que cometí yo. Pero he venido para corregir ese error.

Paul lo miró sorprendido.

—Dimito —dijo Ed, sin apartar los ojos de él.

—¿Sin avisar con antelación? No te puedes largar así, sin más. Eres el director creativo y de diseño. Tienes una responsabilidad con la empresa y con tu equipo —contestó Paul enfadado.

No esperaba perder a Ed por aquello. Sydney era prescindible, por eso la había utilizado a ella. Ed no. No iba a ser fácil reemplazarlo.

—Y tú tienes una responsabilidad para con tus empleados, pero aparentemente no lo ves así.

—Ed, te lo advierto: si te vas ahora, me encargaré personalmente de destruir tu reputación y de que se entere toda la industria.

—No lo dudo. Pero es tu nombre el que se ha ganado una mala reputación. Llevo tres años intentando defenderte. Y ese ha sido mi gran error. No lo voy a hacer más —aseguró y se dio la vuelta para irse.

Paul se puso de pie tras su mesa, con una mirada intimidatoria en los ojos.

—Si te vas ahora, puedo acusarte de ser cómplice de Sydney. Tú tampoco tienes por qué estar limpio —amenazó.

Ed se volvió para observarlo con el rostro muy serio.

—Si se te ocurre hacer algo así, mi familia te dejará sin negocio. Perderás todos los trabajadores de tus fábricas de China y después las propias fábricas. Eres un cabrón, así que no se te ocurra amenazarme.

Fue lo último que le dijo a Paul antes de abandonar su despacho. El que había sido su jefe hasta ese momento lo vio marcharse y se sentó de nuevo en su silla incapaz de pronunciar ni una palabra.

Sydney se estaba lavando los dientes en su celda cuando apareció una guardia para decirle que había ido a verla su abogado. No tenía ni peine ni cepillo para el pelo, así que intentó arreglárselo con las manos. El uniforme azul que le habían dado le quedaba enorme, igual que las zapatillas. Volvieron a ponerle las esposas, la sacaron de la celda y la llevaron, cruzando tres puertas cerradas con llave, a la sala de reuniones, donde la estaba esperando de pie un hombre con traje. Asumió que lo había enviado Paul Zeller. No se le ocurrió pensar que pudiera ser cosa de Ed ni se imaginaba lo mucho que le había costado conseguirle uno. Tampoco podía imaginarse que Paul la hubiera abandonado, porque ella había estado actuando en su nombre, según sus órdenes y llevando a cabo su trabajo como él quería.

Steve Weinstein se presentó y dijo que le enviaba Ed Chin. Ella pareció sorprendida.

—¿No trabaja para Paul Zeller?

—No. Según me ha dicho el señor Chin, su contrato con el señor Zeller establece que, en caso de que ocurra cualquier contratiempo durante el desempeño de su trabajo, usted es la única responsable. Zeller no va a ayudarla. Se lavó las manos en cuanto la arrestaron.

Sydney se quedó conmocionada por lo que acababa de decir el abogado.

—¿Por qué no me cuenta toda la historia —continuó el abogado—, empezando por el viaje a China, lo que pasó allí y lo que ocurrió en la aduana ayer?

Él fue tomando notas mientras ella se lo explicaba todo. Cuando terminó, el abogado estaba de acuerdo con Ed: le habían tendido una trampa para que ella fuera el chivo expiatorio de Zeller en caso de que algo saliera mal. Y tenía razonables sospechas de que Zeller sabía que estaba comprando mercancía robada y que probablemente no era la primera vez que lo hacía.

—¿Sospechó en algún momento que los bolsos podían ser auténticos y que estaban alterados?, ¿que no eran copias?

—No. Me pareció que eran de una calidad inusualmente buena, pero a veces hacen unos productos muy buenos en China. Todos en la industria de la moda utilizan ahora sus fábricas. Pero en ningún momento sospeché que pudieran ser robados.

A él le daba la impresión que todo en ella trasmitía sinceridad e inocencia. Parecía completamente sorprendida por lo que le estaba pasando.

—Le voy a decir algo, que creo que debe saber: Zeller afirma que usted estaba en connivencia con el fabricante y que habría recibido una comisión de este para que accediera a introducir las mercancías robadas en Estados Unidos.

—¡Oh, Dios mío! —exclamó ella horrorizada—. ¿Y usted considera que el juez lo creerá? —preguntó con lágrimas en los ojos.

Eso era lo peor que podía ocurrirle. Mucho peor que el hecho de que Andrew no la hubiera incluido en su testamento y se hubiera quedado sin nada.

—Posiblemente —respondió el abogado con sinceridad—. Pero mi trabajo es convencerlo de que usted es inocente, que yo creo que es la verdad.

—Lo soy. Se lo juro. Nunca sospeché que pudieran ser robados. ¿Qué vamos a hacer? —Se la veía perdida allí sentada, mirándolo—. ¿Puedo salir de aquí ya?

—Por desgracia no. Este juez no tiene programada ninguna comparecencia hoy, ya lo he comprobado. Su comparecencia se ha programado para el lunes, así que tendrá que quedarse aquí el fin de semana. No puede irse hasta que no se celebre la susodicha vista, en la que usted se declarará culpable o inocente y el juez establecerá una fianza, que probablemente será de unos cincuenta mil dólares. Supongo que podrá pagarla —dijo, sin dejar de mirarla a la cara y lo que vio fue pánico en sus ojos.

No le quedaban cincuenta mil dólares, ni siquiera una cantidad cercana. Y no tenía nada que le sirviera de aval para un préstamo.

—¿Y si no puedo? —preguntó con un hilo de voz.

—Entonces tendrá que esperar en la cárcel a que haya una vista en el tribunal del gran jurado y después un juicio. Tal vez pueda lograr que la dejen en libertad bajo palabra. No hay riesgo de fuga. Depende realmente del juez que nos toque. Incluso podríamos conseguir que desestimen el caso, si no tienen pruebas contundentes contra usted. Pero creo que Zeller estará dispuesto a testificar en su contra para evitar que vayan tras él. Lo organizó todo para que usted cargara con toda la responsabilidad si algo salía mal. Y hasta ahora ha funcionado. Mis honorarios iniciales para representarla son veinticinco mil dólares. Le cobraré cincuenta mil si consigo que desestimen el caso inmediatamente. Y cien mil si vamos a juicio. Y los honorarios por los procesos penales se pagan por adelantado. Aunque no creo que vayamos a juicio. En el peor de los casos, creo que aceptarán un trato y la libertad condicional si se declara culpable.

—Pero no soy culpable —contestó ella, desesperada.

—Si vamos a juicio, siempre existe un riesgo. Las cosas podrían salir mal. Los jurados con impredecibles.

—¿Cree que acabaré en la cárcel? —preguntó casi en un susurro.

—Esperemos que no —contestó, sin prometer lo que no sabía si podía cumplir—. Pero podría ocurrir, si todo sale mal y si Zeller decide sacrificarla a usted para librarse él. No quiero que ese hombre suba al estrado a testificar contra usted. Según su amigo, Zeller es un mentiroso, bastante convincente además, y posiblemente un delincuente. Estoy seguro de que sabía que era mercancía robada, pero no lo va a admitir ante nadie. Yo voy a hacer todo lo que pueda para evitarle la cárcel, si decide contratarme. Siento mucho que tenga que quedarse aquí hasta el lunes. No puedo hacer nada para evitarlo. —Estaba siendo minucioso, sincero y pragmático.

Ella asintió porque no podía hablar. Estaba pensando en qué les iba a decir a sus hijas. Tendría que contarles la verdad. Pero no sabía cuándo se lo iba a decir. Si no podían reunir la fianza para el lunes, tendría que quedarse en la cárcel hasta el juicio. Y Steve Weinstein le acababa de decir que podía pasar un año antes de que este empezara.

—Si quiere contratarme —continuó el abogado—, me gustaría que unos detectives intentaran encontrar a alguien que testifique que Zeller sabía que estaba importando mercancía robada y que ya lo ha hecho antes. Si tenemos suerte, alguien hablará y usted se librará.

Al oírlo, Sydney entró en pánico. Si todo se volvía en su contra, podría acabar en la cárcel. Y prefería estar muerta. No era la primera vez en los últimos meses que lo deseaba.

—La veré el lunes, señora Wells —se despidió mientras se levantaba—. Tras la comparecencia podrá contratar a otro abogado si lo prefiere. Pero vamos a sacarla de la cárcel al menos.

Ella asintió y no se atrevió a preguntarle cuánto le iba a cobrar por eso.

Le dio las gracias por haberla ido a ver y, después de que él se fuera, la llevaron de vuelta a la celda, esposada. Se tumbó en la cama para pensar en todo lo que le acababa de decir ese hombre. Se sintió como si su vida hubiera acabado. No se movió, ni se levantó ni comió nada hasta que por la tarde llegó la hora de las visitas. Tenía derecho a recibir solamente una visita de una hora a la semana. Una guardia le anunció que habían ido a verla y ella preguntó quién era.

—Yo no soy tu secretaria —contestó la guardia.

Le puso las esposas otra vez y la llevó a una sala donde la hicieron desnudarse para cachearla antes de entrar en la zona de visitas. Vio que era Ed quien la estaba esperando y empezó a llorar en cuanto lo vio. A él se le partió el corazón al verla. Le permitieron darle un abrazo y después los dos se sentaron en una sala pequeña, llena de presas y visitas. Ella estaba en prisión preventiva, a la espera de juicio. Tenía una apariencia horrible, como si estuviera en estado de shock. No se había sentido tan mal desde el verano, cuando murió Andrew.

—¿Estás bien, Sydney? —preguntó.

Ella asintió y le cogió las manos. Estaban tan alterada que no podía ni hablar.

—Más o menos. Gracias por buscarme un abogado. Nunca pensé que podía pasarme algo así, ni que Paul resultara ser una persona tan mezquina y deshonesta —añadió en un susurro.

—Es muy escurridizo. Nunca he confiado plenamente en él. Ya te lo dije al principio, pero nunca creí que pudiera llegar tan lejos. Para librarse él, está dispuesto a declarar que hiciste algún tipo de trato con el vendedor. Le he presentado mi dimisión esta mañana.

—Me lo ha dicho el abogado. Siento que hayas dimitido por todo esto.

—Yo no —contestó él sonriendo—. Ya era hora. No quiero trabajar para un miserable como ese.

—¿Qué le voy a decir a mis hijas? Se van a morir de vergüenza si esto llega a la prensa.

—Pues es posible —dijo Ed con total sinceridad, sobre todo si Weinstein tenía razón y querían sentar un precedente con ella.

—Imagínate que al final tengo que ir a la cárcel —comentó, aterrada. Las últimas veinticuatro horas casi habían acabado con ella. Cumplir una condena sería definitivo.

—No te condenarán. Eres inocente. Tal vez el abogado logre que desestimen el caso.

Ella asintió, pero él se dio cuenta de que no le creía. Estaba humillada, asustada y desesperada y no podía abrazarla para consolarla, excepto al principio y al final de la visita. Pero al menos podía cogerle la mano. Al cabo de una hora, les dijeron que su tiempo se había acabado. Ed la abrazó otra vez y ella le dio las gracias por ir a verla y se despidió de él con la mano tristemente cuando se fue. Cuando él salió a enfrentarse con el frío aire del invierno, le corrían lágrimas por las mejillas. Para entonces a Sydney la habían obligado a desnudarse nuevamente para cachearla en busca de algún objeto de contrabando y después la acompañaron otra vez a su celda.

Tras la visita de Ed volvió a tumbarse en la cama y no se levantó más. No comió nada tampoco. Y el sábado por la mañana llamó a Sabrina. Tuvo que llamarla a cobro revertido y cuando contestó sonaba confundida.

—¿Dónde estás?

Se produjo un silencio muy largo antes de que pudiera contestar, porque estaba conteniendo un sollozo. Apenas podía articular las palabras.

—Estoy en la cárcel —dijo Sydney hundida—. No quería que te preocuparas si me llamabas y no me encontrabas.

Pero Sabrina se preocupó más al saber dónde estaba su madre. Sydney le contó toda la historia y su hija se quedó demasiado perpleja para poder reaccionar.

—Te dije que ese tío era escoria —dijo enfadada Sabrina, aunque no sabía con quién estaba más furiosa, si con Paul Zeller por haberse comportado de esa manera o con su madre por haber sido tan inocente. La historia no la sorprendía, pero estaba horrorizada por lo que le estaba pasando su madre—. Tiene una reputación terrible. ¿Puedo pagar la fianza para sacarte de ahí?

—Hasta el lunes no. El juez la fijará entonces. Y puede ser mucho dinero. —No le dijo que no tenía suficiente para pagarla. Había sido cuidadosa con el dinero de su sueldo, pero no tenía gran cosa.

Sabrina le pidió el nombre de su abogado y ella se lo dio.

—No quiero que vengas al juzgado. Te veré cuando vuelva a casa. Y tampoco puedes venir a visitarme. Solo me permiten una visita a la semana y ya ha venido a verme Ed Chin. Él es quien me ha conseguido el abogado.

Hablaron unos minutos y cuando colgaron, Sabrina llamó al abogado inmediatamente y habló de toda la situación con él. Steve Weinstein le explicó cómo funcionaba lo de la fianza y a cuánto podía ascender esta. Después telefoneó a su hermana. Sophie lloró mucho cuando Sabrina le contó lo que había pasado. Estaban tan preocupadas por su madre que ninguna de las dos pudo contener las lágrimas y Sophie se mostró desolada por no poder ir a visitarla. Toda aquella situación era increíble.

Las dos chicas pasaron la noche del sábado juntas y Sabrina le contó todo lo que le había dicho el abogado. Ya había tomado la decisión de pagar la fianza de su madre. El apartamento donde vivía era de su propiedad y podía utilizarlo como aval. No iba a dejar que su madre pasara ni un segundo más de lo necesario en la cárcel. Steve Weinstein había prometido que ayudaría a Sabrina con todo el proceso el lunes por la mañana, antes de la comparecencia.

Fue un fin de semana interminable para todas: para Sabrina y Sophie, porque no dejaron de preocuparse por lo que le podía pasar a su madre, y para Sydney, tumbada en silencio en su celda, deseando estar muerta.

8

La comparecencia del lunes por la mañana fue justo como Steve Weinstein había previsto que sería. Transcurrió sin incidentes y no hubo sorpresas. Sydney fue al juzgado vestida con su propia ropa. Se declaró no culpable de los cargos de tráfico e intento de introducción en el país de mercancía robada. Steve primero trató de que desestimaran el caso, pero como su firma estaba en todos los documentos de importación, tenían pruebas demasiado contundentes contra ella. Y cuando Steve procuró que la liberaran bajo palabra, el fiscal federal se opuso y el juez se negó. Establecieron una fianza de cincuenta mil dólares y pasaron al caso siguiente. Los peores augurios de Steve Weinstein se habían confirmado: querían dar ejemplo con ella. El juez podría haberla dejado salir bajo palabra, porque no había riesgo de fuga, pero había preferido decretar una fianza. Sydney se quedó allí de pie durante un momento, mirando al juez desesperada, y después habló con su abogado.

—No tengo más remedio que volver a la cárcel. No puedo pagar la fianza —susurró.

—Eso ya está solucionado —respondió él con mucha tranquilidad—. Su hija Sabrina se ha encargado de pagar. En cuanto notifique que ya ha comparecido y la cantidad de la fianza, podrá irse.

A Sydney se le llenaron los ojos de lágrimas inmediatamente.

—No puedo dejar que lo haga. No es correcto.

—También me ha dado un cheque de veinticinco mil dólares para los honorarios iniciales, hasta que sepamos si va a ir a juicio.

Sydney estaba horrorizada por lo que le estaba costando todo aquello a su hija, que en ese momento estaba sin empleo. No quería ser una carga para Sabrina. Toda esa situación le daba una vergüenza horrible. Steve intentó tranquilizarla.

—Por ahora vamos a sacarla de la cárcel y ya nos preocuparemos del resto después.

Sydney tenía peor aspecto incluso que cuando la vio el viernes, así que supo inmediatamente que, si no dejaba que Sabrina pagara la fianza, no aguantaría allí dentro un año. Y Sydney lo sabía también. Ahora sí que tenía que vender el apartamento de París. Era lo único que podía hacer para reunir los honorarios de Steve. Y quería devolverle el dinero a Sabrina lo antes posible.

Una guardia se la llevó y Steve fue a pagar la fianza. Sabrina ya se había ocupado de todos los detalles financieros por la mañana. Media hora después, Sydney estaba en la calle con su abogado, vestida con su ropa, y dejó que él la llevara a su casa. Estaba traumatizada por todo lo que le había pasado. Miró a su alrededor, a los árboles, a los edificios y a las personas que paseaban por la calle, y sintió que acababa de recuperar su vida tras temer que nunca más iba a ser libre. Habían sido los cuatro días más aterradores de toda su existencia. Y las guardias y las delincuentes eran como actores de una película mala. Pero lo peor era que todo era real.

Entró en su apartamento, se sentó en el sofá y miró a su alrededor como si lo viera por primera vez. Llamó a Sabrina y le dio las gracias por pagar la fianza y prometió devolvérselo en cuanto pudiera. Le daba mucha vergüenza que su hija hubiera tenido que avalar con su apartamento.

—¿Qué vas a hacer ahora, mamá? —preguntó ella.

—No lo sé. Buscar otro trabajo, supongo. —Y ni siquiera podía poner su último puesto como referencia—. ¿Y tú? ¿Te han contestado de alguno de los sitios adonde fuiste a hacer entrevistas? —Ahora también estaba preocupada por Sabrina. Todo era un verdadero desastre.

—Todavía no.

Las dos intentaron mantener una conversación normal y no mencionar que Sydney acababa de salir de la cárcel. Su vida se había convertido en una tortuosa historia en la que perdía a su marido, su casa, su dinero y después la arrestaban y la metían en prisión. ¿Y si la condenaban e iba a la cárcel? No podía ni pensarlo. Había quedado con Steve Weinstein al día siguiente en su despacho para hablar de la vista en el tribunal del gran jurado y lo que tenían por delante. Sabrina prometió ir esa noche y llevar algo para cenar y dijo que iba a ir también Sophie. Sydney estaba demasiado cansada para salir. Llevaba cuatro días sin dormir apenas.

Y como si lo hubiera hecho a propósito, en cuanto colgó, su teléfono sonó otra vez. No miró quién llamaba, pero estuvo a punto de dejar escapar un gruñido cuando oyó la voz de Veronica. Todo aquello era ridículo. La llamaba para decirle que las mellizas iban a vender algunos de sus cuadros favoritos en Sotheby's. Veronica los había visto en un catálogo y los reconoció inmediatamente.

—He pensado que querrías saberlo —dijo intentando sonar comprensiva.

Pero esa vez Sydney no estaba de humor para ser educada con ella.

—¿Y por qué? ¿Es que crees que voy a comprarlos o qué?

—Claro que no, pero creí...

—¿Que eso podía hundirme más de lo que estoy? Pues la

verdad es que sí. ¿Por qué no me llamas para darme buenas noticias alguna vez? Eso sería mucho más divertido.

—Vale, pues lo haré —respondió ella con brusquedad y colgó.

Sydney estaba harta de la gente que quería aprovecharse de ella, como Paul, o la que quería hacerle sentir mal, como Veronica. Se sintió mejor después de haberse librado de ella. Después la llamó Ed. Y, en un impulso, lo invitó a cenar con ellas esa noche.

—Después de todo lo que ha pasado, quiero que conozcas a mis hijas.

Él pareció dudar, no quería molestar, pero al final accedió a ir y quedaron en que iría a las siete. Ella le agradeció de nuevo que le hubiera encontrado a Steve Weinstein.

—Voy a verlo mañana para hablar del caso.

—Deberían meter a Zeller en la cárcel, no a ti —dijo Ed, enfadado.

—Steve dice que quiere contratar a un detective a ver si puede encontrar a alguien que declare que Paul sabía que la mercancía era robada.

—Eso parece una buena idea.

Ed fue el primero en llegar a casa de Sydney. Le llevó un ramo de flores para animarla y una botella de vino para compartir con sus hijas. Y la invitó a comer al día siguiente.

Cuando llegaron, sus hijas se sorprendieron de encontrar en el apartamento a alguien que no conocían. Sydney hizo las presentaciones oportunas. Ed estaba nervioso; pensaba que lo odiarían por haber trabajado en Lady Louise. Y las chicas estuvieron incómodas y se mostraron algo tímidas los primeros minutos. Habían comprado comida tailandesa y *sashimi* en el centro. Pero para cuando se acomodaron en la pequeña mesa de comedor de su madre, ya estaban charlando de moda con Ed. Habían encontrado algo que tenían en común. Sydney sonrió mientras los escuchaba y la vida empezó a parecerle normal otra vez. No hablaron del juicio hasta el final de la cena y para entonces ya iban por la segunda botella de vino y todos se habían relajado. A Ed le cayeron bien las dos hijas de Sydney y todos estuvieron de acuerdo en que odiaban a Paul Zeller por lo que le había hecho a su madre.

Era más de medianoche cuando sus hijas y Ed se fueron. Había sido una velada agradable. Sydney se quedó sentada en su salón, pensando en dónde había estado la noche anterior. Todavía no podía creerse que la hubieran arrestado y que ahora tuviera que ir a juicio. Y se moría de vergüenza por el hecho de que su hija hubiera tenido que pagar su fianza. Pero, si no lo hubiera hecho, Sydney seguiría en la cárcel. Era la primera vez que había tenido que depender de sus hijas y eso no la hacía sentir nada bien. Se sentía una fracasada total, sobre todo después de que las cosas llevaran un tiempo mejorando.

Sydney se levantó temprano a la mañana siguiente para ir al despacho de Steve Weinstein, en el centro, cerca del juzgado federal. Se pasaron dos horas repasando los detalles del caso. Ella accedió a que contratara a un detective para ver qué podía descubrir sobre Paul. No sabía cómo lo iba a pagar, pero estaba claro que no tenía otra opción. Y hablaron también de la investigación del tribunal del gran jurado, que se iba a realizar en secreto y determinaría si el caso iba a juicio o no.

En cuanto salió del despacho del abogado, Sabrina la llamó con buenas noticias, para variar. Había conseguido el trabajo que quería y con un sueldo mejor que el que tenía antes. Sydney esperó que eso significara que había cambiado su suerte. Al menos a su hija le había ocurrido algo estupendo. Eso la animó durante el viaje en metro de vuelta a casa. En cuanto llegó al apartamento, recibió una llamada de Sophie.

—Adivina quién sale en la crónica de sociedad hoy —dijo, a punto de echarse a reír, pero su madre gruñó.

—No me digas que soy yo y que hablan de que he estado en la cárcel.

Sophie le leyó el artículo. Daba a entender que el marido de Kellie tenía una aventura. Lo habían visto recientemente con una mujer en un hotel y ella era una famosa heredera de la ciudad. Aparentemente ese tipo de mujeres eran su especialidad. Sydney sonrió al oírlo.

—Es el karma, mamá —dijo Sophie—. Se lo merece.

Sydney odiaba admitirlo, pero estaba de acuerdo con ella.

Poco después se encontró con Ed para comer en un restaurante que les gustaba a los dos y él le dijo que se iba a Hong Kong.

—¿Para siempre? —preguntó, desolada. Él se había convertido en su mejor amigo, el único en esos momentos. Por eso esperaba que se quedara y encontrara otro trabajo en Nueva York.

—No, solamente una semana. Tengo que hablar con mi padre.

—¿De entrar en el negocio familiar?

Ahora que había dejado su empleo, ella comprendió que lo más probable era que regresara a su país para llevar su empresa con ellos. Había obtenido toda la experiencia que necesitaba en Europa y Nueva York. Pero no esperaba la respuesta que le dio Ed.

—No. Tengo pensado sacar mi propia línea de moda. Creo que ya estoy preparado. Y quiero quedarme en Nueva York, así que necesito saber si puedo contar con su ayuda. —Entonces la miró muy serio—. ¿Querrías trabajar en ese proyecto conmigo, Sydney? Probablemente tardará seis meses o un año en despegar, pero quiero empezar bien desde el principio. He estado viendo un local en Chelsea esta mañana. ¿Qué te parece? ¿Te atreves a hacerlo conmigo?

—Tú sabes mejor que yo cómo llevar un negocio. Yo solo soy diseñadora. —Pero ella había aprendido mucho en Lady

Louise, sobre todo de él—. Y puede que dentro de un año esté en la cárcel —añadió, agobiada de pronto.

—No lo estarás si Steve Weinstein merece el dineral que le vas a pagar —contestó serio.

Ella le respondió con una media sonrisa un poco triste.

—No le pago yo, sino Sabrina. Quiero devolverle el dinero en cuanto pueda. Pero no podré hasta que venda el apartamento de París. Y por ahora tengo un inquilino dentro.

—Puedo darte participaciones en la empresa, así tendrás cierta rentabilidad. Quiero que sea algo pequeño al principio. Me gustaría empezar con ropa informal. No quiero que sea nada demasiado ambicioso.

A ella le encantó la idea y después de comer dieron un largo paseo para hablar de ello. Él se iba a Hong Kong al día siguiente. Ya le había puesto al corriente a su madre del proyecto, pero quería hablarlo cara a cara con su padre. Le costaría más convencerlo a él, porque seguía queriendo que su hijo volviera a casa y se hiciera cargo del negocio familiar, junto con él y sus tíos.

—Pero soy feliz aquí —confesó Ed.

Ella estaba emocionada ante ese nuevo proyecto y en el camino de vuelta a casa se dio cuenta de que iba sonriendo. Si convencía a su padre para que lo ayudara a ponerlo en marcha, ella tendría un empleo nuevamente, uno respetable esta vez, y estaría trabajando para un hombre honesto. Estuvo toda la noche de buen humor y este le duró hasta que Sabrina la llamó al día siguiente.

La historia de su arresto aparecía en *Women's Wear Daily* y habían incluido unas declaraciones de Paul Zeller, en las que afirmaba sentirse muy decepcionado tras saber que una diseñadora con talento como ella se hubiera metido en actividades ilegales. Eso hacía que él pareciera la parte afectada y ella la delincuente. Era una vergüenza más y Sydney se preocupó por Sabrina inmediatamente.

—¿Crees que eso puede tener alguna repercusión negativa en tu nuevo trabajo?

—No creo, mamá —contestó ella—. Les he llamado esta mañana. Han sido muy amables y han dicho que sentían mucho lo que te estaba pasando. Paul Zeller no tiene muchos amigos en el sector. La mayoría de la gente pensará que no has hecho nada malo y que vas a tener que pagar tú las consecuencias cuando la culpa es suya. Pero, en cualquier caso, me aseguraron que esta noticia no va a afectar de ninguna manera a mi trabajo.

Sydney se sintió aliviada al oír eso.

—¿Cuándo empiezas?

—Dentro de una semana. Eso me da un poco de tiempo para organizarme y recuperarme.

Sydney estaba muy contenta de que Sabrina estuviera contratada otra vez, porque se había gastado la mayor parte de sus ahorros en la fianza de su madre y los honorarios de su abogado.

Parecía que las cosas iban mejorando poco a poco para ellas. Sabrina tenía un trabajo nuevo que la ilusionaba y en una firma incluso mejor que la anterior. Ed quería que Sydney colaborara con él en el negocio que iba a empezar, si su familia accedía a darle apoyo financiero. Y, con suerte, Steve Weinstein podría ayudarla con los temas legales y evitar que fuera a la cárcel.

Todavía andaba muy justa de dinero y la acusaban de un delito, pero al menos estaban pasando algunas cosas buenas. Empezaba a ver salir el sol tímidamente en el cielo oscuro. No había llegado aún el verdadero amanecer, pero Sydney volvía a tener esperanza. Era un comienzo.

9

Ed volvió de Hong Kong una semana antes de Navidad. Y, en cuanto aterrizó, llamó a Sydney para darle las buenas noticias. Se había reunido con su padre y sus tíos y, tras cierta discusión, habían accedido a financiar su negocio de moda. Él tenía una trayectoria excelente como diseñador y había ocupado varios puestos de trabajo en firmas importantes y serias. Conocía el negocio y era capaz de reunir a un equipo de diseño con talento. También les había presentado el currículum y los méritos de Sydney. Y ellos le dieron luz verde, así que quería empezar lo antes posible. Su objetivo era poder desfilar con su primera colección en la pasarela de la Semana de la Moda en septiembre, para lo que quedaban solo nueve meses.

—¡Lo conseguiremos! —exclamó cuando llamó a Sydney y le contó todos los detalles.

Quería volver a ver el local de Chelsea con ella en los próximos días, alquilarlo inmediatamente si a ella le gustaba tanto como a él y convertirlo en la sede de su negocio incipiente. Era un momento muy emocionante para Ed. No iba a trabajar para nadie y por fin podría hacer las cosas como él quería. Y no tenía que rendirle cuentas a ningún inversor, solo a su familia.

—¿Tienes tiempo para venir a ver el local conmigo mañana? —preguntó.

Ella le dijo que sí.

—¡Esto es increíble! —dijo ella, tan emocionada como él.

Ed le envió un correo electrónico esa misma noche al agente inmobiliario y quedaron en el lugar al día siguiente, a las diez de la mañana. Cuando Sydney llegó allí, Ed sintió un gran alivio al verla con mucho mejor aspecto y más relajada que cuando él se fue. Los cuatro días que había pasado en la cárcel habían sido muy duros y le habían pasado factura.

Ambos revisaron cada centímetro del local e intentaron imaginarse dónde colocarían a todo el mundo y cómo funcionaría todo. Y a los dos les pareció perfecto. El agente inmobiliario les prometió tener lo necesario a punto para poder alquilarlo esa misma tarde.

—Vamos mañana a IKEA a comprar muebles —sugirió Sydney con entusiasmo.

El local estaba recién pintado y no tenían que hacer ninguna reforma. Estaba listo para entrar. Ed quería empezar a contratar a gente lo antes posible. Ya había hecho una lista con el equipo de diseño de sus sueños, que encabezarían Sydney y él. Pero necesitaban otros diseñadores, preferiblemente que acabaran de salir de la facultad, para que no exigieran un sueldo demasiado alto, no fueran demasiado inflexibles y tuvieran ideas frescas e innovadoras.

Al día siguiente fueron a comprar mesas de dibujo y mesas normales, unas sillas de trabajo cómodas, archivadores y estanterías y amueblaron también una pequeña cocina. Habían alquilado un camión para llevar todo desde IKEA y, cuando llegaron a Chelsea, descargaron la mayor parte ellos mismos. Contrataron, eso sí, a alguien para que montara los muebles. Ed se encargó también de comprar todos los ordenadores que iban a necesitar. Después, al final del día, se sentaron y durante un buen rato estuvieron admirando el resultado. Luego Sydney se despidió de Ed; quería comprar un árbol de Navidad pequeño para su apartamento.

—¿Qué vas a hacer en Nochebuena, por cierto? —le preguntó a Ed antes de irse.

—Poca cosa. No he tenido tiempo para pensarlo.

—¿Por qué no vienes a cenar con mis hijas y conmigo? Lo celebraremos en mi apartamento y prepararé algo informal.

Sophie ya le había dicho que seguramente iría con su novio, si a este le apetecía, y en su mesa cabían seis personas, si mantenían los codos muy pegados al cuerpo y ponían sillas estrechas.

—Me encantaría —contestó Ed, sonriendo de oreja a oreja.

Sydney se fue a comprar el árbol, que ocupó toda una esquina del salón, pero que sin duda le daba un aire festivo al piso. También compró cosas para adornarlo. No se permitió recordar el árbol de casi cinco metros que ponían todas las Navidades en el salón en Connecticut, ni la guirnalda de flores blancas que colocaban sobre la puerta principal ni la gran corona que colgaban de ella. Había comprado una pequeña, con campanillas y piñas, que colgó en la puerta del apartamento. Y, aunque el árbol era pequeño, olía a Navidad, porque llenaba el apartamento con el aroma a pino. Los ornamentos que había escogido para adornar el árbol eran todos rojos y dorados, con diminutos ositos de peluche y soldaditos de juguete. Cuando terminó, estaba alegre y radiante.

Steve Weinstein la llamó para decirle que su siguiente vista en los juzgados sería en abril. Todavía quedaban meses, pero eso les daría un margen de tiempo para llevar a cabo su investigación sobre Paul Zeller y lo que él sabía sobre los bolsos robados. Mientras la investigación del tribunal del gran jurado seguiría su curso durante ese tiempo. Después de que Steve le dijera lo de su vista, decidió invitarlo a cenar con ellos en Nochebuena también.

—Normalmente me voy a casa, a Boston, a pasar las vacaciones —le dijo, conmovido porque le hubiera pedido que se uniera a la cena navideña familiar—. Pero este año mi hermano y mi hermana están con sus respectivas familias políticas y mis padres se han ido a Florida. De hecho, están pensando en mudarse allí.

La invitación le había parecido sincera y llena de cariño. Le caía bien su nueva clienta y le apetecía conocerla mejor. Ya le había dicho que él no había estado casado nunca, que no tenía hijos y que tenía treinta y ocho años. Y ella pensó que su abogado les caería bien a sus hijas.

—Mi familia es judía, pero no somos religiosos —añadió Steve—, así que siempre celebramos la Navidad. Tenemos lo mejor de los dos mundos.

—A mí también me encanta la Navidad —reconoció ella con un leve suspiro—. Es la primera que vamos a pasar sin mi marido.

Estaba intentando no pensarlo mucho, pero los recuerdos la perseguían, sobre todo a altas horas de la noche, el momento que menos le gustaba. Sus preocupaciones parecían crecer a esa hora.

—¿El padre de sus hijas? —preguntó porque tenía curiosidad y porque notó que arrastraba penas que era demasiado educada para mencionar.

—No, él murió hace veinte años, después de que nos hubiéramos divorciado. Apenas lo veíamos desde que se mudó a Texas con su nueva esposa, pero seguía siendo el padre de las niñas. Yo me volví a casar hace dieciséis años con un hombre maravilloso. Pero él se mató este verano en un accidente de moto. Hemos pasado por muchos momentos difíciles desde entonces. —Muchos más de lo que estaba dispuesta a contarle—. Hubo ciertas complicaciones con la herencia.

Dos hijastras malas y avariciosas y la viuda que se había quedado sin nada. Todavía se enfadaba con Andrew a veces por aquello. Era difícil no ponerse furiosa al pensar que no se había ocupado de tener esos temas arreglados antes de morir. Si lo hubiera hecho, todo habría sido diferente. Ella no habría tenido que trabajar y ahora no se estaría enfrentando a una pena de cárcel. Pero, por otro lado, gracias a eso había conocido a Ed Chin y ahora experimentaba la gran emoción de abrir un negocio con él. Intentaba mantener una actitud de vaso medio lleno, que solo flaqueaba a esas tardías horas, cuando se sentía aterrada por si se quedaba sin dinero e iba a la cárcel.

—Ha sido un año difícil —reconoció. Y lo que le faltaba era ese reciente arresto por tráfico con mercancía robada—. Los acontecimientos de los últimos seis meses me han enseñado que nunca sabes lo que te va a pasar en la vida.

—Eso también se aplica a las cosas buenas —le recordó él—. Nunca sabes qué cosa o persona fantástica se va a cruzar en tu camino para cambiar tu vida y tu suerte para siempre. Por cierto, ¿va a estar su hija en la cena? Tuvimos una conversación muy agradable cuando usted estaba... retenida —dijo, intentando encontrar una forma suave de decir «cuando estaba usted en la cárcel» sin usar esas palabras.

Sabía lo afectada que todavía estaba por ello y el miedo que le daba el futuro. La posibilidad de acabar encerrada la horrorizaba. Se había preguntado un par de veces si era correcto empezar un negocio con Ed en esas circunstancias. ¿Y si la condenaban e iba a la cárcel? No quería dejarlo en la estacada, pero tampoco quería dejar pasar la oportunidad que él le ofrecía.

Se lo planteó a Ed esa noche, cuando estaban hablando por teléfono de sus planes. Llevaba toda la tarde enviándole mensajes sobre el tema, mandándole uno cada vez que se le ocurría una idea o algo que quería compartir con ella. Estaban buscando un nombre para su negocio y Sydney Chin parecía gustarles a ambos. Tenía personalidad y los dos querían que tuviera un toque asiático, por deferencia a él y a su familia, que eran quienes realmente iban a hacer posible el negocio. Ella le estaba agradecida por querer incluirla en su plan a pesar de sus problemas.

—¿Y si acabo yendo a la cárcel? ¿Lo has pensado? —preguntó muy seria.

Steve le había dicho que eso era una posibilidad muy real si las cosas salían mal en el juicio. Y él asumía que podía ocurrir. Había demasiadas pruebas contra ella para que desestimaran todos los cargos. Paul Zeller era un hombre poderoso y se había cubierto bien las espaldas. Desde que todo pasó empezó a mentirle a todo el mundo y a hacer declaraciones falsas a la prensa. Había hablado con el fiscal, que había dejado claro que no se lo iban a poner fácil y que querían interrogarla en profundidad sobre Paul Zeller.

—No puedes quedarte ahí sentada todo un año, esperando a ver qué pasa —la regañó Ed—. Tienes que seguir con tu vida. No creo que te vayan a meter en la cárcel, pero si ocurre, nos ocuparemos de ello cuando haga falta. No voy a dejar pasar la oportunidad de construir algo importante contigo porque Paul Zeller sea un cabrón y tengamos miedo de él. Llevo toda mi vida esperando para hacer esto. Y quiero hacerlo contigo.

Sentía un profundo respeto por ella después de haber trabajado juntos. De hecho, llevaba siete años, desde que terminó la facultad, esperando para montar su propia empresa de diseño.

—¿Tu familia sabe lo del juicio al que me enfrento?

Sydney esperaba que hubiera sido sincero con ellos sobre el tema.

—Les he contado lo que pasó. Lo sintieron mucho cuando se enteraron, pero eso no los disuadió. Preguntaron otra vez por tu abogado y al parecer tiene una reputación excelente.

—Me gusta Steve. —Estaba muy agradecida a Ed y a su familia por haberle buscado un abogado como él—. Va a venir a cenar en Nochebuena también. Es inteligente y una buena persona.

Entonces se le ocurrió algo. No habían hablado mucho del

tema y ella lo había visto solo la mayor parte del tiempo, trabajando, pero se le pasó por la cabeza que tal vez Ed querría ir con alguien a la cena, así que se lo preguntó.

—Gracias por preguntar. He salido con alguien unas cuantas veces, pero no hay nadie importante en mi vida. No tengo tiempo para eso. Estoy demasiado ocupado para meterme en una relación seria. Tal vez dentro de unos años, cuando el negocio despegue, pero ahora no. Gracias por pensarlo de todas formas.

—Dices las mismas cosas que Sabrina. Exactamente lo mismo. Y Sophie oficialmente tiene novio, pero se ven muy poco y él es bastante excéntrico. La moda no es un terreno fértil para el amor. Nadie tiene ni la energía ni el tiempo que las relaciones requieren.

—¿Cómo conseguiste seguir en el diseño cuando salías con Andrew y después de casarte? —Ed llevaba un tiempo haciéndose esa pregunta.

—Era una carrera contrarreloj todo el día. Tenía que compaginar mi relación con el trabajo y el cuidado de mis hijas. Por eso me convenció de que lo dejara cuando nos casamos. Quería que estuviera libre para ir de viaje con él. Y dejarlo me permitía dedicarme a estar con las niñas. Durante unos años lo eché de menos, pero después me alegré de haberlo hecho. Disfruté mucho del tiempo que pasé con él y con mis hijas. La vida familiar es muy diferente cuando trabajas a jornada completa. Nunca estás lo suficiente en casa y te cuesta hacer un buen trabajo también.

—Bueno, pues no vuelvas a hacer eso —comentó Ed, intranquilo—. Me refiero a casarte con alguien y dejar de trabajar conmigo.

—No te preocupes. No tengo intención de volver a casarme y ya no tengo niños en casa —le recordó—. Mis hijas tampoco es que tengan tiempo para mí. Trabajan tanto como nosotros y Sabrina está totalmente entregada a su profesión. Ama más lo que hace de lo que nunca ha amado a un hombre.

—Esa es la misma sensación que tengo yo —reconoció él.

—Nunca volveré a dejar mi trabajo por un hombre —aseguró Sydney, decidida.

En ese momento ni siquiera se podía imaginar estar con otro hombre. Había tenido lo que para ella era una relación perfecta y un matrimonio ideal con Andrew. Solo entonces, después de que todo se hubiera hecho añicos, había aparecido algo que empañaba sus recuerdos. Pero ella había sido muy feliz a su lado todos esos años. Discutían muy poco, compartían muchos intereses y él siempre se había portado genial con las niñas. Pero tras ver cómo había terminado todo, no quería volver a depender de un hombre nunca más.

—Pues que no se te olvide —advirtió Ed—. Si aparece un príncipe azul después de que empecemos con el negocio, hazle saber que eres una mujer trabajadora y que no estás dispuesta a dejar tu empresa.

—Lo prometo —afirmó convencida y lo decía en serio.

Se despidieron y se dieron las buenas noches, pero ella supo que durante los siguientes días iban a estar constantemente hablando y mandándose mensaje. Tenían que tomar muchas decisiones y ella ya tenía ideas de bocetos y diseños para el desfile de otoño. Quería hacer una colección mayormente blanca, porque las prendas que iban a sacar estarían en las tiendas el verano siguiente.

En Nochebuena sus invitados llegaron a las siete y media. Sydney les ofreció para beber cócteles Hot Toddy o ponche aderezado con ron. Era una de sus tradiciones navideñas. El apartamento estaba muy bonito, decorado con los adornos navideños que había comprado y con velas encendidas por todas partes. No sobraba el espacio y aunque los seis estaban un poco apretados, todo resultaba acogedor. Sydney llevaba una falda larga de lana con cuadros escoceses y un jersey rojo, que había llevado las Navidades anteriores. La melena lisa le caía por la espalda. Sabrina llegó con un vestido de cóctel negro corto que había diseñado ella y que le permitía lucir sus largas y sexis piernas. Tenía el pelo oscuro brillante y lo llevaba suelto como su madre. Se había puesto un pintalabios de un tono rojo intenso y tacones altos. Estaba preciosa y abrazó a su madre al entrar. Fue la primera en llegar y llevó un par de botellas de un buen vino francés. Tenía ganas de celebrar lo de su nuevo trabajo. Solo llevaba una semana trabajando allí y ya le encantaba. La impulsiva decisión de su anterior jefe de despedirla por las copias que había hecho Lady Louise de sus diseños había resultado ser algo extraordinario al final. Había entrado en su mejor momento a su nuevo puesto y estaba diseñando modelos que iban a añadir a la colección de la Semana de la Moda de febrero. Estaba trabajando más que nunca, pero se sentía tremendamente feliz.

—¿Quién más va a venir, mamá? —preguntó mientras seguía a su madre hasta la encimera de la cocina.

Notó el aroma del pavo que estaba en el horno y miró las verduras que estaba cocinando. Sydney llevaba todo el día preparando la cena con la ayuda de su único libro de recetas y por ahora le había salido bien. Había preparado todos sus platos favoritos. A pesar de que la vajilla que había en el apartamento no era bonita, ella consiguió arreglar una mesa preciosa, con velas, unos cuantos angelitos dorados y unas cuantas piñas. Todo el apartamento olía estupendamente a Navidad.

—Ya te he dicho que he invitado a Ed Chin. —Sophie y ella ya habían coincidido con él una vez—. Sophie va a venir con Grayson, que va a hacer una aparición fugaz. —Las dos rieron. Él tenía fobia a la familia y el compromiso y había dicho que odiaba la Navidad, pero había accedido a ir después de que Sophie llevara semanas suplicándoselo. Era un diseñador gráfico con mucho talento y una persona muy peculiar. Había perdido a sus padres cuando era niño y había crecido en casas de acogida, cambiando de hogar muchas veces. Sophie y él se querían, pero de momento no pensaban en el matrimonio, ni en tener hijos ni en un compromiso formal. Sydney creía que Sophie era aún muy joven y por eso no daba demasiada importancia a esas limitaciones, pero le parecía que esa relación no iba a llegar muy lejos. Llevaban saliendo cerca de un año y, siempre que a él le parecía que la relación iba muy en serio, le ponía fin durante un tiempo y después volvía cuando las cosas se habían calmado de nuevo. A su madre y a su hermana les sorprendía que aún siguiera con él, pero Sophie insistía en que era un buen chico y veía en él virtudes que no apreciaban los demás. Era como un puercoespín quisquilloso a veces.

—También he invitado a mi abogado, Steve Weinstein. Me dijo que no tenía planes. Por cierto, Sabrina —dijo mirando muy seria a su hija—, quiero que sepas que te estoy muy agradecida por haberte encargado de pagar mi fianza y sus honorarios. Tengo intención de devolverte el dinero en cuanto pueda.

Estaba pensando en vender alguna joya si era necesario, aunque no tenía muchas y había intentado conservarlas todo lo que pudiera, por si tenía que venderlas en el futuro. Pero este era un momento de necesidad. Prácticamente había agotado los ahorros de Sabrina y no quería que esa situación se alargara mucho más tiempo.

—No necesito el dinero ahora mismo, mamá. Y no te iba a dejar en la cárcel, ni sin un abogado decente. ¿Crees que es bueno? —A ella le había caído bien cuando hablaron y parecía competente.

—Creo que es muy bueno; la familia de Ed pidió referencias sobre él.

Aunque ella sabía que eso no garantizaba que pudiera librarla de todo. Había muchas variables en el caso y, como le había dicho Steve, cuando un caso iba a juicio, los resultados eran impredecibles. No estaba claro que fuera a ganar, pero tampoco era una causa perdida. Con suerte encontrarían alguna prueba que implicara a Paul Zeller antes de que se celebrara el juicio.

Seguían hablando del tema cuando Ed Chin llamó al timbre. En cuanto entró al apartamento saludó a Sabrina, contento de verla. La felicitó por su nuevo trabajo y, después de admirar su vestido y enterarse de que era un diseño suyo, se pusieron a hablar animadamente al momento. Ed, con vaqueros, una camiseta de cuello vuelto, chaqueta de cachemira negra y zapatos de ante, estaba tan elegante como Sabrina. Él tenía prendas de muy buena calidad y suficiente estilo para lucirlas. Toda su ropa se la confeccionaba su sastre de Hong Kong cuando iba de visita a su casa. Estaban hablando del nuevo trabajo de Sabrina y de la gente que él conocía que trabajaba allí cuando llegaron Sophie y Grayson.

Grayson entró en el apartamento con expresión nerviosa. Llevaba puestos unos vaqueros y una sudadera que tenía desde que iba a la universidad, a la Rhode Island School of Design, donde pudo estudiar toda la carrera gracias a una beca hasta graduarse ocho años atrás. Tenía treinta años, el pelo castaño, llevaba una barba de cinco días y se había puesto unas zapatillas hasta el tobillo muy gastadas, que incluso tenían agujeros.

—Yo no soy muy partidario de las celebraciones navideñas, pero Sophie ha insistido —explicó antes de aceptar un vaso de ponche un poco cohibido.

Sydney le sonrió con cariño y le dio un beso a su hija pequeña. Sophie vestía una minifalda de cuero negro, un jersey negro, medias negras y botas de ante negro con tacón alto que le llegaban a los muslos. Se la veía sexy y joven y mucho más informal que su hermana. Además, tenía una figura más voluptuosa. Todo en su estilo era más juvenil y menos sofisticado que el de Sabrina. Llevaba la melena de rizos, que había tenido desde pequeña, suelta y despeinada.

—Me alegro de que hayas venido —le dijo Sydney a Grayson y consiguió permanecer seria cuando la espuma del ponche le manchó el bigote y se lo volvió blanco.

Entonces el timbre sonó otra vez y apareció Steve, que traía una caja enorme de una pastelería y una botella de un vino bueno de California. Sydney cogió lo que traía y cuando echó un vistazo al interior de la caja, vio que había un espectacular tronco de Navidad. Tenía intención de servirles pudin de Navidad, pero decidió inmediatamente que iba a servir los dos postres y que le tenía que dar las gracias. Fue presentándolos a todos según iban llegando. La conversación fue fluyendo entre todos, sin contar a Grayson, que estaba sentado en silencio en el sofá, observando a los demás. Él siempre parecía incómodo, pero Sophie explicó que era tímido. Ed se sentó a su lado, le hizo un comentario sobre su sudadera y le explicó que siempre quiso ir a la Rhode Island School of Design, pero que no le aceptaron, así que tuvo que ir al Royal College of Art de Londres. Grayson se relajó un poco después de esa conversación. A Sydney le llamó la atención que, de las seis personas que había en la habitación, cinco eran diseñadores de algún tipo y cuatro de los seis se dedicaban al mundo de la moda.

—Tú eres el único adulto cuerdo que hay aquí, porque no te dedicas ni a la moda ni al diseño —bromeó con Steve.

Se sintió bien por poder volver a incluirse entre los diseñadores. Le daba un propósito y un objetivo a su vida, aparte de haberle dado de comer y haberla ayudado a pagar el alquiler durante los últimos cinco meses.

—Es bastante intimidante —tuvo que admitir Steve—. Me he cambiado de camisa cuatro veces y de chaqueta dos antes de decidirme por un atuendo adecuado. Cenar con un grupo de diseñadores de moda pone el listón muy alto.

Al final había optado por una camisa con el cuello azul, una chaqueta de tweed, vaqueros y zapatos Oxford de ante muy elegantes.

—Pues creo que has elegido bien —lo elogió Sydney, impresionada por lo guapo que estaba. Era más atractivo de lo que le había parecido en el juzgado, pero allí estaba distraída por temas mucho más serios que su forma de vestir.

—Pues yo me he puesto una sudadera vieja —dijo Grayson, nervioso de nuevo, mientras se servía más ponche.

Sophie no dejaba de observarlo. No quería que se emborrachara por el simple hecho de que le agobiara la gente.

Se sentaron a la mesa a las nueve, cuando el pavo estuvo listo. Steve abrió una botella de vino y le sirvió a todo el mundo. Empezaron por las botellas que había llevado Sabrina. Sydney había sentado a su hija mayor al lado de Steve y ella estaba al otro lado del abogado. Al otro lado de Sabrina estaba Ed. La conversación durante la cena siguió fluyendo, con la ayuda del excelente vino que Sabrina había llevado. Steve elogió su elección.

El tronco de Navidad de Steve fue un gran éxito a la hora de los postres, junto con el pudin, que Sydney empapó con brandy y flambeó. Todos contaron cómo pasaban las Navidades cuando eran pequeños. La descripción llena de cariño que hicieron Sophie y Sabrina de sus tradiciones familiares hizo que a su madre se le llenaran los ojos de lágrimas. Ed dijo que su familia siempre había celebrado la Navidad y el Año Nuevo chino dando grandes cenas a las que asistían familia y amigos en ambos casos.

—¡A mi familia le vuelven loca las fiestas! —exclamó y todo el mundo rio.

—Nosotros celebrábamos Janucá cuando yo era pequeño, pero tampoco de una forma muy estricta —comentó Steve—. Mis padres me dejaban poner también un árbol de Navidad en casa, porque todos mis amigos tenían uno. Ellos siempre me tenían envidia porque Janucá duraba ocho días, pero a mí me parecía que era mucho mejor poder recibir todos los regalos el mismo día. He de confesar que me alegro mucho de estar aquí con todos vosotros —añadió—. Toda mi familia está lejos de casa este año y si no estuviera aquí, estaría sentado solo en mi apartamento, sintiendo lástima de mí mismo, así que quiero darte las gracias por invitarme, Sydney, y a todos los demás por aceptarme.

Levantó su copa y le sonrió a su nueva clienta.

—Yo soy ateo —anunció Grayson—. No creo en la Navidad —sentenció y se produjo un silencio en la mesa—, pero hoy me lo estoy pasando bien. Gracias —añadió y levantó su copa también, mientras todo el mundo suspiraba de alivio.

Después de la cena Sophie sugirió que jugaran a adivinar palabras con mímica y, tras varias copas de vino, Grayson fue el mejor en el juego y adivinó casi todo antes que los demás. Luego hizo reír a todos con su mímica. Sydney tuvo que reconocer que, contra todo pronóstico, esa había sido una de las mejores Nochebuenas que había pasado en los últimos años, a pesar de la ausencia de Andrew. El ambiente era agradable y acogedor y fue una noche especial rodeada de sus hijas y de amigos que se caían bien y que se alegraban de estar juntos.

Se fijó en que Steve y Sabrina habían estado conversando mucho rato cuando Sabrina no estaba hablando con Ed de moda. Sydney y Ed hablaron un poco de la empresa que iban a fundar. Y nadie tuvo el mal gusto de mencionar sus reciente dificultades legales ni la amenaza que suponía el próximo juicio. Todos, incluida Sydney, habían dejado aquel asunto a un lado esa noche. Ella simplemente estaba disfrutando de la compañía. Nadie se fue de allí antes de la una de la madrugada. Cuando Sabrina se levantó, Steve se ofreció a llevarla a casa, porque vivía cerca de ella. Todos se despidieron a regañadientes, pero Ed se quedó unos minutos después de que el resto se marchara.

—Ha sido una noche fantástica gracias a ti —agradeció mientras le daba un último sorbo al vino—. Y me parece que has conseguido iniciar algo también. —Le dedicó una mirada traviesa, suponiendo que ella lo había hecho a propósito.

—¿Lo dices por Steve y Sabrina? —Él asintió y los dos rieron—. Me pareció que podía salir bien. Al menos eso espero. Me cae bien. Y el pobre Grayson parecía que se iba a morir allí mismo cuando entró, pero luego ha mejorado. Creo que ha ayudado un poco el ponche. Es un chico muy bueno y un gran diseñador. Es una pena que tuviera una infancia tan difícil y ahora cargue con tantos problemas.

—A mí me cae bien —reconoció Ed—. Me caen bien todos y tus hijas son fantásticas. Podría haberme pasado toda la noche hablando con ellas.

—Son buenas chicas. Estoy muy orgullosa de ellas.

Él se ofreció a ayudarla a recoger y fregar los platos, pero Sydney rechazó el ofrecimiento y le dijo que se ocuparía de eso por la mañana. Minutos después Ed se marchó. Entonces se sentó en el sofá, sola, y pensó en todo lo que había ocurrido esa noche. Había sido perfecta para todos, justo como ella quería. Incluso Grayson se había unido a la diversión encantado. Habían conseguido mezclar tradiciones (y falta de ellas) entre personas cristianas, judías, budistas y un ateo, y todos habían compartido una noche maravillosa, que era de lo que trataba en realidad la Navidad. Recordó entonces a Andrew y deseó que, donde quiera que estuviera, también estuviese en paz.

10

El día de Navidad Sydney se levantó pronto para fregar los platos y recoger todo y recordó lo agradable que había sido la cena y lo a gusto que habían estado todos. Mientras frotaba la bandeja en la que había asado el pavo se dio cuenta de que no había sabido nada de Veronica ni de sus antiguos amigos durante las Navidades y la verdad es que no los había echado de menos. Estaba totalmente absorbida por su nueva vida. Veronica no había vuelto a llamarla después de su última conversación. Solo le interesaba darle malas noticias y Sydney ya no quería oírlas, lo que le estropeaba la diversión a Veronica.

Ninguno de sus amigos la había llamado para ver cómo estaba o invitarla a sus fiestas de Navidad. Era como si ahora se sintieran muy incómodos con ella, sobre todo desde que se había extendido como una plaga la noticia de que no tenía dinero y lo de su arresto había salido en los medios. Le decepcionaba darse cuenta de lo importante que era el dinero de Andrew para ellos. Durante los últimos seis meses se había sentido como una mujer olvidada. Ella tampoco había llamado a sus amigos y se le hacía raro. Además, ahora que la prensa se había hecho eco de lo del arresto, tenía miedo de ponerse en contacto con la gente y no quería hablar del tema tampoco. Pero los amigos que tenía en sus días de casada no habían sido leales ni se habían preocupado por ella. Al parecer valoraban el estilo de vida que ella tenía con Andrew, pero no su amistad.

Steve la llamó cuando estaba metiendo el último plato enjuagado en el lavavajillas para darle las gracias encarecidamente por la cena.

—Gracias a ti por el delicioso vino y ese tronco de Navidad tan increíble —respondió contenta.

—Hiciste que la velada fuera estupenda para todos —continuó él, ya tuteándola desde la noche anterior—. Pero quería preguntarte algo. Es un poco incómodo. Normalmente no hago esto con mis clientes.

Ella se mantuvo a la expectativa y esperó que su maniobra de emparejamiento hubiera funcionado. Todo indicaba que sí, igual que la noche anterior.

—¿Te importa que llame a Sabrina? —preguntó él—. Es una mujer fantástica. Se parece mucho a ti, excepto por el color de pelo. Normalmente no salgo con las hijas de mis clientes, pero en este caso me gustaría hacer una excepción, si no te importa.

Se le oía muy nervioso al hacerle esa pregunta. Sydney se esforzó por parecer muy tranquila cuando respondió, pero mientras lo hacía sonreía de oreja a oreja. A ella le parecía que Steve era perfecto para su hija y esperaba que a Sabrina le gustara también.

—Yo no tengo ningún inconveniente en que la llames —aseguró—. Creo que os vais a llevar muy bien. Pero ella está muy liada ahora mismo y cuando se celebra la Semana de la Moda, cada dos años, simplemente desaparece.

—Creo que puedo con eso. Yo también tengo bastantes cosas de las que ocuparme. —De momento estaba planeando invitarla a comer y ver qué tal iba la cita—. ¿Sabes si mantiene alguna relación con alguien? No quisiera entrometerme.

—Sí, con su trabajo. Veinticuatro horas al días, siete días a la semana —respondió Sydney y él rio.

—Me gustan las mujeres que trabajan mucho. Me hace sentir menos culpable cuando me toca hacerlo a mí.

Sydney le dio el número de Sabrina. Después Steve le dijo que deberían reunirse pronto, en las siguientes semanas, para hablar de lo del detective que quería contratar para investigar a Paul Zeller. Todavía no se sabía nada sobre la vista del tribunal del gran jurado.

—¿Y un detective va a resultar horriblemente caro? —preguntó Sydney, preocupada. Temía que se le juntaran un montón de facturas que no podía permitirse y Sabrina ya había hecho bastante pagándole la fianza y los honorarios legales.

—No es barato —respondió él con sinceridad—, pero podría traernos justo lo que necesitamos para que desestimen tu caso o para ganar el juicio.

—Entonces merece la pena.

Quedó con él a principios de enero y volvió a desearle una feliz Navidad. Cuando colgaron, se preguntó si iba a llamar a Sabrina pronto o esperaría un poco para no apresurarse.

Sabrina la llamó media hora después y sonaba contenta.

—No te imaginas quién me ha llamado —soltó rápidamente, sorprendida.

Sydney fingió que no sabía nada del asunto.

—Vamos a ver... ¿Podría ser Brad Pitt... Harrison Ford... o Leonardo Di Caprio?

Sabrina rio ante la ocurrencia de su madre.

—Sí, claro. Pero después de que todos ellos me llamaran, hace media hora me llamó también Steve Weinstein. Me ha invitado a comer el domingo. Y me ha preguntado si voy a hacer algo especial en Nochevieja. Supongo que acaba de romper con alguien y se ha quedado sin planes. Yo pensaba adelantar algo de trabajo esa noche, pero me ha sugerido que vayamos a cenar y al cine. No es un mal plan, teniendo en cuenta que no lo conozco mucho. ¿Qué vas a hacer tú en Nochevieja? —preguntó, de repente preocupada por su madre.

No quería que se sintiera sola y no parecía tener mucha vida social últimamente. Su hermana y ella se habían dado cuenta. Suponía un gran cambio con respecto a la vida tan activa que Andrew y ella llevaban cuando estaban casados. Siempre tenían alguna cena en Connecticut, un cóctel en Nueva York, una fiesta de etiqueta para recaudar fondos para un museo o una salida a cenar en alguno de sus restaurantes favoritos. Y, de repente, parecía que todo eso se había esfumado. Ella estaba segura de que su madre lo echaba de menos.

—Me voy a quedar en casa con un buen libro —dijo, refiriéndose a sus planes para Nochevieja—. Y tal vez trabaje un poco también. Pero con veintisiete años, tú eres demasiado joven para hacer eso. Deberías salir por ahí con Steve.

—Le he dicho que sí —reconoció Sabrina, alegre—. Me gusta su compañía y parece una buena persona. Es muy listo y le interesan un montón de cosas.

—Eso me parece a mí también. —«Y esperemos que, además, sea un abogado fantástico», pensó Sydney—. Creo que Grayson se comportó bien anoche —apuntó con mucha generosidad por su parte.

—El pobre estaba hecho un manojo de nervios. Con él siempre tengo la sensación de que, si digo algo inapropiado, saldrá corriendo de la habitación. Pero ayer fue muy gracioso en el juego de la mímica. Y tenías razón con Ed Chin. Me encanta. Tenía mis recelos en cuanto a conocerlo al principio, porque trabajaba para esa fábrica de salchichas, pero he visto que es una persona seria. Ha sido muy inteligente por su parte dimitir y alejarse de Zeller. Ese tipo es capaz de hundir a todo el mundo, como hizo contigo.

Sydney no podía discrepar.

—Pues pásatelo bien con Steve. Y no lo distraigas mucho, para que pueda ganar mi caso.

Empezaba a darle la sensación de que el caso realmente no existía. Todo había vuelto a la normalidad, estaba en casa otra vez y los cuatro días que había pasado en la cárcel parecían haber sido solo una pesadilla. Pero antes o después sabía que la realidad volvería a asomar su fea cabeza, como una serpiente, y que tendría que enfrentarse a ella.

Tal y como le dijo a Sabrina que haría, en Nochevieja se quedó en casa. Estuvo viendo películas antiguas y realizó unos cuantos bocetos. Ed la llamó a medianoche desde una fiesta. Pero ese año no quería estar en ningún otro sitio que no fuera en su casa. Sabía que algún día volvería a salir en Nochevieja, pero no sentía que estuviera bien hacerlo ese año, cuando había pasado tan poco tiempo desde la muerte de Andrew y con todo lo que había ocurrido después.

Sophie la llamó a medianoche para desearle un feliz Año Nuevo y le dijo que Grayson estaba dormido. Los dos se habían quedado en casa también y Sophie había visto cómo bajaba la bola de Times Square en la televisión, lo que a su madre le resultó un plan demasiado tranquilo para una pareja tan joven.

Sabrina la llamó al día siguiente y le contó que Steve y ella habían ido a cenar al Village y, en vez de ir al cine, habían preferido patinar sobre hielo en el Rockefeller Center, bajo el enorme árbol de Navidad y después habían estado horas sentados en un bar, bebiendo champán y hablando. Sabrina le dijo que había sido una Nochevieja perfecta. A Sydney le pareció que era un buen comienzo.

Pasado Año Nuevo, Ed y ella estuvieron muy ocupados con los planes para su negocio, intentando definir cómo querían que fueran sus prendas y por qué querían que destacaran. Buenas telas, diseños interesantes, texturas sutiles, un look que fuera estructurado y serio, pero no demasiado sobrio, y que de vez en cuando tuviera un toque sorpresa de suavidad. Querían que sus prendas fueran deseadas por todas las mujeres y además a un precio asequible, pero tampoco algo baratísimo, como lo que hacía Lady Louise. Todavía había muchas cosas que tenían que pensar y decidir y mucha gente a la que querían contratar.

La segunda semana de enero se reunió con Steve Weinstein otra vez para preparar su caso, tal como habían quedado. Le habló del detective que quería contratar y cuyos servicios había utilizado antes. Y le dijo que quería enviar a un colaborador local en Pekín a ver al fabricante para ver si le sacaba información sobre Paul Zeller. Steve quería que el detective rebuscara bajo todas las piedras hasta que encontrara algo. Estaba seguro de que tenía que estar ahí. Solo tenía que hallarlo. Steve accedió poner un precio máximo, que a los dos les pareció razonable, que podían pagar por el trabajo del detective. Él se ofreció a adelantar el dinero y a cobrárselo más adelante, algo que supuso un gran alivio para ella. Con todo eso del juicio, los gastos no paraban de fluir como el agua y ella no quería abrir el grifo hasta el máximo y ahogarse cuando tuviera que pagarlo todo.

Durante la reunión, Steve y ella no hablaron de Sabrina. Sydney no quería mezclar sus asuntos con la vida romántica de su hija, pero tenía mucha curiosidad por saber si se seguían viendo. Ella sabía que Sabrina estaría muy ocupada preparando la Semana de la Moda de Nueva York, que se iba a celebrar al cabo de pocos días. Y Sophie estaba igual de liada con su línea de ropa, con la que acababa de ganar un premio por hacer los mejores diseños de ropa juvenil. Su hija pequeña estaba encantada y Sydney feliz por ella. Había encontrado el sector del mercado que le venía como anillo al dedo. Su ropa tenía un aire fresco y era divertida y bonita. Además, con ella las adolescentes no parecían prostitutas.

Una semana después de la reunión de Sydney con Steve, ambos fueron a ver al ayudante del fiscal que llevaba el caso y él le hizo muchas preguntas a Sydney sobre Paul Zeller. Todos allí actuaron como si ella debiera saber más de lo que decía y la presionaron mucho. Pero Sydney insistió, con total sinceridad, en que no sabía más que lo que les estaba contando. Paul no le había explicado a ella nada sobre la mercancía robada ni sobre ninguna otra actividad ilegal. Y repitió una vez más que ella creyó que los bolsos robados eran solo copias; copias muy buenas. El fiscal no se mostró contento. Ya se había fijado la fecha de la vista en el tribunal del gran jurado para entonces y, basándose en las pruebas que tenían, la acusación había reiterado la pena y el caso seguía adelante e iría a juicio. No había salida posible.

En febrero fue al primer desfile que organizaba Sabrina para su nueva firma y a la presentación de Sophie. Los desfiles eran siempre todo un acontecimiento, con montones de modelos guapísimas que lucían prendas espectaculares creadas por grandes diseñadores. A Sydney siempre le había encantado ir, por la ropa y por contemplar el trabajo de sus hijas. Fue con Ed a ver la nueva línea de Sabrina y los dos comentaron exhaustivamente todos los conjuntos que las modelos mostraban en la pasarela. A medio desfile, ella le llamó la atención dándole un golpecito con el codo.

—¿Qué? —Le sorprendió porque pensó que significaba que le gustaba el vestido que acababa de pasar, que a él le resultó chic pero nada excepcional. Pero al mirarla vio que tenía la vista puesta en la primera fila del asiento del otro lado de la pasarela, casi enfrente de donde estaban ellos. No lo había visto antes, pero allí estaba su abogado. Sydney miró a Ed con una sonrisa y enarcó una ceja. Steve no los había visto, así que se acercaron a saludarlo después del desfile. Pareció un poco avergonzado, como si lo hubieran pillado haciendo algo indebido.

—Nunca antes había visto un desfile de moda —confesó—. Me ha invitado Sabrina.

—Pues siempre es algo muy divertido —dijo Sydney que quería ser amable—. Estos desfiles son una locura y se gastan una fortuna en toda la producción. Importa tanto la ropa como el espectáculo.

—Me gusta lo que hace Sabrina —dijo con sinceridad.

—A nosotros también —aseguró Ed, hablando también por Sydney.

Después de saludarse, Ed y Sydney fueron a hablar con otras personas, mientras que Steve se coló entre bambalinas para felicitar a Sabrina. Su madre sabía cómo estaría todo detrás de la pasarela, lleno de gente, y no tenía ganas de luchar para abrirse paso entre la multitud. Ya llamaría a Sabrina más tarde.

Por fin se dirigieron a la entrada de la tienda que habían montado en Central Park para el desfile. En la primera fila estaban todos los directores de las revistas más prestigiosas, como Anna Wintour y Grace Coddington, con su pelo rojo fuego que se parecía mucho al de Sophie. Y mientras se dirigía a la salida, en medio de los empujones de la multitud, Sydney de repente se encontró de frente con Kyra, su hijastra. La última persona que quería ver en ese momento. Pero no tenía forma de evitarla, porque las dos estaban atrapadas entre la gente.

—Me alegro de verte —saludó Sydney con frialdad, pero sin olvidar la educación. Después de todo Kyra era la hija de Andrew. Sydney sabía que ella iba a menudo a los desfiles de la Semana de la Moda y que hacía pedidos de prendas para la temporada siguiente.

—¿Te han dejado salir de la cárcel para ver el desfile de Sabrina? —preguntó Kyra con maldad.

Durante un momento Sydney se quedó sin habla y no supo qué responder. No podía simplemente darle la espalda y marcharse. Había tantas personas que era imposible dar un paso. Sydney no le contestó, pero sintió como si su hijastra le hubiera dado un puñetazo en la boca del estómago, dejándola sin aire. Y no se le ocurría ninguna respuesta apropiada. Simplemente volvió la cara y sintió un gran alivio cuando la multitud avanzó y le permitió alejarse de ella.

—¿Qué te ha dicho esa mujer? —preguntó Ed cuando ya estuvieron fuera y aceleraron el paso—. Te has quedado blanca como el papel.

—Era una de mis hijastras. Ha hecho una referencia muy desagradable a la cárcel.

—Deberías haberle soltado una buena —la reprendió—. Si lo llego a saber, le habría dado un paraguazo. —Llevaba todo el día lloviendo—. ¡Qué arpía!

—Sí que lo es.

Pero el comentario de Kyra la había afectado y no pudo evitar que le estropeara el resto de la jornada. Ed lo notó y sintió lástima por ella.

—No permitas que tengan ese poder sobre ti —le dijo después, cuando volvieron a su oficina de Chelsea, que ya estaba tomando forma—. Tú eres como eres, digan lo que digan —le recordó.

Sydney sabía que era cierto, pero tras la muerte de Andrew ellas se habían quedado con su hogar y también con parte de su confianza en sí misma y su fe en la naturaleza humana. Era difícil que no le afectaran todos los cambios que había vivido.

En abril Sydney y Ed hicieron una exhibición para un grupo de gente reducido y selecto con intención de mostrar un avance de la colección que tenían previsto presentar en la Semana de la Moda de septiembre. Era solo un aperitivo de lo que estaba por venir y eligieron muy bien a su público: algunos de los directores de las revistas más importantes, unos cuantos grandes compradores y periodistas bien seleccionados de las revistas de moda. La llevaron a cabo en sus oficinas de Chelsea y sirvieron champán y canapés. Y convocaron a sus modelos favoritas para que desfilaran. La idea de mostrar un avance de una futura colección era algo nuevo para ella y Sydney tenía miedo de que acabara saliendo mal si recibían críticas negativas antes incluso de presentarse. Como su siguiente comparecencia en el tribunal se había pospuesto hasta mayo, había podido centrarse totalmente en el trabajo, algo que había supuesto un alivio para ella.

Los padres de Ed y uno de sus tíos vinieron desde Hong Kong para apoyarlo. A Sydney le encantó volver a verlos. Ella invitó a sus hijas y les presentó a la familia Chin. De manera que tanto Ed como ella tenían allí a sus familiares para animarlos. Presentaban diez modelos como avance de su colección y Sydney había trabajado en ellos sin descanso, tanto en el diseño de los patrones como mano a mano con las costureras en las últimas pruebas, para que todo estuviera perfecto. Ni Ed ni ella se habían acostado la noche anterior, porque estuvieron dedicándose a revisar detalles hasta la hora de la presentación.

—¿Lista? —le preguntó Ed antes de que llegaran sus invitados VIP.

Ella asintió, aunque sentía que le costaba respirar. Todo aquello era aterrador. Llevaban meses combinando su talento y persiguiendo un sueño, y ahora estaban a punto de mostrar al mundo los resultados.

Habían invitado a sesenta personas muy influyentes del mundo de la moda. El aparcacoches que habían contratado se ocupaba de los vehículos de los asistentes cuando estos llegaban. Los camareros no dejaban de dar vueltas con bandejas llenas de copas altas de champán y había una mesa en un rincón en la que se servía caviar estadounidense. De hecho, apareció más gente de la que esperaban. Dos de los directores de las revista acudieron con amigos, en el último minuto llamaron varios periodistas y pidieron que los invitaran y los Chin iban acompañados de su banquero de Hong Kong, que tenía cosas que hacer en Nueva York esa semana. Se llamaba Robert Townsend y era británico. Ed se lo presentó a Sydney, pero ella estaba demasiado nerviosa para prestarle mucha atención y pronto había vuelto detrás de la pasarela para ver cómo iban las chicas, que estaban ya con la ropa puesta, nerviosas porque sabían que se trataba de un acontecimiento importante.

El corazón de Sydney parecía a punto de salírsele del pecho cuando todo el mundo se sentó y empezó a sonar la música. La iluminación era perfecta, la música sonaba exactamente como debía en el equipo de sonido que habían alquilado para la ocasión y los asistentes miraban absortos a las modelos que iban saliendo.

Había una concentración intensa en la sala y todos los ojos estaban centrados en las modelos. La élite de la industria estaba esperando para dar o no su aprobación a los dos diseñadores que habían creado Sydney Chin cuatro meses antes.

Las chicas salieron a buen paso. Habían ensayado infinidad de veces. Cuando la última modelo salió, con un traje de noche espectacular, que contrastaba con la ropa de día más informal, aunque elegante, que habían presentado antes, todos los invitados se levantaron y les dedicaron un aplauso atronador.

—Fantástico... Maravilloso... Lo mejor de lo mejor. —Se oían elogios por toda la sala cuando se encendieron las luces y todos los directores de *Vogue* salieron de allí sonriendo. Habían mostrado un gran apoyo, como solían hacer con los nuevos diseñadores; Sydney ahora se incluía bajo esa etiqueta, porque la línea era nueva y ella llevaba alejada de la industria de la moda mucho tiempo. Su paso por Lady Louise no contaba, eso solo le había servido para pagar la renta. Por suerte la línea que iba a llevar su nombre no se había presentado antes de su desgraciado arresto.

Ed se acercó a abrazarla cuando Sydney salió de detrás de la pasarela. La gente se reunió en grupitos y se sirvió más champán. Los padres de Ed les habían enviados varias cajas de Cristal como regalo.

—Yo no soy un entendido en moda, pero ha sido un desfile maravilloso —le dijo Robert Townsend a Sydney cuando volvió a verla.

A ella todavía le temblaban las rodillas por el estrés. Había puesto su corazón y su alma en lo que había diseñado para la presentación y Ed y ella habían estado trabajando sin descanso durante meses. Iban a incluir unas cuantas prendas más en el desfile de la Semana de la Moda, pero la mayoría ya estaba ahí para enseñarle a la gente un avance de la línea que habían creado sus talentos combinados.

—Seguro que está muy orgullosa —añadió Townsend.

—Aliviada más bien —reconoció con sinceridad—. Estaba muerta de miedo.

A él no le cabía en la cabeza. Ella era una gran profesional y, cuando estuvo en Hong Kong meses antes, Ed les había hablado de su experiencia como una de las diseñadoras más importantes desde hacía veinte años.

—Cada desfile es como si fuera el primero —dijo, algo alterada, y aceptó una copa de champán Cristal de un camarero que pasó a su lado.

Se quedó mirando al banquero. No era muy alto, aunque tampoco bajo, pero ella llevaba zapato plano. Parecía tener unos cincuenta años, lucía una gruesa mata de pelo con un corte impecable y canas en las sienes, y unos penetrantes ojos azules, casi del mismo color que los suyos, la escrutaban. Ella llevaba vaqueros negros, una camiseta negra y bailarinas de ante negro también. Ed vestía unos vaqueros y una camiseta similar cuando los dos subieron a la pasarela, cogidos de la mano, e hicieron una breve reverencia para saludar.

—En Hong Kong estamos muy orgullosos de Ed —dijo Bob Townsend con una gran sonrisa—. Solo desearíamos que viniera a casa más a menudo. Pero ahora va a estar muy ocupado, al menos por un tiempo.

—Vamos a sacar la colección completa en septiembre —explicó Sydney—, pero puede que vayamos a hacer un desfile allí en algún momento. Tal vez algo benéfico o por deferencia a su ciudad de origen.

—Deberían venir a hacerlo y también a vernos —añadió, educado.

—Estuve allí con Ed el año pasado. Es una ciudad impresionante.

—Lo es —reconoció él, sin dejar de observarla.

Le parecía una mujer preciosa, con unos impresionantes ojos profundos y tristes. Era evidente que la vida no se lo había puesto fácil, a pesar de sus modales elegantes y su forma cercana de hablar con la gente.

—Yo me crie en Londres, pero me enamoré de Hong Kong la primera vez que la vi. He vivido en varias ciudades de Asia: Shangai, Tokio... Pero Hong Kong me ha robado el corazón.

Ella sonrió al oír eso.

—No me imagino viviendo en otro sitio —continuó él—. Viajo mucho, pero siempre me hace feliz volver.

Entonces los padres de Ed se les unieron y pasaron unos minutos charlando los cuatro. Después ella se fue a hablar con otros invitados. Eran casi las nueve cuando se marcharon los últimos asistentes al acto, sin dejar de felicitarles. Ed iba a cenar con su familia esa noche en el restaurante 21 y la invitó a ir con ellos, pero ella dijo que estaba agotada y que estaba horrible.

—Y yo también, pero ¿qué importa? —respondió Ed, sonriéndole—. Ahora somos unas estrellas —exclamó con un gesto grandilocuente.

Los dos rieron porque sabían que podía haber pasado justo lo contrario, que todo hubiera salido mal y que fuera un fracaso. Steve y Sabrina ya se habían ido, tenían una cena, y Sophie debía volver a casa a trabajar. Ed insistió en que Sydney no podía irse sola a su piso después de su *tour de force*. Así que ella al final accedió y fue con Ed en un taxi al restaurante. No pararon de hablar durante todo el trayecto hasta el centro. Ya estaban empezando a relajarse. Sydney había dormido y comido muy poco en las últimas veinticuatro horas, por eso estaba notando los efectos de la única copa de champán que se había bebido y avisó a Ed de que se sentía un poco borracha.

—Si me duermo en la mesa, dame una patada —pidió—. Ahora mismo me parece que podría dormir durante una semana.

—Yo también. —Había desaparecido la presión y esa noche había sido una gran victoria para ellos—. Te he visto hablando con Bob Townsend después del desfile. Es un tipo estupendo. No tiene nada que ver con la mayoría de los banqueros. Estuvo casado con una de las escritoras chinas más reconocidas. Se divorciaron hace años. Ella se fue a Londres y lo dejó a él criando a cuatro hijos. Después estuvo casado muy poco tiempo con una actriz china. No es tan serio como parece. —Ed rio.

—Suena a mujeriego —comentó Sydney dando un bostezo. Le costaba mantenerse despierta.

—La verdad es que no lo es. Yo me crie con sus hijos. Si fuera hetero, me casaría con su hija mayor ahora mismo —comentó sonriendo—. Y su hijo es escritor. Son una familia llena de talento y muy emprendedora. Es un buen coleccionista de arte y representa los intereses de las personas con más dinero de Hong Kong. Viene mucho a Nueva York.

—Eso me ha dicho.

Para entonces ya habían llegado al restaurante, así que bajaron del taxi. Los padres de Ed habían reservado una sala privada y habían invitado a varios amigos a la cena. Todos volvieron a felicitar a Ed y a Sydney en cuanto entraron y les dedicaron un aplauso. Sydney se sintió como si acabara de ganar un Oscar o un Premio de la Moda CFDA. Su primera presentación había sido un éxito rotundo. Y cuando se sentaron a cenar en los lugares que les habían reservado, ella se dio cuenta de que estaba al lado de Bob Townsend. Ahora que sabía más cosas de él estaba intrigada. Y al menos sabía algo sobre sus hijos, gracias a la información que le había dado Ed.

—Ed me ha dicho que tienes un hijo escritor —comentó cuando esperaban que llegaran los platos del menú preestablecido, que incluía todas las especialidades del 21.

Llevaba mucho tiempo sin ir allí y se le había olvidado cuánto le gustaba. El ambiente en el salón privado era relajado y agradable.

—Lo está intentando —contestó Bob con una media sonrisa—. Acaba de terminar su primera novela. Una de mis hijas es pintora en Shangai. La más pequeña está en la facultad de medicina en Inglaterra y la mayor es chef de uno de los mejores restaurantes franceses de Hong Kong. Estudió en la academia Cordon Bleu de París. —Sonreía con orgullo mientras desgranaba la lista.

Sydney vio claramente que quería mucho a sus hijos. Supuso que tendría un vínculo muy especial con todos ellos si él los había tenido que criar solo.

—Vaya variedad de talentos —reconoció Sydney.

Obviamente los había animado a perseguir sus sueños, por muy diferentes que estos fueran. Y eso a ella le parecía admirable.

—¿Eran tus hijas esas chicas que estaba en el desfile? —preguntó Bob—. Una era igual que tú. Podríais ser hermanas.

Sydney sabía que se refería a Sabrina. Sophie era completamente diferente, con su indomable melena de rizos pelirrojos.

—Sí, eran ellas. Son diseñadoras las dos. Supongo que les inoculé el virus de la moda cuando eran pequeñas. Entonces las llevaba a desfiles de alta costura en París. Cuando eran pequeñas, antes de volver a casarme, ya trabajaba como diseñadora.

—¿Y después de casarte? —Le interesaba lo que podía contarle y la mujer que había detrás de tanto talento. Ed hablaba maravillas de ella.

—Me retiré. Volví a la industria el año pasado.

Él se dio cuenta de que ahí había algo más.

—¿Estás divorciada? —Ed no le había dicho si estaba casada o no.

—Viuda. —Intentó decirlo de forma natural, sin inspirar lástima. Se estaba acostumbrando poco a poco a la palabra y a cómo sonaba al salir de sus labios como descripción de su situación. Siempre era como si estuviera hablando de otra persona. ¿Cómo podía ser viuda con cuarenta y nueve años? Pero realmente lo era.

—Lo siento mucho —respondió él y ella solo asintió, porque no quería ahondar en el tema—. Pero está muy bien que hayas vuelto a trabajar —comentó—. Mi mujer y yo nos divorciamos cuando nuestros hijos eran muy pequeños y ella se fue de Hong Kong. Ellos iban a pasar los veranos y las vacaciones con ella y estaban conmigo el resto del tiempo. Estuve lamentándome una temporada, bastante tiempo, pero después decidí volver a mantenerme ocupado. Vivimos en Tokio cinco años, después dos en Shangai, volvimos a Inglaterra un año y por fin regresamos a Hong Kong. Mudarnos tanto les abrió un mundo de posibilidades a ellos y también a mí. La parte negativa, claro, es que ahora cada uno vive en una punta. Al menos ahora tengo a mis dos hijos mayores en Hong Kong. Mis dos hijas pequeñas tienen muchas ganas de conocer mundo. Toda la familia las tiene. A mí me habría gustado pasar un año en París con ellos cuando eran pequeños, pero no tengo negocios allí. Mi trabajo me obliga a viajar entre Londres, Asia y Nueva York. Y no es una mala selección de ciudades. Vengo a Nueva York una vez cada seis semanas, a veces todos los meses.

Ed le había dicho que él era un profesional destacado del mundo de las finanzas internacionales, sobre todo dedicado a clientes chinos inmensamente ricos.

—Mi marido tenía una empresa de inversiones, aunque no trabajaba a nivel internacional. Pero íbamos mucho a París. Me encanta. Tengo un apartamento allí que quiero vender —dijo, e intentó no parecer triste por ello.

—Qué lástima. ¿No tienes intención de ir por allí ahora? —preguntó con cautela. No quería parecer entrometido.

—Demasiados recuerdos —respondió ella y no profundizó.

Él asintió como si lo comprendiera y no quiso insistir en el tema, pero se preguntó si cuando pasara algo de tiempo cambiaría de opinión.

—Muchos no lo ven como yo, pero yo creo que hay capítulos en nuestras vidas —comentó—. Queremos creer que siempre van a aparecer los mismos personajes en la historia, sin embargo, casi nunca es así. Algunos personajes desaparecen de la historia mientras que otros nuevos aparecen. Eso hace que la vida mantenga el interés y la capacidad de sorpresa, ¿no te parece? —preguntó de forma cordial.

—Nunca lo había visto de esa forma. Supongo que yo esperaba que la historia siguiera siendo previsible, sin sorpresas. Es más fácil así.

—Pero normalmente la decisión no es nuestra. El destino la toma por nosotros. —Sonrió sabiamente—. Yo tengo cincuenta años y me he casado dos veces con dos mujeres muy interesantes e inusuales. No lo planeé así pero, si lo pienso ahora, creo que me habría aburrido si la historia no hubiera cambiado radicalmente de vez en cuando.

—Yo también me he casado dos veces —admitió ella—. Mi primer matrimonio no estaba destinado a durar para siempre. El segundo podría haberlo hecho, en realidad así debería haber sido. —Seguía aferrándose a los jirones de su vida con Andrew, aunque ya quedaba muy poco de lo que habían compartido. Y además ella ahora se sentía una persona diferente a la que era entonces.

—Aparentemente, si no duró, es que no estaba destinado a hacerlo —contestó él con aire filosófico—. Aunque para mí es fácil decirlo. Algunos cambios son más difíciles que otros. Y yo he aprendido la mayoría de las cosas de la forma difícil —añadió, riéndose de sí mismo—. Mis hijos hacen que sea sincero conmigo mismo. Cuando siento lástima de mí mismo, ellos me recuerdan lo bien que lo hemos pasado, me dan una patada en el culo y me dicen que me recomponga y siga adelante. Y normalmente aciertan. Cuando me entristezco al pensar en lo que he perdido, me suelo dar cuenta de que las cosas se ven mejor de lo que realmente eran cuando miras atrás. Al menos es así en mi caso.

Tras los últimos ocho meses, Sydney sabía que él tenía cierta razón. Había amado a Andrew, pero la mala situación en la que la había dejado había empañado los recuerdos que tenía de él.

—¿Y qué planes tienes ahora? —preguntó Bob, cambiando de tema—. Además de tener un gran éxito en tu nuevo negocio con Edward, obviamente. Creo que ya he podido vislumbrar un poco cómo va a ser ese futuro esta noche. Intuyo que se avecinan buenos tiempos —dijo con seguridad.

Era una persona fuerte y positiva y a Sydney le gustaba eso de él.

—Me alegro mucho de haber puesto esto en marcha. Supone una oportunidad fantástica para mí. Estoy feliz de volver a la moda con Ed —confesó sin dejar de sonreír.

—Está claro que él lo está disfrutando mucho también. Artísticamente formáis un equipo estupendo. —Y el elogio era sincero.

—Me encanta colaborar con Ed. Nos complementamos el uno al otro en nuestro trabajo. Él suaviza el mío y yo le doy un poco de cuerpo al suyo.

Todo iba de telas, estructura y estilo. Ed no se podía resistir a una tela que fluía o algo que flotara si hacía el drapeado correcto. A ella le gustaban las formas más definidas y las líneas más claras. Y habían conseguido incorporar ambas cosas al trabajo que habían hecho hasta entonces.

—¿Y te apetece en algún momento tener tu propia línea? Algo que sea solo tuyo, no una colaboración —preguntó él por curiosidad.

Les sirvieron los platos y los dos empezaron a comer. Él había elegido el *filet mignon* y ella es *steak tartare*. Las otras opciones eran langosta o un entrante vegetariano.

—Espero que no —respondió—. Quiero seguir diseñando con Ed durante mucho, mucho tiempo. Esto no es más que el principio.

Él asintió y ella se quedó pensando en lo que él había dicho antes, que la vida se dividía en capítulos. Esta era una historia nueva para ella en la que Ed era su socio.

—¿Cuánto tiempo te vas a quedar en Nueva York? —preguntó Sydney.

—Unos días. Una semana máximo. Tengo que ir a San Francisco después, para reunirme con unos inversores. Y cuando acabe de vuelta a Hong Kong. Regresaré dentro de un mes o dos.

Sydney tenía al otro lado a uno de los tíos de Ed, Phillip, el que le había recomendado a Steve Weinstein. Ella se dio la vuelta y le dio las gracias en voz baja y hablaron un rato.

Mientras, Bob Townsend dedicó su atención a la persona que tenía a su izquierda.

—Espero que todo se arregle —dijo Phillip, refiriéndose al caso—. Por lo que me han contado, parece que todo ha sido muy desagradable —comentó, sintiendo lástima por ella.

—Lo ha sido, sí. Pero todavía no se ha acabado —contestó y cambió de tema.

Fue una velada maravillosa que terminó más o menos a medianoche. Dio las gracias a los padres de Ed y se despidió de él y de toda su familia. También se despidió de Bob y le dijo que le había gustado mucho conversar con él. Después cogió un taxi para volver a su apartamento. Estaba tan cansada que le costó llegar a su dormitorio. En cuanto alcanzó la cama, se quedó dormida inmediatamente, con la ropa puesta. Había sido una noche perfecta. Y ya era oficial. Había nacido la firma Sydney Chin.

11

Al día siguiente Bob Townsend telefoneó a Sydney a su oficina y la invitó a comer. Ella dudó. Le dio las gracias y dijo que volvería a llamarlo en unos minutos.

Ed, que acababa de entrar en su despacho, entreoyó la conversación y vio que Sydney parecía nerviosa después de colgar.

—Era Bob Townsend —le contó sin que se lo preguntara—. Me ha invitado a comer.

—¿Y cuál es el problema? —Él parecía encantado de oír eso. Creía que Bob era un tío estupendo, como le había dicho a ella la noche anterior.

—Creo que no debería ir. Seguramente solo ha pretendido ser amable, pero si tiene algún tipo de interés en mí, no creo que sea una buena idea aceptar —dijo muy convencida.

—¿Me puedes explicar por qué? Tienes cuarenta y nueve años. ¿Es que te vas a subir a un bote y prenderte fuego para honrar a tu difunto marido? Creo que eso está un poco pasado de moda. Nuestro negocio comienza a despegar y él es un buen hombre. ¿Por qué no vives un poco en vez de pasar todo el tiempo trabajando?

—No es por eso. —El hecho de que aún se sentía casada con Andrew era parte del problema, pero no era solo por eso, desde su punto de vista—. Dentro de seis meses podría entrar en la cárcel para pasar entre rejas mucho tiempo. No creo que tenga derecho a arrastrar a nadie a esta situación conmigo.

—Genial, ¿y yo qué? —contestó Ed en broma—. Tenemos un negocio juntos. Y no me trago que realmente creas que vas a acabar encerrada. Si lo creyeras, no habrías empezado Sydney Chin conmigo.

—No pude resistirme a eso. Pero Steve dice que la cárcel sigue siendo una posibilidad. No creo que deba salir con nadie ahora mismo. No quiero tener que explicárselo. Suena muy sórdido y muy siniestro. «Tráfico de mercancía robada.» Parece que sea una traficante de armas o una gángster.

Ed negó con la cabeza al oír lo que decía.

—Pues no se lo digas si no quieres. Pero ve a comer con él, por todos los santos. Tienes que alimentarte, aunque no lo hagas todas las veces que deberías. Te ordeno que vayas a comer con él. No te va a proponer matrimonio, así que no lo vas a dejar con el corazón roto mientras cumples cadena perpetua. Solo quiere compartir una comida contigo. A mí me parece bastante inocente. Y te lo vas a pasar bien con él. Yo disfruto mucho siempre cuando lo veo.

Ed volvió a su despacho y ella lo pensó unos minutos y decidió que seguramente estaba siendo demasiado dramática y que Ed tenía razón. Así que volvió a llamar a Bob y quedó con él en el West Village. No estaba vestida para ir a una cita; llevaba vaqueros, un jersey de cachemira rosa, un blazer azul marino y zapatos planos. Se la veía relajada y joven cuando se encontró con él en el restaurante. Él ya la estaba esperando en la mesa y parecía encantado de verla cuando se levantó para saludarla. En algunas cosas era muy británico y muy educado. Toda la familia de Ed lo era también. Y eso le gustaba de ellos. Tenían unos modales impecables. Bob estaba tan guapo y bien vestido como la noche anterior. Llevaba un traje formal y una corbata de Hermès, un conjunto muy apropiado para sus reuniones de trabajo.

—Gracias por venir a comer conmigo. Te he avisado con muy poca antelación —le dijo cuando ella se sentó—. Tenía ganas de verte otra vez. Me gustó mucho estar sentado a tu lado anoche —comentó Bob con una admiración evidente— y espero que no te pareciera demasiado sentencioso. Yo no he estado viudo y no sé cómo es. Seguro que es una situación a la que cuesta mucho adaptarse. Yo solo he estado divorciado y en esos casos siempre sientes cierto alivio. Ningún matrimonio es perfecto. Pero nuestra mente crea una pátina de perfección alrededor de la gente que pierde. Tal vez es el caso de tu marido. O quizá fuera realmente perfecto. —Quería ser comprensivo con su situación, pero temía disgustarla, aunque ella parecía feliz de verlo.

—Nuestro matrimonio era fantástico, pero no, no era perfecto, ni siquiera me lo parece ahora. E hizo unas cuantas cosas que descubrí al final y que me han complicado mucho la vida a mí —respondió con total sinceridad. Era fácil hablar con Bob.

Como era europeo, Bob asumió que se refería a que él tenía una amante que ella descubrió después de su muerte y que le estaba haciendo la vida imposible ahora o que enterarse de eso le había roto el corazón. Tal vez muriera en brazos de otra mujer. Cosas más raras habían ocurrido y habían empañado la imagen de un marido tras su muerte y la que se tenía del matrimonio.

—Supongo que te refieres a que había otra mujer —dejó caer con cautela.

Ella sonrió y suspiró.

—Otras dos en realidad.

Bob enarcó una ceja al oír eso. Su difunto marido era un hombre muy ocupado, pensó. Pero cuando llegó la comida, Sydney continuó:

—Estuvimos casados dieciséis años. Y teníamos un acuerdo prematrimonial muy claro y estricto. Renunciamos a los gananciales, así que todo lo que había pagado él era de su propiedad. Y él lo pagó todo: nuestra casa, las obras de arte, nuestro estilo de vida. Era un hombre muy generoso. Pero nunca se le ocurrió actualizar su testamento después de casarnos o atenuar los términos del acuerdo prematrimonial. Era joven aún. Murió con cincuenta y seis años. Tenía buena salud. Debió de creer que tenía tiempo de sobra, que era lo normal. Pero tuvo un accidente de moto y murió al instante, y el último testamento que tenía era el que redactó antes de conocerme. Tenía unas hijas mellizas de su anterior matrimonio que me odian con todas sus fuerzas desde la primera vez que me vieron. Y les dejaba todo a ellas: la casa, las obras de arte... Me dieron treinta días para que abandonara mi hogar y todo lo que había dentro de la casa se quedó allí. Yo me quedé únicamente con mi ropa y el dinero que quedaba en la cuenta de gastos comunes y un apartamento en París que me regaló y puso a mi nombre, que ahora estoy intentando vender. Así que de un día para otro me vi sin nada, lo justo para comer y pagar un alquiler. Seguro que él nunca quiso que pasara eso, pero no tomó las medidas oportunas para evitarlo. Sus hijas se quedaron con todo y, además, parecieron alegrarse de que yo no pudiera conservar nada. Esa es la historia. Andrew debió ser más responsable y haber hecho un testamento en algún momento. Un desliz muy importante que ha cambiado mi vida para siempre. Pero conseguí un trabajo, conocí a Ed y él me salvó y ahora tenemos un negocio juntos. Así que supongo que las cosas han salido bien al final, como has dicho tú antes.

No parecía sentir rencor ni rabia por ello, algo que a él le resultó increíble porque tenía todo el derecho del mundo a mostrarse dolida. No se podía ni imaginar lo difícil que debían de haber sido los últimos meses sin dinero y después de que la echaran de su casa y lo perdiera todo.

—¿Y no pudiste negociar con sus hijas para que te dejaran la casa?

—Sus hijas me quemarían en la hoguera si pudieran. Siempre me han odiado, con el apoyo de su madre, que es una persona muy desagradable. Sinceramente, a veces me pongo muy furiosa por ello. Tengo sentimientos encontrados con esta situación.

—Yo no los tendría. Querría estrangularlas —contestó él sin rodeos, mientras ambos tomaban sus ensaladas—. De hecho, ahora mismo me encantaría estrangularlas en tu nombre. ¿Qué tipo de personas son para obligarte a abandonar tu casa a los treinta días? Es una barbaridad. ¿Qué edad tienen?

—Treinta y tres años, pero son malas personas y unas malcriadas.

—Está claro. A mí me parecen unas completas brujas. —La miró con admiración al entender por todo lo que había tenido que pasar desde la muerte de su marido y lo doloroso y aterrador que debió de ser todo para ella—. ¿Y has logrado enderezar tu barco ya?

Era una bonita imagen y la hizo sonreír.

—Digamos que, de momento, el *Titanic* no se va a hundir. Aunque durante un tiempo creí que eso era lo que iba a ocurrir. Por ahora me las voy arreglando, y si el negocio tiene éxito, todo irá bien. Estoy trabajando otra vez. Sin duda, un gran cambio con respecto a la vida que llevábamos cuando estábamos casados. Pero, como has dicho, nada dura para siempre. Es que no esperaba que acabara tan pronto y tan de repente. Nunca pensé que pudiera pasar algo así.

—Afortunadamente eres lo bastante joven para rehacer tu vida de nuevo —replicó él y ella asintió con expresión seria.

—Bueno, pues esa es mi triste historia —dijo, aunque la verdad es que parecía que ahora las cosas le iban muy bien.

Estuvieron un par de horas más hablando de otros temas y se les pasó el tiempo volando. Aunque Bob estaba muy a gusto en su compañía, tenía una reunión en Wall Street y, finalmente, pidió la cuenta. Estuvo tentado de confesarle la enorme admiración que sentía por ella después de saber todo lo que le había pasado y de cómo había superado esa difícil situación de una forma tan valiente y con toda su fuerza intacta. Pero no quiso avergonzarla, así que no dijo nada.

Ella le dio las gracias por invitarla a comer y los dos se separaron en la puerta del restaurante. Él prometió que la llamaría cuando volviera a Nueva York. Sydney regresó a la oficina y él cogió un taxi para ir a Wall Street. Ed la estaba esperando, así que la vio entrar.

—¿Qué tal ha ido? —preguntó.

Tenía curiosidad por la comida y por lo que hubiera sucedido. Le gustaba la idea de que se emparejaran dos personas a las que él quería, aunque no se le ocurrió hasta que los vio hablando la noche anterior. De repente, le apetecía mucho que Bob y Sydney acabaran juntos.

—Todo perfecto —dijo ella, muy directa—. Me ha pedido matrimonio. He aceptado. Nuestros abogados están preparando el contrato. Nos los van a enviar a última hora de hoy.

Él pareció perplejo durante un segundo y después se echó a reír.

—¿Le has contado lo del juicio? —Ed también quería saber qué había pasado con eso y qué había decidido contarle ella, si es que le había contado algo.

—No, no le he dicho nada. Le he explicado que lo perdí todo cuando murió Andrew y que se lo quedaron las mellizas. Me pareció que ya era una historia lo bastante triste. Le contaré lo de la posible cadena perpetua en la próxima ocasión, si es que la hay. Tenías razón. Me lo he pasado bien. Es un buen hombre. Si me invita otra vez a comer, aceptaré con mucho gusto.

—Seguro que sí. —Ed sabía que no había nada triste en ella. Se trataba de una de sus mejores cualidades. Puede que hubiera tocado fondo, pero después había salido a flote. Era una superviviente.

Sydney volvió al trabajo y le mandó un correo electrónico a Bob para darle las gracias. Era agradable tener un nuevo amigo.

La vista en los juzgados prevista para el mes de abril, dentro del largo proceso que la llevaría hasta el juicio, finalmente se celebró en mayo. Era una mera formalidad, pero a Sydney le hizo recordar todo el tema otra vez. No pensaba demasiado en el juicio porque estaba ocupada con su vida y con su negocio, pero ahora de nuevo tenía que enfrentarse a la posibilidad de que, si perdía, podía ir a la cárcel. Era difícil saber cómo acabaría todo aquello. El detective que habían contratado no había descubierto nada sobre Paul Zeller. Él se había cubierto bien sus espaldas. En la vista volvieron a interrogarla sobre las actividades de Paul y ella repitió que no sabía nada. Ella no pertenecía a su círculo de confianza, no lo conocía bien y, una vez que empezó a trabajar para él, apenas lo veía. Pero parecía que ellos no la creían.

Tras la vista, estaba sentada en una sala de reuniones pequeña con Steve Weinstein, hablando de lo que iba a pasar después, cuando el ayudante del fiscal asomó la cabeza por la puerta y pidió hablar un momento con Steve. El abogado salió para ver qué quería y volvió veinte minutos después. Miró a Sydney muy serio y se sentó frente a ella.

—Quieren ofrecerte un trato. Eso significa que ya están cansados de este caso, pero no quieren abandonarlo tampoco. Un juicio será muy caro para ambas partes, habrá que hacer muchísimo trabajo y prefieren llegar a un acuerdo y evitarlo.

—¿Qué acuerdo? —preguntó, suspicaz.

—Te ofrecen —empezó a explicar Steve— la oportunidad de declararte culpable de un delito de menor importancia. No han decidido cuál aún, pero seguirá siendo un delito grave. Tal vez hurto agravado, algo menos serio que tráfico de mercancía robada. Y ofrecen un solo año de cárcel si te declaras culpable y les cuentas todo lo que sabes de Paul Zeller. Podrías estar fuera en nueve meses.

Ella lo miró sin poder creérselo.

—Pero ya les he dicho todo lo que sé sobre él. ¿Y me estás diciendo que tendría que declararme culpable de un delito?, ¿que tendré antecedentes y tendré que pasar nueve meses en la cárcel? Pero ¿qué trato es ese?

—Uno que no es muy bueno —reconoció él con total sinceridad—. No he conseguido que me ofreciera algo en mejores términos. Siguen decididos a dar ejemplo contigo. Si vamos a juicio, podría acabar de una forma mucho peor. El jurado podría condenarte y el juez te sentenciaría a una pena de entre cinco y diez años. Eso sería mucho peor que pasarse nueve meses en la cárcel.

—Pero soy inocente —dijo ella desesperada.

—Por desgracia eso a veces no importa. El problema es que te pillaron en la comisión del delito y tu firma está por todas partes. No tienes testigos que demuestren que no estabas compinchada con el vendedor. Aparte del testimonio de Ed, no hay pruebas de que estabas actuando siguiendo las órdenes de Zeller y además Ed no estuvo presente en la conversación que mantuviste con él. Tu exjefe asegura que él es inocente y te culpa a ti de todo, e incluso deja caer que podrías haberlo engañado a él y aceptado un soborno del fabricante por importar la mercancía robada. Con todas las pruebas que tienen en tu contra, ir a juicio puede salir muy caro. Tal vez te absuelvan, pero si atienden a las pruebas no es muy probable. Si aceptas el trato, limitas los daños y sabrás de antemano la sentencia. Sé que un año te parece horrible, pero a mí me preocupa que tengamos una sentencia de cinco años o más si perdemos.

—¿Crees que podríamos perder? —preguntó, abrumada por el pánico. No quería declararse culpable si no lo era y tener antecedentes por algo que no había hecho.

—Todo es posible —insistió Steve—. No puedo garantizar nada si llegamos a juicio. El jurado es siempre un riesgo. Y el juez también puede serlo cuando dicta sentencia.

—¿Qué harías tú? —preguntó sin apartar la vista de sus ojos para intentar detectar qué pensaba él.

—Sinceramente, a mí me gusta el riesgo. Yo rechazaría el trato por ahora y vería si nos ofrecen uno mejor cuando quede menos tiempo para el juicio. El trato que ofrecen no es lo bastante bueno. Creo que quieren demostrar que son muy duros. Yo esperaría un poco más. Y vamos a poner al detective a escarbar un poco más. Si consigue algo de Zeller, merecerá la pena cueste lo que cueste.

Ella aceptó lo que él decía y Steve volvió a ver al fiscal para rechazar el trato. Regresó a los cinco minutos. Ella se había quedado esperándolo en la sala de reuniones muy nerviosa. Solo pensar en ir a la cárcel durante cinco años, o diez, o un año incluso, le parecía horrible.

—Vale, hemos acabado aquí —anunció y recogió sus pertenencias.

Unos minutos después salieron del juzgado juntos. Ella estaba completamente desanimada y se le veía en la cara.

Se fue a casa directa, rezando por haber hecho bien al rechazar el trato y reflexionando sobre cómo sería su vida si iba a la cárcel. Ya era una pesadilla y todavía tenía que enfrentarse al juicio por un delito que no había cometido y sobre el que no sabía nada. Había importado los bolsos para Paul siguiendo sus órdenes al pie de la letra, pero no tenía ni idea de que eran robados ni de que les habían añadido un forro y unas asas falsas. Ahora se daba cuenta de que la calidad de la piel tendría que haberla puesto sobre aviso, pero en ese momento no se percató. Había confiado totalmente en Paul y en sus fuentes. Y se sentía más idiota que culpable por ello y, sobre todo, aterrorizada por el futuro y el resultado del juicio, pero no lo bastante para declararse culpable. Steve parecía estar de acuerdo con ella en eso, aunque se le veía muy preocupado.

Iban a seguir confiando en que el detective descubriera algo. Era su única esperanza de implicar a Paul Zeller y así librarla a ella.

Seguía deprimida al día siguiente, cuando fue a la oficina y le contó a Ed lo que había pasado.

—Creo que has hecho lo correcto con lo del acuerdo —aseguró él—. No quieres ir a la cárcel por un delito que no has cometido.

—Eso es lo que yo pienso.

Sus hijas también coincidieron con ella. Se lo había contado la noche anterior, cuando la llamaron para ver cómo había ido. Steve ya se lo había explicado a Sabrina. Llevaban saliendo juntos desde Navidad. Los dos estaban muy ocupados, pero conseguían encontrar tiempo para pasarlo juntos y su relación iba viento en popa.

Dos días después de la vista y de la oferta de acuerdo que rechazó, Bob Townsend la llamó de nuevo. Iba a estar en Nueva York unos días y quería invitarla a comer otra vez. Pero en esta ocasión le dijo que no sin dudar. Después se lo contó a Ed.

—No puedo, Ed. Puedo acabar en la cárcel si algo sale mal. No puedo hacerle eso a nadie. No quiero intentar conocerlo mejor ni salir con nadie hasta que sepa lo que va a pasar o hasta que me absuelvan.

—¿Y piensas vivir en una especie de vacío hasta entonces? ¿Eso te parece justo para ti? —Solo pensarlo se sentía muy mal por ella.

—Es justo para él. No tengo derecho a cargar a otra persona con mis problemas.

—Yo estoy en esto contigo. Y no me estoy quejando. Tal vez deberías contarle lo que pasa y dejar que decida si quiere o no verte cuando venga a la ciudad. Yo te diría que querrá hacerlo de todas formas. No cargues con esto tú sola, Sydney. No es bueno para ti.

Habían fijado la fecha del juicio para septiembre, y coincidía con la Semana de la Moda, cuando iban a presentar su primer desfile, lo que parecía una ironía del destino. Pero Steve no quería cambiar la fecha del juicio. No de momento. No tenía ni idea de cómo iba a compaginar el juicio y la presentación de su primera colección, pero tendría que hacerlo de una manera u otra.

Bob volvió a llamarla esa tarde para invitarla a cenar, en lugar de a comer, por si le venía mejor y esta vez ella aceptó. Lo cierto es que le iba igual de bien quedar para comer que para cenar, pero antes se había negado por culpa de la espada que pendía sobre su cabeza. Había decidido que se lo iba a contar todo a Bob, como había sugerido Ed, pero no tenía muchas ganas de hacerlo.

Lo invitó a pasar por su casa a tomar una copa antes de ir a un restaurante francés que había en el barrio. No estaba segura de si debía decírselo al principio o al final de la cena. Iba a decidirlo sobre la marcha cuando lo viera.

Se dio cuenta de que él se quedó un poco sorprendido por el tamaño del apartamento. Ella intentó quitarle importancia y bromeó sobre que vivía en una caja de zapatos. Por lo que había visto de ella hasta entonces podía imaginarse cómo había sido su vida antes, aunque ella no hubiera entrado en detalles. La ropa que llevaba, las pulseras de oro que lucía alguna vez, el bolso Kelly de Hermès que llevó el día que salieron a comer y su forma de comportarse indicaban que había pasado de tener todos los lujos a un diminuto apartamento en el que la mayoría de las posesiones que le quedaban estaban guardadas en cajas apiladas. Pero incluso los marcos de fotos que tenía por allí desperdigados eran preciosos. Había llevado una vida muy cómoda que había perdido por culpa de la negligencia de su marido. Aunque Sydney parecía haberlo perdonado, a él eso le puso furioso.

Sydney le sirvió un whisky con soda y se sentaron a charlar un rato de lo que habían estado haciendo desde la última vez que se vieron. Él le contó que había estado en Dubái y en Arabia Saudí, en Shangai para ver a su hija y en su casa en Hong Kong. Y ella le contó cómo le iba su incipiente negocio. Pero cuando acabaron de hablar, él se la quedó mirando fijamente y notó su inquietud. Sydney se percató de ello.

—Algo te preocupa, Sydney. ¿Quieres contármelo? ¿Por qué estás intentando evitarme? —Estaba seguro de que tenía que haber una razón.

Ella dudo unos minutos antes de responder.

—Hay algo que no te he contado, algo que pasó después de la muerte de mi marido. Necesitaba un trabajo, así que acepté uno en una empresa que mis hijas decían que era propiedad de un tipo sin escrúpulos. No estuvo mal del todo, porque allí conocí a Ed. Y ese hombre se portó muy bien conmigo al principio. Me ofreció la oportunidad de trabajar aunque llevaba dos décadas sin diseñar nada. Me dijo que quería darme una línea propia, algo muy importante en la industria de la moda, así que sonaba fantástico. Y Ed me enseñó muchas cosas sobre el negocio hoy en día, me ayudó a actualizarme. Fuimos juntos a China. Me pareció una gran oportunidad. Pero es básicamente una empresa que hace copias. La teoría parece buena cuando te la explica el dueño: dice que quiere acercar la moda importante a las masas y en muchos casos lo consigue. La verdad es que la ropa tiene muy buena pinta. Copian los diseños de otras marcas, pero tienen cuidado y cambian lo justo para que no les acusen de plagio. Tienen una reputación espantosa por dedicarse a copiar, algo que no es muy noble, pero responde a una necesidad del mercado y la gente no para de comprar su ropa. Al cabo de unos meses, descubrí por las malas que lo que hacen no siempre es legal.

»Mi exjefe me enseñó unos bolsos de muestra que tenían una pinta increíble. Daban la impresión de estar hechos de un cuero de muy buena calidad. El diseño se parecía mucho al de una conocida marca de lujo, pero no eran exactamente iguales. Y los íbamos a comprar tan baratos que podíamos venderlos a un precio tirado. Me hizo responsable de la compra de los bolsos y me dijo que me daría una línea propia y un porcentaje en los beneficios, algo muy tentador. Así que fui a China y firmé la solicitud y el formulario de pedido y de importación y todos los documentos de aduanas, tal y como me había ordenado. Hice todas las gestiones para que nos los enviaran y me pidió que fuera a buscarlos a las aduanas de Nueva York y que arreglara todo el papeleo con el agente de aduanas.

»Te voy a ahorrar los detalles escabrosos, pero los doscientos bolsos eran robados. Eran de un diseñador famoso y los habían modificado ligeramente, no cuando los fabricaron, sino después de robarlos. Tenían unos forros falsos para ocultar la verdadera marca. Eran claramente robados. Yo no tenía ni idea. En cuanto aparecí por la aduana a hacer el papeleo me arrestaron. Mi nombre y mi firma estaba en todos los documentos y me acusaron de tráfico de mercancía robada. Mi jefe dice que él no tenía ni idea de que eran robados e incluso ha dejado caer que tal vez yo había aceptado un soborno del fabricante para traerlos aquí. Tengo que ir a juicio en septiembre y, si no puedo demostrar que soy inocente, podría acabar en la cárcel. Me han ofrecido un trato hace dos días, pero tenía que declararme culpable de un delito y aceptar cumplir un año de prisión por algo que no he hecho y de lo que no sabía nada. Como soy inocente, he rechazado el trato.

Se le llenaron los ojos de lágrimas mientras lo contaba, aunque no apartó la mirada.

—Hemos contratado a un detective para hallar pruebas de que mi exjefe me tendió la trampa, pero hasta ahora no ha encontrado nada. Así que, si el jurado me declara culpable, puede que pase en la cárcel entre cinco y diez años. Y no quiero arrastrarte a este lío, hacer que te sientas mal por mí o empezar algo que no voy a poder continuar hasta que tenga sesenta años, cuando salga. Hasta que todo esto pase, no tengo derecho a salir con nadie. No quiero hacerte esto. Esta es la razón por la que Ed dimitió de la empresa cuando vio lo que me estaban haciendo y por eso acabamos montando nuestra propia marca, gracias a los Chin. Y Phillip Chin fue quien me encontró un abogado. Ahora ya lo sabes todo —concluyó.

Él permaneció en silencio durante un largo rato, se quedó sentado en el sofá, mirándola y pensando en lo que acababa de oír. No sabía cómo decirle lo que sentía en ese momento, solo le cogió la mano. Entonces ella vio que una sonrisa amable aparecía lentamente en su cara, pero no estaba segura de qué significaba eso.

—Sydney, te prometo que si vas a la cárcel te llevaré naranjas y una tarta con una lima dentro. Lo que acabas de contarme es la historia más terrible que he oído en mi vida y el hombre para el que trabajabas merecería que lo colgaran o lo azotaran con un látigo. Creo sinceramente que tu inocencia se demostrará y que encontraréis las pruebas que necesitas para implicarlo a él. Pero quiero que sepas que, pase lo que pase, no ha cambiado el concepto que tenía de ti. No he pensado ni por un momento que pudieras ser culpable. Y me siento fatal porque tengas que pasar por esto y por toda la agonía que seguro que has estado sufriendo por ello. Pero no tengo intención de esperar diez años para verte y llevarte a cenar. Lo que tenga que ser, será. No puedes dejar de vivir por todo esto y tienes que seguir creyendo que existe algún tipo de justicia.

Ella asintió con los ojos llenos de lágrimas.

—Lo intento. Pero a veces da mucho miedo. Los cuatro días que pasé en la cárcel fueron los más terroríficos de mi vida. No me puedo ni imaginar cómo será pasar allí diez años, ni siquiera uno. —Tuvo que contener un sollozo.

—No creo que vayas a tener que experimentar eso —contestó él, tranquilizador—. Pero tienes que mirarlo todo con un poco de perspectiva. Piensa en los prisioneros de guerra y la gente en los campos de concentración. Se puede superar todo lo que te toque vivir. Encontrarás la fuerza que necesitas si se da el caso. Pero no creo que llegue ese momento. Creo que el bien prevalecerá. Lo creo con todas mis fuerzas. —No se podía ni imaginar todo lo que ella había pasado en menos de un año. Sin dejar de pensarlo, se acercó, la rodeó con uno de sus brazos y la atrajo hacia él—. Pero no nos vamos a preocupar por eso ahora. Dedícate a tu negocio, mantente ocupada, crea tu línea de ropa. Haz lo que te diga tu abogado. Y cuando vayas a juicio, lo sobrellevaremos. Estás rodeada de gente que te quiere.

Aunque los dos sabían que la forma en que la habían tratado sus hijastras no había sido ni justa ni equitativa, ni mostraba ni una pizca de amor.

—He decepcionado a todo el mundo —dijo y se le quebró la voz—. Ya ha salido en la prensa especializada en moda y está por todo internet. Quieren dar ejemplo conmigo. ¿Te puedes imaginar cómo se sentirían mis hijas si acabo yendo a la cárcel?

—Sobrevivirían, pero creo que ninguna de vosotras tendrá que hacerlo. Tienes que ir paso a paso, día a día, hasta que esto por fin quede en el pasado. Y, Sydney, quiero que sepas que pienso que eres una mujer muy valiente. Gracias por contármelo. —Le había hecho falta mucho coraje para confesarlo y él admiraba su sinceridad.

—No me parecía bien callármelo, pero no quería que me odiaras por ello tampoco.

—No te odio, pero no puedo decir lo mismo de tu exjefe. Ese tipo es un hijo de puta por tenderte una trampa, por dejar que tú corrieras todos los riesgos y después que cargaras con su culpa. Si hay justicia en este mundo, él acabará pagando por lo que te ha hecho. Todo su mundo se desmoronará poco a poco.

Le parecía un futuro muy atractivo, pero hasta el momento no había señales de nada de eso. El mundo de Paul seguía intacto y ella corría el riesgo de ir a la cárcel.

Fueron caminando hasta el cercano bistró, cogidos de la mano, mientras comentaban lo que ella acababa de contarle.

—Entre lo de la muerte de tu marido, lo de tus hijastras y lo de ese monstruo para el que trabajaste, no sé cómo has podido superar este año sin perder la cordura.

—Yo tampoco. Pero también han pasado cosas buenas. Ed, el negocio, mis hijas, encontrar un buen abogado, conocerte a ti... —Lo miró y sonrió y él rodeó sus hombros con el brazo otra vez.

—Todo va a salir bien, Sydney. No sé cómo, pero lo sé.

—Espero que tengas razón —dijo ella con voz más tranquila.

Él se quedó en silencio. Se estremecía solo de pensar en la posibilidad de que ella pudiera ser condenada y acabara en la cárcel. Deseaba con todo su ser que eso no llegara a ocurrir. Entraron en el restaurante y se sentaron. Y, para sorpresa de Sydney, a pesar de la confesión tan importante que acababa de hacer, pasaron una velada fantástica riendo y hablando, sin volver a mencionar lo del juicio en toda la noche.

12

El primer fin de semana de verdadero calor del verano, un domingo asfixiante de junio, Sydney estaba en casa, intentando ponerse al día con un montón de cosas que quería leer. Tenía una pila de ejemplares de la revista *Women's Wear Daily* que quería hojear, el *Sunday Times*, un ejemplar de *The Wall Street Journal* y el *New York Post*. Sabía que no iba a poder leerlo todo, pero tenía que estar al tanto de lo que había en la *Women's Wear Daily* por el trabajo y le apetecía leer el *New York Post* por diversión. Abrió el periódico por la página de sociedad y le echó un vistazo buscando nombres que le sonaran. Se detuvo a mitad de la página, perpleja.

«La millonaria Kellie Wells Madison, heredera de la gran fortuna de su padre, Andrew Wells, dueño de la empresa de inversiones que lleva su nombre, se va a divorciar de su marido, Geoff Madison, a quien se ha visto recientemente con dos famosas actrices y una mujer recién divorciada. Madison abandonó la casa familiar hace seis semanas, según afirma una fuente cercana a la pareja. Se rumorea que va a ponerle una demanda de divorcio a su mujer en la que le pedirá cien millones de dólares y una pensión compensatoria. Propietaria de un gran patrimonio inmobiliario (su hermana melliza, Kyra, y ella son las dueñas de todas las propiedades familiares), Kellie ha puesto a la venta su espectacular mansión de Connecticut, con todas sus hectáreas de terreno, por la nada desdeñable cantidad de setenta millones de dólares para poder pagarle su parte a su hermana y satisfacer las exigencias económicas de su futuro exmarido. ¿Ya se oyen campanas de boda para Geoff? Parece que sí. Lo sentimos, Kellie. Esperamos que la casa se venda pronto.»

Sydney leyó el artículo tres veces para asegurarse de que lo había entendido bien y sintió que el estómago le daba un vuelco. Iban a vender la casa que Andrew y ella tanto habían amado y a la que le habían hecho tantas mejoras. Primero la echaban a ella y ahora la iban a vender, solo un año después de la muerte de Andrew, para pagar al marido adúltero, avaricioso y mujeriego de Kellie. Si Andrew hubiera estado allí para verlo, le habría dado un ataque.

Llamó a Sabrina inmediatamente. Ella se había ido a los Hamptons a pasar el fin de semana con Steve, pero cogió el teléfono cuando vio el nombre de su madre.

—Acabo de leer la página de sociedad del *Post* del jueves —dijo en cuanto oyó la voz de Sabrina—. Mira a ver si lo encuentras en Google. Kellie ha puesto la casa en venta. Por lo visto se va a divorciar de Geoff y necesita dinero. Él le pide cien millones y una pensión compensatoria y en el artículo dejan entrever que se va a casar con otra. Ese tío es un verdadero profesional.

Sabrina no supo cómo reaccionar ante esa noticia; por una parte le parecía que las hijas de Andrew no merecían conservar la casa, pero sabía que a su madre le iba a afectar lo que pasara con ella. Le encantaba esa casa. De lo que sí disfrutó fue de pensar que Geoff iba a dejar a una de las mellizas.

—Le está bien empleado —exclamó Sabrina, regocijándose—. Pero siento lo de la casa, mamá.

—Yo también. A Andrew se le rompería el corazón.

A Sabrina ya se le había roto cuando las mellizas echaron a su madre y seguía enfadada con Andrew por no haberla protegido de las arpías de sus hijas.

—No creo que puedan conseguir esa cantidad de dinero por ella —continuó Sydney.

—Depende de quién la quiera comprar. Si el comprador es un oligarca ruso o un chino con dinero quizá sí que paguen lo que piden por ella. Mira el lado bueno: aunque la vendan por ese precio, seguirá debiéndole a Geoff otros sesenta o setenta millones. Kellie debe de estar muerta de vergüenza porque la ha dejado por otra.

Las dos sabían que a Kyra no le iba a importar vender la casa. No le gustaba nada vivir en el campo y seguro que prefería contar con el dinero.

—Supongo que es el karma del que hablaba Sophie —afirmó Sydney, dolida por lo de la casa una vez más—. Y Veronica me dijo que se gastaron una fortuna en reformarla.

Y eso que no necesitaba ninguna reforma. Estaba en condiciones inmejorables cuando Sydney se la entregó a Kellie.

—No lo pienses —aconsejó Sabrina—. No va a cambiar nada.

Hablaron unos minutos más y después Sabrina llamó a Sophie para contárselo. Grayson y ella estaban tumbados en la azotea de su edificio en bañador, friéndose al sol. Él odiaba ir a la playa y no le gustaba el campo. Se sentía más seguro en la ciudad. Sophie no se pudo creer lo que leía cuando Sabrina le envió la noticia desde su iPhone.

—¿Cómo lo lleva mamá? —preguntó preocupada.

—Parece triste. Es una pena. La echaron supuestamente para que una de ellas viviera ahí, le arruinaron la vida y ahora, solo un año después, la van a vender. Geoff es un cabrón avaricioso. Pero le está bien empleado a Kellie.

—Seguro que lo quiere matar —comentó Sophie, divertida—. ¿Dónde estás, por cierto?

—En Sag Harbor, con Steve —dijo, feliz.

—Salúdalo de mi parte —contestó Sophie con envidia.

Ojalá pudiera llevar a Grayson a los Hamptons. Habían

cenado unas cuantas veces con Steve y Sabrina, pero a Grayson tampoco le gustaba salir a cenar por culpa de su ansiedad social. Sophie estaba intentando ayudarlo a superarla. Pero a veces era difícil estar con alguien a quien su infancia le había dejado cicatrices tan profundas. En ocasiones se sentía más como su terapeuta que como su novia. Y a causa de eso se perdían un montón de cosas divertidas. Sabrina llevaba meses diciéndole que tenía que romper con él, pero Sophie sentía lástima por Grayson y no quería hacerle daño. Aunque ver a su hermana con Steve hacía que fuera muy consciente de lo que se estaba perdiendo.

Sydney dejó a un lado el *Post* para enseñárselo en otro momento a sus hijas y cogió la pila de revistas que había tenido olvidada toda la semana. Cuando iba por la mitad, muy oportunamente la llamó Veronica.

—¿Qué tal estás? —saludó alegre—. Llevo toda la semana pensando en llamarte.

—Seguro —contestó Sydney, irónica—. Seguramente desde el jueves —comentó mirando el *New York Post* que estaba sobre la mesita del café.

—¿Por qué? ¿Pasó algo el jueves? ¿Has conseguido arreglar lo de los bolsos robados? —preguntó con fingida inocencia, intentando obtener un cotilleo jugoso.

—Eso ya está bajo control —mintió Sydney. No le iba a dar la satisfacción de decirle que tenía que ir a juicio. Veronica era una cotilla y Sydney no había sabido nada del resto de sus amigos en un año, aunque eso ya no le importaba. Lo había superado—. Puse en marcha una empresa de moda con un amigo hace seis meses.

—¡Pero qué *emocionante*! —exclamó fingiendo que eso le importaba algo, aunque Sydney sabía que no—. Es genial que hayas vuelto al mundo del diseño. ¿Quién es tu amigo?

—No lo conoces. Es de Hong Kong.

Veronica aguzó el oído al oír eso, porque olió el dinero.

—Me pareció que querrías saber que tu casa está a la venta. Por setenta millones. Dudo que logren venderla por ese precio.

—Ya me he enterado. Podrían conseguir ese dinero si encuentran el comprador adecuado.

—La fastidiaron bien con la reforma —comentó Veronica con desdén—. Y Geoff se va a divorciar de Kellie.

—También lo sabía ya. Lo he leído en el *Post*. Supongo que tú también. ¿Qué haríamos sin la página de sociedad?

—A Veronica le gustaba alardear de que sabía muchas cosas.

—Pues creí que querrías saberlo. Sé que adorabas esa casa.

—Todavía me encanta —respondió con sinceridad—. Pero, dime una cosa, ¿querías hacerme sentir mejor o peor al decirme que habían puesto la casa en venta?

—Pensé que querrías saberlo, nada más. —Veronica se puso a la defensiva al instante.

—¿Sabes qué? Vamos a hacer un trato. Cuando me pase algo muy malo y esté muy deprimida por ello, ya te llamaré. Así tendrás la exclusiva antes que los demás y podrás contarles el cotilleo. No necesitas contactarme para darme malas noticias que me hagan sentir peor, porque las puedo leer en los periódicos, como tú. ¿Qué te parece? No tienes que llamarme más, Veronica. No creo que nos quede nada más que decirnos, ¿no crees? —Cuando soltó todo eso fue como si se quitara un enorme peso de los hombros.

—No sé por qué estás siendo tan desagradable. Creí que preferirías oírlo de boca de una amiga en vez de leerlo en los periódicos.

—Teóricamente es cierto. Preferiría oírlo de labios de una amiga, pero no creo que se pueda decir que tú seas una amiga, la verdad. ¿Cuándo fue la última vez que me llamaste solo para saludar y ver cómo estoy? Yo no lo recuerdo. Y no necesito que me hagas un resumen de las malas noticias, Veronica, para que puedas regodearte en mis miserias y fingir que me comprendes. A decir verdad, eso me queda lejos ya. Ahora solo me interesan las buenas noticias. Deberías llamar a Kellie. Seguro que tiene mucho que contarte sobre Geoff y el divorcio. Mi vida se ha vuelto muy aburrida. Nadie ha muerto. No me voy a divorciar. Me parece que mi negocio va muy bien, puede que ganemos bastante dinero incluso. Así que puedes dejar de buscar malas noticias que darme. No quiero oírlas. Gracias por llamar.

Y sin esperar a oír su respuesta, Sydney colgó y se sintió genial. Solo lamentaba no haberlo hecho antes. Al menos, si iba a la cárcel en septiembre, Veronica no podría llamarla para ver qué tal le iba y después difundir el cotilleo entre los vecinos. Se sentó en el sofá, sonriendo para sus adentros. Volvía a ser una luchadora y no iba a dejar que alguien como esa mujer le estropeara el humor. Ya no quería a gente así en su vida.

Sydney acababa de cumplir cincuenta, pero se negó a celebrarlo. No estaba de humor para fiestas con el juicio tan cerca, pero les permitió a sus hijas que la invitaran a cenar. Estaba mucho mejor con ellas que con esas supuestas amigas que habían desaparecido.

Volvió a sus revistas y terminó con el montón al final de la tarde. El apartamento seguía siendo un horno, así que acababa de tumbarse en la cama cuando sonó el teléfono. Era Bob Townsend, que la llamaba desde Hong Kong. Ahora la telefoneaba una vez a la semana solo para hablar y saber qué tal estaba. Le dijo que iba a ir a Nueva York dentro de unas semanas y quería saber si ella estaría en la ciudad. Ed y ella no se iban a ninguna parte ese verano. Tenían demasiado trabajo que hacer antes de que llegara septiembre.

Él iba a visitar a unos amigos en el sur de Francia y también a su hija en Inglaterra y después iría a verla a ella.

—¿Tienes noticias de Steve? —quiso saber.

—Nada. Creo que Paul ha logrado borrar su rastro por completo —reconoció Sydney, agobiada.

—Todavía no ha llegado el momento de la verdad. Espera a ver qué pasa.

Él seguía creyendo que aparecería milagrosamente alguna prueba que la exoneraría. A ella le parecía muy optimista por su parte, pero su fe inquebrantable la animaba.

Le contó que Kellie iba a vender la casa y lo de su divorcio multimillonario. Él se dio cuenta enseguida de que lo de la casa le daba pena, y era comprensible. Había sido su hogar y, con su gusto tan exquisito, estaba seguro de que era una finca preciosa que no tendría nada que ver con su diminuto e incómodo apartamento.

—Te veo dentro de unas semanas —dijo para despedirse y colgó.

Después de su llamada, ella se quedó pensando en él mucho rato. Empezar una relación con Bob no tenía mucho sentido. Él vivía en Hong Kong y ella en Nueva York, pero la verdad era que la idea la tentaba mucho. Ningún hombre la había atraído desde la muerte de Andrew. Bob era muy bueno con ella. Le había dicho varias veces que quería que conociera a sus hijos, algo que a ella no le apetecía demasiado. Kellie y Kyra habían acabado para siempre con sus ganas de establecer un vínculo con los hijos de otras personas, tuvieran la edad que tuviesen, aunque si los de Bob se parecían a su padre, serían unas personas mucho más amables y se comportarían mucho mejor.

Se puso a trabajar en unos bocetos esa noche y a la mañana siguiente se dirigió a la oficina. La temperatura ártica a la que tenían puesto el aire acondicionado era una verdadera bendición y se quedó allí trabajando día y noche.

13

Como pasa en la vida a veces, todas las estrellas y planetas se alinearon en la vida de Sydney en septiembre. El juicio empezaba durante la Semana de la Moda, justo después de su desfile. Iba a ser una locura, porque mostraban su colección en una de las pasarelas importantes. Tenían treinta y ocho modelos preparadas para llevar sus prendas y el día de antes iban a dar una fiesta de lanzamiento de su nueva línea.

Y la mañana siguiente al desfile, Sydney tendría que presentarse al juicio por traficar con mercancía robada e intentar introducirla en el país.

Bob había ido a verla unos días en julio y en agosto, aunque en la ciudad hacía un calor asfixiante, y tenía previsto acudir al desfile en septiembre, igual que los padres de Ed. Bob le pidió que le dejara asistir al juicio y ella aceptó a regañadientes. Era embarazoso, pero estaba agradecida por su apoyo. Sus hijas también iban a estar ahí. Y, para hacer las cosas aún más complicadas, Ed había comenzado un nuevo romance con un estudiante de último curso en la Parsons School of Design, que había estado de prácticas con ellos ese verano, y que les iba a ayudar entre bambalinas en el desfile. A Sydney no paraba de darle vueltas la cabeza con todo lo que tenía que hacer. Había contratado a una ayudante, pero la mayoría de las cosas las tenía que hacer ella.

Todavía le estaban dando los últimos retoques a la colección. Aún no habían llegado los bordados que habían encargado a Lesage en París, que eran especialistas en bordados para la alta costura. Y la tela del vestido de noche que clausuraba el desfile, procedente de Italia, estaba retenida en la aduana y las costureras y la patronista estaban que se subían por las paredes sin saber si iban a poder acabar el vestido a tiempo.

Bob había organizado su agenda para llegar tres días antes del desfile. Iba a pasar como mínimo una semana en la ciudad, dependiendo de lo que ocurriera en el juicio. Si ella necesitaba que él se quedase más tiempo, podría hacerlo. Habían establecido una relación muy estrecha desde que se conocieron en abril, en la presentación del avance de la colección, pero no se había acostado con él todavía y él tampoco la presionaba. Necesitaba tiempo para hacerse a la idea y le seguía pareciendo mal, por si al final acababa en la cárcel. Sydney no podía esperar que él le fuera leal ni fiel si ella estaba en la cárcel, sin duda lo peor que podía pasarle, pero una posibilidad que no había que descartar según Steve, a quien no le gustaba darles falsas esperanzas a los clientes. Él estaba muy ocupado preparándose para el juicio y Sabrina igual de agobiada que él, pero por su desfile.

Bob se iba a alojar en un hotel cerca de la calle Sesenta y cinco. Sydney y él cenaron juntos el día que él llegó. Acababan de salir del restaurante cuando ella recibió una llamada de Steve.

—Necesito verte mañana por la mañana —dijo, tenso—. ¿A qué hora puedes estar aquí?

—Dime a qué hora quieres que vaya y allí estaré —contestó—. ¿Pasa algo malo?

—No, nada. ¿Por qué no vienes a las ocho?

Quería verla antes de la vista de otro cliente. Ya habían revisado todos los argumentos de su defensa y ella estaba bien preparada. Habían tenido que hacerlo antes de que empezara la Semana de la Moda, porque después ella no iba a tener ni un minuto libre. Le contó a Bob lo que el abogado le había dicho por teléfono mientras él la acompañaba a casa. El *jet lag* estaba empezando a afectarle. Ella también estaba agotada y la adrenalina era lo único que la mantenía en pie, pero estaba contenta de que él estuviera allí. Había empezado a depender de él más de lo que le habría gustado y estaba agradecida de tenerlo junto a ella.

—¿No te ha dicho por qué quiere verte? —preguntó, esforzándose por poner un tono neutro y que no sonara preocupado, para no empeorar su intranquilidad.

—No. Más preparación, supongo.

—¿Quieres que vaya contigo? —se ofreció Bob—. Me voy a despertar al amanecer de todas formas por culpa del *jet lag*.

—No quiero sacarte de la cama a esa hora... —Pero la verdad era que le gustaba la idea.

—Te recojo a las siete y media.

Él había alquilado un coche con chófer para toda la semana y pensó que le sería útil a ella también, así que la invitó a hacer uso de él cuando lo necesitara. Bob siempre hacía todo lo posible por facilitarle las cosas.

Cuando llegaron al edificio, le dio un beso de buenas noches. Estaba ya medio dormido. La vio entrar en el portal y después se metió en el coche y volvió al hotel, donde estuvo a punto de quedarse dormido de pie.

Ella estaba intentando mantener su mente centrada en la colección y en el desfile para no pensar en el juicio que empezaría al día siguiente. Habían hecho todo lo que habían podido, pero no habían encontrado ninguna prueba. Se había gastado una fortuna en detectives para nada. Bob no dejaba de recordarle que la verdad era la mejor defensa y que tenía la inocencia y la sinceridad de su lado y ella esperaba que tuviera razón.

A la mañana siguiente Bob la recogió a las siete y media en

punto e impecablemente arreglado como siempre: iba recién afeitado y con uno de sus trajes inmaculados hechos a medida. Ella llevaba un vestido negro de lino para ese día de calor prematuro. Hablaron en voz baja en el coche de camino al centro y llegaron al despacho de Steve a las ocho en punto. Cuando entraron ella intentó detectar algo en la expresión de Steve, pero él no les dio ninguna pista ni información hasta que se sentaron. Entonces fue al grano y acabó con el suspense de por qué quería que Sydney fuera a verlo.

—Tenemos una declaración del fabricante. Y copias de varios correos electrónicos de Zeller que demuestran que sabía que era mercancía robada. Sabía que eran de Prada y en los mensajes los dos hablan de cómo ocultar la marca del interior y alterar las asas. Necesitaba a alguien que se ocupara de todo para no ponerse en riesgo y tú resultaste ser la persona perfecta, que llegó en el momento adecuado y que estaba dispuesta a hacerlo, así que te envió a ti. Y ahora podemos demostrarlo. —Sonreía de oreja a oreja.

Bob sonrió también y Sydney se quedó mirando a Steve, sin poder creérselo. El gran descubrimiento había llegado en el último momento, días antes del juicio. Bob había tenido razón todo ese tiempo.

—¿Y por qué el fabricante ha decidido delatarlo ahora?

—Zeller lo engañó con una transacción que hicieron hace unas semanas y ahora se niega a pagar el envío que les han confiscado. Está cabreado. Perdió mucho dinero con el primer cargamento y más en el segundo. Zeller sigue trayendo mercancía robada. Ahora se la envía a un intermediario. También podemos demostrar eso. Seguro que ese hombre ni siquiera sabe que lo que recibe es robado.

—¿Y con eso yo me libro? ¿Ya está? ¿Se acabó? —preguntó, eufórica.

Steve se puso serio otra vez.

—El juez tiene que aceptar las pruebas. He concertado

una reunión con el ayudante del fiscal del caso esta tarde para enseñarle lo que tenemos. Lo que hay contra ti debería desinflarse como un suflé con esto.

Steve parecía muy confiado, pero no quería prometerle nada aún. Los jueces podían ser impredecibles y al fiscal no le gustaría nada verse obligado a abandonar el caso después de todo lo que había trabajado. Pero ahora podrían juzgar a Zeller, que era el verdadero delincuente, no a Sydney.

—Te llamo después de la reunión. ¿Dónde vas a estar?

—En mi oficina, corriendo de acá para allá como una loca.

Le había llegado un mensaje la noche anterior informándole de que la tela italiana estaba esperando a que la recogieran en la aduana y sus costureras estaban desesperadas por empezar a trabajar. Los bordados de París llegarían a mediodía también.

—Vaya, esto sí que son buenas noticias —apuntó Bob.

—Os llamo a los dos más tarde —repitió Steve después de que ambos leyeran la declaración y los correos electrónicos.

No quedaba duda. Zeller sabía que estaban importando bolsos robados y las pruebas que tenían eran incriminatorias. Steve estaba seguro de que él habría borrado todos esos correos electrónicos de su ordenador, pero los técnicos del gobierno podrían recuperarlos por muy bien enterrados que los tuviera.

El ambiente en el coche mientras volvían al norte de la ciudad era mucho menos tenso y mucho más alegre que cuando salieron.

—Deberías olvidarte de todo esto esta noche —comentó Bob, muy optimista. Y estaba seguro de que no se equivocaba. Así ella podría concentrarse en el desfile, sin tener que distraerse ni preocuparse por el juicio.

Pero cuando Steve la llamó esa tarde, no tenía buenas noticias.

—El fiscal acepta que la declaración y los correos electrónicos demuestran que Zeller sabía que los bolsos eran robados, pero dice que no hay pruebas que confirmen que tú no lo sabías, aparte de tu palabra. Y Zeller ya ha hecho una declaración para intentar librarse en la que dice que tú lo sabías. Es tu palabra contra la suya.

—Mierda. ¿Y ahora qué hacemos?

—Se lo van a dar todo al juez y después nos dirán algo. Te llamo cuando haya novedades.

Esa noche no supo más de él. Cuando le contó a Bob lo que había dicho Steve, él lo sintió por ella. Iban a seguir con su caso hasta el final fuera como fuese. Solo quedaban tres días para el juicio.

Ed y ella estuvieron trabajando hasta las dos de la madrugada. No tuvo tiempo para detenerse a cenar, ni para ver a Bob. Todavía estaban ajustándoles prendas a las modelos y las costureras estaban haciendo arreglos medidos al milímetro para cada chica. Bob le dijo que no se preocupara por él y que hiciera lo que tuviera que hacer.

El día siguiente fue aún más frenético y tenían la fiesta esa noche. Habían reservado una sala privada en un restaurante nuevo muy distinguido y esperaban cien invitados, la *crème de la crème* del mundo de la moda. Todo el mundo quería una invitación a su fiesta y Sydney estuvo en el restaurante hasta el último minuto, asegurándose de que todo estuviera perfecto. Después fue corriendo a casa a cambiarse y Steve la llamó justo cuando salía por la puerta.

—Van a seguir adelante con el juicio —anunció, desanimado—. Y van a llevar las pruebas contra Zeller al tribunal del gran jurado. El juez no va a emitir una orden de detención contra él hasta que no la aprueben allí primero.

Los engranajes de la justicia eran complejos y lentos. Y quedaban treinta y seis horas para que empezara el juicio.

—No hay pruebas concluyentes de que tú no lo supieras —recordó— y tu firma está en los documentos de importa-

219

ción. Zeller está perdido ahora con las pruebas que tenemos. Pero tú sigues estando en una situación comprometida. El jurado es quien va a tener que decidir si lo sabías o no.

Cuando colgó, momentos después, a Sydney se le llenaron los ojos de lágrimas.

Llegó a la fiesta junto con los primeros invitados. Vio que los padres de Ed estaban ya allí. Él llegó poco después, con un traje a medida negro e impecable, una camiseta negra, zapatillas de deporte de cocodrilo y el largo pelo negro recogido en un moño en la nuca. Estaba guapísimo, igual que Bob, que apareció con un traje de raya diplomática azul oscuro, un pañuelo blanco asomando del bolsillo, una camisa blanca perfecta y una corbata azul marino de Hermès. Sydney llevaba un vestido de cóctel negro que había diseñado ella. La fiesta fue un éxito desde el principio. El champán corrió a raudales y todos les desearon suerte. La directora de *Vogue* les había enviado una orquídea enorme esa tarde.

La fiesta ya estaba en pleno apogeo cuando encontró un momento para hablar con Bob y contarle lo que le había dicho Steve. Bob lamentó oírlo, pero ya no podían hacer nada. Él estaba seguro de que el juez desestimaría el caso contra ella cuando llegaran al juicio. Seguramente solo se trataba de alguien muy estricto a la hora de cumplir las normas. Y al menos, después de que presentaran al tribunal del gran jurado las pruebas que tenían, arrestarían a Paul Zeller.

Aunque la idea era solo tomar unos cócteles, la fiesta se alargó hasta medianoche. Ed, Bob y Sydney se marcharon justo antes que los últimos invitados. Ed y Sydney regresaron a la oficina a ocuparse de los últimos detalles y Bob se fue al hotel a dormir.

—¿Estás bien? Tienes que estar agotada —preguntó.

A ella le conmovió su preocupación, pero rio.

—La Semana de la Moda es así —explicó para tranquilizarlo.

Sabía que sus hijas estarían haciendo lo mismo en sus lugares de trabajo. Ni siquiera habían tenido tiempo para llamarse en toda la semana, pero sí se habían enviado unos cuantos mensajes entre reuniones y *fittings*.

Sydney volvió al apartamento a las cuatro de la madrugada y Ed salió de la oficina una hora después. Pero a las ocho los dos ya habían vuelto, exhaustos pero con fuerzas renovadas. Sydney nunca había conocido a un diseñador que trabajara tanto como él. Pero su sueño acababa de nacer. Habían necesitado diez meses para darle forma, más que para crear un bebé, y también mucho más estresantes, pero Sydney sentía que todo se estaba alineando para que saliera justo como esperaban. A las seis de la tarde, cuando acabaron de vestirlas, las modelos estaban estupendas. El desfile tenía que comenzar a las siete y Ed quería que empezara con puntualidad, algo que sucedía muy pocas veces. Pero a las siete y cuarto exactamente la primera modelo cruzó la pasarela con los tacones más altos que Bob había visto en su vida. Estaba sentado en la primera fila, al lado de los padres de Ed. Sabrina y Sophie estaban dos filas más atrás, observándolo todo con atención y henchidas de orgullo.

El público aplaudió a todas las modelos y vitoreó a la supermodelo más famosa de la industria cuando salió a la pasarela por sorpresa con su último vestido. Ella saludó, jugueteó con la prenda por el recorrido y le hizo un atractivo mohín a la prensa con el fabuloso vestido de seda verde esmeralda que habían confeccionado con la tela que llegó *in extremis*. Toda la colección trasmitía perfección. Cuarenta minutos después de haber empezado desfiló la última modelo y todo el grupo hizo el último pase por la pasarela para cerrar. Después Ed y Sydney salieron de entre bambalinas y saludaron con una breve reverencia. Los dos estaban desaliñados y agotados, pero habían logrado la victoria. Acababan de lanzar Sydney Chin y lo habían hecho por todo lo alto.

La multitud prácticamente arrastró a Ed y Sydney de vuelta a la parte de atrás. A Bob le costó encontrarlos, pero por fin lo consiguió. Sabrina y Sophie llegaron justo detrás de él. Él ya había conocido a sus hijas y a ellas les había caído bien, pero su madre insistía en que ellos no estaban saliendo, que eran solo amigos, a pesar de que no hacían más que llamarse y mandarse mensajes día y noche y de que él iba a verla siempre que podía.

Sydney se quedó entre bambalinas varias horas, hasta que todo estuvo recogido y embalado. Quería asegurarse de que no se dejaban nada. Lo iban a llevar todo esa noche de vuelta a la oficina para colgarlo en perchas. Una docena de modelos irían allí al día siguiente para mostrar las prendas a los compradores cuando estos fueran a hacer sus pedidos. La colección iba a estar expuesta para ellos durante una semana. Pero Sydney no estaría allí. Estaría en el juzgado federal, donde se celebraría su juicio, que no se había cancelado. Sus hijas estarían con ella y Bob y Ed también habían prometido que irían. Sydney estaba menos aterrada gracias a las pruebas contra Paul que habían encontrado y que él ignoraba que tenían. Y seguiría sin tener ni idea de que estaba en peligro hasta que el tribunal del gran jurado formulara la acusación, el juez firmara la orden y la policía apareciera en su casa o en su despacho para arrestarlo. Por ahora seguía creyendo que estaba a salvo.

Cuando Sydney y Bob llegaron al juzgado a la mañana siguiente, Steve ya los estaba esperando allí con una expresión sombría.

—No ceden ni un milímetro —explicó—. Siguen queriendo más información sobre Zeller.

Sydney se quedó desolada.

—Dicen que no hay pruebas de que no actuaste en connivencia con Zeller en este caso, ni de que no hicieras un trato por tu cuenta —continuó Steve—. Y tu firma en los documentos es suficiente prueba para meterte en la cárcel o, al menos, garantizar que se celebre el juicio.

Ella parecía estar a punto de echarse a llorar cuando Steve la acompañó al interior de la sala. Sydney se sentó ante la larga mesa que le correspondía a la defensa, al lado de Steve. La sala parecía un decorado de cine. Cuando el juez entró, con su toga, vio que era un hombre mayor con cara de avinagrado. El alguacil gritó: «¡Todos en pie!» y todos los presentes se levantaron.

No había tenido tiempo de saborear el éxito de la noche anterior. Ahora estaba a punto de ser juzgada, y todavía corría el riesgo de ir a la cárcel porque el fiscal no quería abandonar el caso.

Intentó mirar por encima del hombro en busca de Bob, para que la tranquilizara, pero Steve le dijo que no lo hiciera. El juez anunció que iban a seleccionar al jurado. Un ayudante del *sheriff* abrió la puerta, entraron cuarenta posibles jurados en la sala y les pidieron que se sentaran. Los doce jurados definitivos, y uno o dos suplentes por si alguno se ponía enfermo, se iban a elegir de entre ese grupo más numeroso. Los dos abogados tenían derecho de veto. El juez se dirigió a los jurados y les explicó de qué iba el caso. Aunque estaba allí delante viendo cómo se desarrollaban los preparativos, ella seguía sin poder creerse que el juicio siguiera adelante. Todo parecía muy irreal y tenía la misma sensación de estar nadando bajo el agua que tuvo durante varias semanas después de la muerte de Andrew.

Estuvieron sentados durante tres horas, mientras los potenciales jurados subían al estrado, eran interrogados y después se iban. De repente, el juez dijo que iban a hacer un receso de dos horas para la comida. Steve estaba a punto de salir de la sala con Sydney cuando el fiscal federal le preguntó si tenía un momento para hablar con él. Steve le dijo a Sydney que esperara sentada en su silla, que volvería en un momento. Sospechaba lo que podía pasar, pero no quería darle esperanzas. Lo habían pospuesto hasta el final.

Sabrina y Sophie, y también Bob y Ed, se acercaron a ella cuando la sala estuvo vacía. Los cuatro se habían sentado juntos en la primera fila.

—¿Qué ocurre? —preguntó Sophie en un susurro.

—No tengo ni idea —respondió Sydney.

Steve estuvo fuera más de una hora y ninguno de ellos se movió de allí, se quedaron esperándolo. Cuando por fin volvió estaba muy serio y sugirió que salieran para hablar.

Todos se arremolinaron en un rincón del pasillo para escuchar lo que él tenía que explicar.

—Vale, parece que ya estamos llegando a algo. Quieren hacer un trato. No van a desestimar el caso. Insisten en que podrías estar metida en el ajo y que no puedes demostrar que no es así. Zeller te ha echado a los pies de los caballos desde el principio, cuando empezó a acusarte justo de eso. Según el fiscal, fuiste tú la que fue a la aduana a recoger los bolsos robados y todos los formularios tienen tu nombre y tu firma, lo que juega en tu contra, así que se niegan a dejarlo pasar. Quieren ofrecerte otro trato si te declaras culpable.

—¿Y tendré que ir a la cárcel? —Sydney parecía aterrada otra vez y Bob le cogió y le apretó la mano.

—Quieren que aceptes declararte culpable de un delito menor, probablemente te acusarán de falsedad en documentos aduaneros, porque no declaraste que los bolsos eran robados, obviamente, o encontrarán algún otro delito de poca importancia. Un delito así no supone gran cosa en unos antecedentes —aseguró, intentando tranquilizarla—. Siguen manteniendo la presión sobre ti porque quieren que les cuentes más cosas sobre las operaciones ilegales de Zeller. Pero no tendrás condena de cárcel. Han intentado mantenerlo en delito grave, pero me he negado. Ofrecen una pena de seis meses de arresto domiciliario, con control mediante pulsera electrónica, y dos años de libertad condicional. Ese es el trato. Básicamente lo que significa es que te declararías culpable de haber mentido en los documentos de aduanas, no de haber importado mercancía robada. Solo aceptarían dejarlo pasar si les das más información sobre las actividades ilegales de Zeller. Si no lo haces, continúan con su intención de dar ejemplo contigo, pero ahora de una forma más moderada.

Esa oferta era lo mejor que podían esperar.

—¿Seis meses de arresto domiciliario? ¡Pero cómo les voy a contar algo que no sé! Nunca he sabido nada sobre sus actividades ilegales y sigo sin tener ni idea.

Sydney estaba agobiada, pero Bob sentía alivio. Ella no lo había considerado detenidamente aún. Seis meses de arresto domiciliario y un delito menor era una bendición.

—¿Y cómo voy a poder hacer mi trabajo encerrada en mi apartamento, si no puedo ir a la oficina? —preguntó alterada, estresada y conmocionada por todo aquello.

—Te pondremos una pantalla grande y podrás comunicarte con nosotros por Skype. Tu ayudante puede traer y llevar los diseños y nosotros llevarte telas e incluso a las modelos para que les hagas las pruebas —sugirió Ed—. No es complicado. Encontraremos la manera. Solo son seis meses. Es mucho mejor que cinco años en la cárcel —recordó.

Steve asintió con la cabeza.

—Es un buen trato, Sydney. Declararte culpable de un delito menor no tendrá consecuencias negativas para ti. No tendrá repercusiones después. Incluso puedes conseguir que eliminen tus antecedentes dentro de unos años. Yo sinceramente prefiero verte encerrada en tu apartamento, con una pulsera en el tobillo, que en una prisión federal. Si vamos a juicio, existe ese riesgo. No sabemos qué clase de jurado vamos a tener, ni si serán comprensivos contigo. Zeller va a cargar con la culpa ahora. Él seguro que irá a la cárcel durante una temporada. Y no quiero que tú acabes como él. Zeller intentará arrastrarte con él si vas a juicio —aseguró Steve—. No puedo obligarte a aceptar el trato pero, como tu abogado que soy, te lo recomiendo encarecidamente. Es solo un leve escarmiento, como un azote. En algunas circunstancias incluso le permiten a la gente ir a trabajar cuando están en arresto domiciliario, pero este juez es muy estricto, de la vieja escuela, y no voy a poder conseguir que acceda a eso. Aunque tengas que estar encerrada en casa seis meses, creo que es un buen trato y deberías aceptarlo.

Sin embargo, ella esperaba que no hubiera ningún tipo de castigo, sobre todo después de haber encontrado las pruebas contra Zeller. Se quedó allí en silencio un momento, reflexionando, y después miró a sus hijas, a Ed y a Bob.

—Acéptalo, mamá —suplicó Sabrina—. No te va a pasar nada malo por estar en casa, pero en la cárcel podrían matarte. Y podemos ir a verte a tu piso en cualquier momento.

—¿Podré salir del apartamento para algo? —le preguntó a Steve.

—Solo por razones de salud, para ir a un médico o al hospital, o si se produce un fallecimiento en la familia.

Su apartamento era diminuto para pasar en él seis meses, pero sería mejor que una celda y ella también era consciente de ello. Miró a Steve y asintió. Iba a ser incómodo, pero no aterrador ni peligroso. Si tenía que soportar que la sentenciaran a algo, era lo mejor que podía esperar. Aun así, seguía pareciéndole injusto que la acusaran y la castigaran cuando era totalmente inocente.

—Vale, voy a aceptarlo —contestó muy seria.

Y entonces todos empezaron a darle palmaditas en el hombro y el brazo y a Sophie le cayeron lágrimas por las mejillas.

—Te quiero, mamá —le dijo entre sollozos de alivio mientras la abrazaba.

—Gracias a Dios que no tienes que ir a la cárcel —dijo Sabrina con un hilo de voz.

Todos parecían muy aliviados.

—Pondremos ordenadores punteros en tu apartamento y una pantalla gigante con comunicación bidireccional a través de vídeo. ¡Te va a encantar! —exclamó Ed y todos rieron—. Vas a poder ver películas en ella por las noches y todo.

Ella no pudo hacer otra cosa que sonreír.

—Gracias, Steve —dijo muy seria después, comprendiendo el destino del que se acababa de librar.

Había estado muy, muy cerca y su insistencia para que lo dejaran en un delito menor había supuesto una gran victoria legal para ella. Steve había peleado mucho por ello y se había dado cuenta de que nadie quería invertir ni tiempo ni dinero en un juicio contra ella. Era un caso sin importancia, pero podrían haberlo llevado hasta el final si hubieran querido. No podía más que alegrarse de que no lo hubieran hecho.

—Voy a decírselo. No puedes irte todavía.

—¿Cuándo empezará el arresto? —quiso saber Sydney.

—Seguramente ya mismo. Tal vez pueda conseguirte unos días de gracia si necesitas hacer algo en el trabajo. Pero no podrás salir del apartamento después de esos días.

Ella asintió para que viera que lo comprendía.

—Será mejor que vengáis todos a verme —le dijo al grupo que la acompañaba cuando Steve fue a ver al fiscal para comunicarle que aceptaba declararse culpable.

Todos prometieron que lo harían. Steve volvió mucho más rápido y esta vez tenía una sonrisa en la cara.

—Hay trato. Necesito que vengas conmigo a firmar unos documentos. Han accedido a permitir que el arresto empiece el lunes, cuando firmes el resto del papeleo. Vosotros no hace falta que os quedéis —les dijo a los demás—. A veces esto lleva su tiempo.

Ed decidió marcharse con Sabrina y Sophie, pero Bob dijo

que se quedaba con ella. Sydney le prometió a Ed que volvería a la oficina en cuanto terminara. De repente, quería salir y caminar mientras pudiera. Era difícil imaginarse confinada en su diminuto apartamento durante seis meses, sin poder ir a ninguna parte ni tomar el aire. Pero entendía la suerte que había tenido. Podría haber sido mucho peor y había estado a punto de serlo.

Cruzó una puerta con Steve y Bob pasó justo detrás. El fiscal federal les estaba esperando y le dijo que había tomado una buena decisión.

Les llevó media hora firmar los papeles. Después le dio las gracias a Steve otra vez y Bob y ella salieron y bajaron los escalones del juzgado. Él la rodeó con un brazo y después la abrazó y le dio un beso apasionado en la boca. Cuando se apartó, Sydney vio que tenía los ojos llenos de lágrimas.

—Gracias a Dios que no vas a ir a la cárcel —fue lo único que pudo decir. Después fueron cogidos de la mano hasta el coche alquilado—. Al menos voy a saber dónde estás todo el tiempo —bromeó—. Vendré a verte siempre que pueda.

Hong Kong estaba muy lejos, pero estaba segura de que él cumpliría su promesa. Cuando se dirigieron al norte en el coche, ella se quedó pensando y supo que sus estrellas de la suerte se habían alineado de forma perfecta y estaban a pleno rendimiento ese día.

14

Bob y Sydney pararon a comer de camino a su apartamento. Él se fijó en que la tensión iba desapareciendo poco a poco de su rostro. Habían tenido que pasar diez meses, casi un año, para que se resolviera esa pesadilla. Y ella había vivido con miedo a ir a la cárcel todo ese tiempo.

—Nunca pensé que algo así podría pasarme a mí —confesó mientras comían.

Eso y la muerte de Andrew le habían enseñado que la vida puede cambiar de forma irreversible, y sin previo aviso, en un abrir y cerrar de ojos. De repente, te pueden arrebatar o puede desaparecer para siempre todo aquello que crees tener: tu libertad, tu salud, la gente que amas, tu dinero y tu paz mental. Era terrorífico solo pensarlo.

—Ya se ha acabado —dijo él con calma—, o casi. Ya se nos ocurrirán cosas que hacer durante el tiempo que tengas que pasar en el piso —bromeó y ella rio.

—Va a ser raro estar encerrada así. —Pero no tanto como estar en la cárcel, era mucho más que consciente de eso.

Volvió a la oficina después de comer y le sorprendió la cantidad de compradores que había allí, haciendo pedidos de la colección que habían presentado la noche anterior. Ed sonreía de oreja a oreja mientras iba de un lado para otro por la sala y Sydney lo acompañó durante un rato. Bob se fue para hacer algunas llamadas desde el hotel. Sydney recogió el contenido de su despacho y se llevó todo el equipo de dibujo que iba a necesitar en casa. Ed le prometió que le mandaría al personal informático el lunes para que le instalaran un sistema con un monitor grande que tuviera comunicación bidireccional a través de vídeo, porque encerrada en casa iba a necesitar algo más que su iPad y su portátil. Intentó que no se le olvidara nada y le dio a Ed un gran abrazo. Él estaba tan aliviado como ella porque no la iban a encarcelar y porque no había tenido que pasar por el mal trago del juicio.

—Me has tenido asustado un tiempo —admitió.

Los dos recordaban la noche en que ella estuvo a punto de suicidarse, aunque nunca hablaban de ello. Pero era un recuerdo que aún la hacía estremecer. Esperaba haber dejado atrás definitivamente los malos tiempos.

—Voy a echar de menos verte aquí todos los días —dijo Ed con aire nostálgico—, pero te veré por la pantalla —añadió y rio.

—Ven a visitarme de vez en cuando. Va a ser muy raro no poder salir. Eso sí, voy a trabajar mucho tanto tiempo metida en casa —prometió.

Tendrían que empezar a trabajar en la siguiente colección pronto y ella ya tenía unas cuantas ideas que quería hablar con él.

Bob volvió a recogerla a las seis de la tarde y Sydney dejó la oficina a regañadientes. De camino a casa pararon en una farmacia, porque quería comprar unas cuantas cosas antes de verse encerrada. Y el sábado quería ir de compras y dar un paseo por Central Park. Estaba deseando empaparse de todo antes de que la aislaran del mundo para pagar por un pecado que ignoraba totalmente que estaba cometiendo. Había actuado de buena fe e inocentemente y le habían tendido una trampa.

—Espero que todo el peso de la ley caiga sobre Zeller —dijo Bob cuando volvieron a su piso.

Habían comprado algo de comer en una tienda cercana. Ella estaba muy cansada para salir. Al entrar en el apartamento se dejó caer en el sofá al lado de Bob y apoyó la cabeza en su hombro.

—Gracias por estar ahí conmigo —dijo con voz suave.

Él se inclinó y la besó con una pasión más ardiente de la que se había permitido hasta entonces y ella respondió con la misma intensidad. Habían esperado mucho para eso y ahora a ella ya no le preocupaba tener que dejarlo para ir a la cárcel. Por fin se sentía libre para hacer lo que le dictaba el corazón.

Sin decir nada, ni pedirle permiso, él empezó a desnudarla y unos minutos después los dos fueron atropelladamente al dormitorio, sin dejar de reír. Ella tiró de él para que se acostara en la cama a su lado. Para entonces ya estaban los dos desnudos y ya no podían detener la pasión. El deseo que sentían el uno por el otro resultó ser insaciable. Finalmente se quedaron tumbados, exhaustos y abrazados, incapaces de recuperar el aliento.

—Ha merecido la pena esperar para esto —aseguró Bob, sorprendido por esa explosión cuando habían hecho el amor.

Ella sonrió y lo miró.

—Te deseaba mucho, pero me parecía que no era justo dar el paso hasta que supiéramos lo que iba a ocurrir.

—Te quiero, Sydney. Me alegro de que hayamos pasado por esto juntos. No habría querido que lo afrontaras sola.

—Yo también me alegro.

Había sido mucho más llevadero desde que él apareció en su vida. Y creía que había pasado un tiempo razonable desde que murió Andrew. Catorce meses. Su vida con él parecía quedar muy lejos ya y todo lo que compartió con Andrew se había esfumado: su casa, su apartamento de París, las obras de arte que compraron juntos, las cosas que amaron... Ahora todo les pertenecía a sus hijas. Se preguntó qué iba a pasar con todo aquello cuando vendieran la casa. Pero eso ya no importaba. No necesitaba los objetos materiales para acordarse de su matrimonio; tenía sus recuerdos. Y ahora además tenía a Bob y la vida que compartían.

Se quedaron un buen rato en la cama, en silencio, y después volvieron a hacer el amor. Al final los dos se durmieron un rato, abrazados. Era casi medianoche cuando se levantaron y fueron a la cocina a buscar algo de comer.

—No me imagino la vida sin ti —afirmó él, muy emocionado.

—Yo tampoco —respondió ella, pero eso la asustaba.

¿Y si él moría, como Andrew? No podría soportar perderlo también a él, ni a ninguna otra persona tampoco. Pero si seguían juntos y llegaban a viejecitos, uno se iría antes y dejaría al otro perdido y desolado. Era inevitable y no podía ni pensarlo en ese momento.

—Ojalá pudiera quedarme en Nueva York —dijo Bob nostálgico.

Pero sus negocios estaban en Hong Kong. Ella estaba pensando en ir con Ed para verle. Pero eso tendría que esperar. Iba a estar encerrada en su apartamento durante seis largos meses.

—Pasará rápido —aseguró él, y ella esperó que tuviera razón—. Quiero que conozcas a mis hijos —insistió.

Pero ella se mostró precavida con el tema.

—No soy muy popular entre los hijos de otras personas, a juzgar por lo que ocurrió con mis hijastras —contestó, dubitativa, pero él rio.

—A mí me parece que están locas. Tú eres la madrastra perfecta para cualquiera.

—Aparentemente no. —Sonrió triste al recordar lo odiosas que habían sido siempre Kellie y Kyra. Había pasado muy pocos buenos momentos con ellas.

—A mis hijos no les gustaba mi segunda mujer —admitió—, pero entonces eran más pequeños. Ella quería toda mi atención y estaba celosa de ellos. Supe que así no podría durar, pero estaba perdidamente enamorado de ella. El matrimonio solo duró seis meses. Luego se casó con una estrella de cine chino. No tengo ni idea de qué pasó con ella después de eso. Fue hace mucho tiempo. Y los chicos han sido muy buenos con las mujeres que ha habido en mi vida desde entonces. Creo que te van a adorar.

Él parecía muy convencido de ello, pero Sydney no lo estaba tanto. Lo quería, estaba segura de ello, pero las mellizas le habían metido el miedo en el cuerpo en lo que respectaba a los hijos de los demás.

—Tuvo que ser duro criar a los cuatro tú solo —comentó, comprensiva.

—Nos lo pasamos muy bien —contestó sonriéndole—. Y ahora nos lo vamos a pasar bien tú y yo. Hay un montón de cosas que quiero hacer contigo —dijo soñadoramente, mientras los dos comían lo que habían comprado en la tienda sentados junto a la encimera de la cocina.

De repente, ella se quedó pensativa.

—Espero no engordar por pasarme todo el día sentada en el apartamento. —Parecía realmente preocupada por ese tema y él rio.

—Lo dudo. Pero te vendría bien coger un poco de peso.

Estaba demasiado delgada, como Sabrina. Era su constitución, pero ninguna de las dos comía mucho tampoco. Y Sydney había estado soportando mucho estrés durante meses, más de un año realmente.

Después se sentaron en el salón y charlaron. Volvieron a la cama a las dos de la madrugada y se quedaron dormidos mientras hablaban. El sol entraba a raudales en la habitación cuando se despertaron a la mañana siguiente. Hacía un día precioso y Sydney quiso salir a pasear mientras pudiera. Cuando estaba preparando el café, echó un vistazo a la habitación y frunció el ceño.

—¿Te parece que hay espacio suficiente para poner una cinta de correr?

Él soltó una carcajada al oírla.

—Solo si la cuelgas del techo. —No había ni un centímetro de suelo libre en el salón ni en el dormitorio.

—Necesito hacer ejercicio.

—Pues tendrás que correr sin moverte del sitio —sugirió.

Pero eso eran problemas de poca importancia en comparación con lo que se habría encontrado en la cárcel.

Se metieron juntos en la ducha y salieron a la calle una hora después, vestidos de manera informal para el tiempo cálido del otoño, y se dirigieron al parque. De repente, todo le parecía hermoso. El mundo se había convertido en un lugar más agradable de un día para otro. Esa era la culminación de un año horrible, pero acababa de llegar la primavera a su corazón. Y él la quería tanto como ella a él. Después del parque pasearon por Madison Avenue y echaron un vistazo en todas las tiendas. A él se le ocurrió una idea cuando pasaron delante de una joyería, así que insistió en que entraran. Ella no quería que le regalara nada, y mucho menos algo innecesario y caro, pero él sabía exactamente lo que buscaba. Eligió un anillo ancho de oro blanco con diamantes Pavé. Podía permitírselo y lo pidió en su talla. Cuando se lo puso en el dedo, ella tuvo que reconocer que era precioso.

—No te pongas nerviosa —bromeó—. No es un anillo de compromiso, es un anillo para decirte «te quiero». Si vas a llevar una horrible pulsera en el tobillo durante seis meses, será mejor que lleves también algo bonito en el dedo. Y esto no es para que te sientas atada, sino solo para que recuerdes que te quiero cuando no esté cerca.

Él había detectado que ella estaba incómoda con la idea de comprometerse de nuevo. Después de lo ocurrido con Andrew, no quería más decepciones, pero Bob tenía una forma de hacer las cosas y de quererla que no le resultaba amenazante. Además, siempre decía justo lo adecuado. Cuando salieron de la tienda, ella admiró su nuevo anillo.

—Me encanta —aseguró mirándolo emocionada.

Dieron un largo paseo, entraron en los grandes almacenes Barneys para comprar algunas cosas que ella necesitaba y después volvieron al apartamento. Iban a ir a cenar a casa de Sabrina esa noche.

Ella pidió sushi y Steve hizo pasta y ensalada para quien le apeteciera. Sophie también fue, pero Grayson se quedó en casa. Ella dijo que estaba trabajando en un encargo muy importante, aunque todos sabían que apenas salía. Pero los demás lo compensaron con creces. Bob se lo pasó muy bien con ellos. Steve y él conectaron inmediatamente y adoraba a las hijas de Sydney, que siempre habían sido cariñosas y amables con él. Estaban agradecidas porque él había estado ahí acompañando a su madre en todo momento. Las dos chicas se fijaron en el anillo nuevo que llevaba su madre en cuanto entraron por la puerta.

—Pero ¿qué es eso? —preguntó Sophie en un susurro cuando estaban en la cocina—. ¿Es un anillo de compromiso?

Sydney negó con la cabeza y en ese momento se dio cuenta de que siempre iba a recordar que se lo había regalado después de hacer el amor por primera vez. Era realmente un anillo para decirle «te quiero», lo que lo hacía más especial para ella. Hacía tiempo que no tenía lujos en su vida. Estuvo toda la noche mirando el anillo y después a él.

Pasaron el domingo juntos y acudieron a la iglesia. Ella tenía mucho que agradecer. Luego fueron al cine, comieron palomitas y se besaron como adolescentes, para al final volver corriendo a casa a hacer el amor otra vez.

—Creo que me estoy volviendo adicto a ti —confesó él.

—Bien, porque quiero que me eches de menos —contestó ella mientras deslizaba la lengua por su cuello hasta que él se estremeció de placer y volvieron a hacer el amor.

Él se iba a Hong Kong por la mañana y ella quería recordar su última noche juntos porque no sabía cuándo iba a volver a verlo. Había recogido sus cosas en el hotel y las había llevado a su apartamento esa mañana, para poder ir desde allí directo al aeropuerto al día siguiente.

Ella se levantó a las seis y le hizo el desayuno mientras él se duchaba. Antes de que saliera de su apartamento la abrazó, aún desnuda, la miró a los ojos y le dijo que la quería.

—Volveré pronto —prometió, y ella supo que lo haría.

Ella lo miró por la ventana y se estuvo despidiendo de él con la mano hasta que él entró en el coche y se fue. Entonces volvió a mirar el anillo. Él la llamó cinco minutos después.

—Ya te echo de menos.

—Yo también —respondió sintiendo una gran ternura por él.

Volvió a llamarla antes de que despegara el avión. Después ella fue al centro para encontrarse con Steve en el juzgado, donde le colocarían la pulsera del tobillo. Se sintió muy aliviada cuando él le confirmó que el apartamento de Sabrina ya no estaba en peligro, porque el caso ya estaba resuelto. Sydney seguía debiéndole a Sabrina cinco mil dólares de la fianza y los veinticinco mil que ella le había pagado a Steve al principio. También le debía a él el coste de los detectives, que él había pagado por adelantado y que todavía no le había cobrado a Sydney, y otros veinticinco mil por su trabajo y por haber logrado el acuerdo. En total, le debía treinta y cinco mil dólares a Steve, gastos de detective incluidos, y otros treinta mil a Sabrina. Y estaba deseando poder pagárselos, pero aún no podía. Necesitaba vender el apartamento de París. Hasta entonces nadie había querido comprarlo, pero la renta que le proporcionaba la ayudaba todos los meses. Ed le pagaba un sueldo muy generoso con el que cubría todos sus gastos diarios. Su situación financiera era menos desesperada que antes, pero todavía tenía que pagar todos los gastos del juicio, que no eran pocos.

En el juzgado le pusieron la pulsera electrónica en el tobillo. Era resistente al agua y tenía sujeta una pequeña cajita que funcionaba igual que un GPS y que estaría vigilando sus movimientos en todo momento. Tenía que llamar al servicio de vigilancia cuando llegara a casa para que la activaran. Y desde entonces sabrían exactamente dónde estaba y saltaría una alarma si salía del apartamento. Estaría vigilada veinticuatro horas al día. Era un dispositivo feo y aparatoso, pero le dijeron que se acostumbraría. Y como era lo que garantizaba que no iría a la cárcel, tampoco se quejó.

Los informáticos que Ed le había mandado aparecieron en su casa en cuanto ella llegó y acabaron de instalarlo todo a las cinco. Cuando vio a Ed en la pantalla gigante se echó a reír. Él confirmó que la veía perfectamente.

Esa noche reorganizó todo el salón para convertirlo en un espacio de trabajo y un estudio de diseño. Ed le había enviado una mesa grande de dibujo para que trabajara y convirtió la mesa del comedor en escritorio. Si iba alguien a cenar tendría que recolocar todo un poco, pero así tenía todo lo que necesitaba para trabajar y podía comer en la encimera o incluso en la mesita de café si no tenía visita. Se sentía sola en el apartamento sin Bob. Había sido maravilloso tenerlo allí con ella durante una semana.

Esa noche Sophie le habló de una profesora de ballet que daba clases por Skype. Sydney la llamó y la contrató. Iba a dar clase con ella tres veces a la semana y todo desde su apartamento. Había decidido convertir los siguientes seis meses en un tiempo de trabajo y bienestar. Iba a hacer comidas saludables, porque no podía salir y caminar, haría ballet por Skype y vería los meses que se avecinaban como un proyecto positivo para su vida y no una forma de encarcelamiento. Y como no podía salir, también tendría más tiempo para trabajar.

Las mejores noticias se las dio Ed, cuando le contó que les habían hecho una cantidad fantástica de pedidos de su primera colección y que, además, tenían concertadas más citas con compradores durante las dos semanas siguientes. Su nuevo negocio iba viento en popa y la familia de Ed estaba encantada. Este le aseguró que la echaba de menos en la oficina y bromeó diciendo que ahora era su socia virtual, porque solo la veía en la pantalla. Pero tenía previsto visitarla dentro de un par de días para empezar a trabajar con ella en los nuevos diseños.

Tuvo que perderse los desfiles de Sabrina y Sophie, pero los vio por Vogue.com. No había apenas nada que no pudiera hacer desde el apartamento, aunque no podía salir y tomar el aire. Incluso tenía una lista de tiendas que le llevaban la compra a casa y restaurantes de comida a domicilio.

Steve la llamó unos días después para ver qué tal le iba y ella le dijo que estaba muy ocupada con su trabajo, lo que no le sorprendió. Sydney había demostrado tener una buena actitud ante la vida. Solo por la noche, tarde, tras pasar todo el día encerrada, a veces miraba por la ventana y ansiaba poder salir. Pero sabía que si incumplía las normas, pasaría el tiempo que le quedaba de la condena en la cárcel.

Steve le dijo que iba a ir a verla un agente federal para tomarle declaración sobre Paul Zeller. Llegó con una taquígrafa judicial y Sydney le contó lo que ocurrió y todo lo que sabía. No volvió a tener noticias de ellos después de eso. Una semana después Steve le dijo que creía que no habían arrestado a Paul aún, lo que a ella le pareció raro, teniendo en cuenta las pruebas que ellos habían logrado reunir. Pero Steve le explicó que lo que descubría el tribunal del gran jurado se mantenía en secreto y por eso no sabrían nada del proceso hasta que se produjera el arresto. Sydney deseó que lo hicieran pronto. Él se lo merecía y, le hicieran lo que le hiciesen, se lo había ganado, estaba mucho más que segura de ello.

15

Paul estaba sentado ante su escritorio, repasando unos informes de compras y algunas facturas de los fabricantes. Tenía toda la mesa cubierta de un montón de hojas de cálculo, que estaba consultando, cuando su ayudante le informó por el intercomunicador que había alguien que quería verlo. No le dijo quién era porque no se atrevió, ya que los cuatro agentes del FBI que habían aparecido ante ella le habían ordenado que no dijera nada. Se quedó callada mientras los agentes entraban en el despacho de Paul y le comunicaban que estaba arrestado por blanqueo de capitales e importación de mercancía robada. Le leyeron sus derechos y le pusieron unas esposas antes de que tuviera tiempo de decir nada. Él simplemente se los quedó mirando, sin poder creérselo.

—¡Pero esto es ridículo! —exclamó enfadado—. Esa bruja es quien os ha llevado a hacer esto, ¿no? La culpable es ella, no yo. Esto es un grave error —les dijo a gritos a los agentes, pero ellos lo ignoraron y le pidieron que saliera de su despacho. Él intentó golpear al agente que tenía más cerca, utilizando las esposas como arma, y rápidamente lo redujeron y Paul se quedó tirado en el suelo, sin aire.

—Levántese —ordenó el agente de mayor rango—. Vámonos.

Paul se puso de pie como pudo, con la dignidad bastante maltrecha.

—Quiero llamar a mi abogado —dijo, asustado.

—Podrá hacerlo cuando lleguemos al centro.

—¿Adónde me llevan? —No se iba a mover de allí hasta que se lo dijeran.

Los cuatro agentes se miraron, preguntándose si iban a tener que llevarlo a rastras. Preferían no tener que hacerlo; habían asumido que iba a ser educado y que obedecería.

—Por ahora, hasta que comparezca ante el juez, a una cárcel federal.

El tribunal del gran jurado ya lo había acusado y había aprobado la orden de arresto, que un juez federal firmó esa misma mañana. Habían pasado dos semanas desde el inicio del arresto domiciliario de Sydney.

—Yo no tengo nada que ver con esto, nada, ¿me oyen? —les gritó—. Todo ha sido cosa de esa mujer. Ella es la traficante. Yo no tenía ni idea de lo que ella estaba comprando.

—Eso no es cosa nuestra, señor. Tendrá que tratar ese tema con el juez.

—Llama a mi abogado —le ladró a su ayudante, que lo miraba todo a través de la puerta abierta—. Dile que me están arrestando y que me llevan a una cárcel federal.

—¿Quiere que le saquemos de aquí esposado de pies y manos o va a salir por su propio pie? —preguntó otro agente—. A mí me da igual. Pero dará una imagen más digna ante sus empleados si sale caminando tranquilamente.

Le estaban dando una última oportunidad antes de atarlo como a un pavo y sacarlo a rastras. Paul pareció comprender el mensaje. Siguió al líder del grupo a regañadientes y salió de su despacho con un agente a cada lado y otro detrás de él. Varias personas habían oído el alboroto y dos habían cogido sus iPhones para grabar en vídeo lo que estaba sucediendo. Unos cuantos no dejaban de hacer fotos y subirlas a Instagram y a Twitter.

—¡Parad! —les gritó—. ¡Requísenles los teléfonos! —les ordenó a los agentes, que hicieron caso omiso y siguieron su camino.

Lo sacaron del edificio y lo metieron de un empujón en un coche del FBI que los esperaba. Para entonces Paul les estaba gritando otra vez, diciendo obscenidades e insultándolos. Sus empleados seguían presenciándolo todo. Unos minutos después los dos coches del FBI se alejaron. Todo lo que había pasado se podía ver en internet segundos después. Al día siguiente estaba en la primera página del *Post* y el *New York Times*, y *Women's Wear Daily* reprodujo los artículos de esos periódicos. Sydney lo vio todo en las noticias y el espectáculo que había montado Paul en YouTube. Después llamó a sus hijas. Sentía una especie de resarcimiento ahora que él estaba en la cárcel y ella cómodamente en su apartamento, por pequeño que fuera, tomando café y trabajando, como todos los días. Había conseguido establecer una rutina.

Los artículos de los periódicos que informaban de la detención de Paul mencionaban los cargos que se le imputaban y la nombraban a ella. Pero la información de su caso era breve y exacta. Solo decían que la habían condenado por un delito menor y que tenía que cumplir un breve tiempo de arresto domiciliario, nada más. Reconoció una vez más que Steve le había conseguido un trato excelente. Sonaba como si no le hubieran puesto más que una multa por cruzar por un lugar indebido y le hubieran dado un azote como castigo. Pero lo que decían de Paul era bastante más impactante. Habían salido a la luz más pruebas de que llevaba años importando y vendiendo mercancía robada. Los cargos eran graves y las penas seguramente también lo serían. Era un asunto muy serio.

Steve la llamó ese día para comentarlo con ella.

—Está en la cárcel ahora mismo —informó—. Y la fianza va a ser bastante alta.

Tenían pruebas contra Paul y pensaban ir a por él con todos sus recursos, como debía de ser. Era el karma de nuevo, como le dijo Sydney a Ed.

Una semana después apareció otro artículo sobre el tema, donde decían que la empresa estaba a la venta y que su mujer le iba a pedir el divorcio. Se iba a quedar sin nada. Sydney sabía que tardaría un tiempo en ir a juicio, pero antes o después Paul pagaría por lo que había hecho. Y Bob estaba encantado por ello también. Finalmente, los buenos iban a ganar.

Sydney en esa época estaba más atenta a los periódicos de lo habitual. Quería estar al tanto de lo que pasaba en el mundo. Y los cotilleos que leía de vez en cuando también suponían una buena distracción. Le encantaba leer la página de sociedad del *Post*. Una semana después vio que el marido de Kellie, Geoff Madison, había subido las apuestas y ahora quería quedarse con toda la casa, no solo la mitad. Aparentemente tenía intención de venderla. Y tres días después leyó un artículo breve que hablaba de que Kyra, borracha, había montado un escándalo en un club nocturno. A consecuencia de ello la habían arrestado y acusado de posesión de sustancias controladas con intención de tráfico, lo que significaba que se había metido en un buen lío. Ella también tenía problemas.

Las vidas de Kellie y Kyra se estaban desmoronando, a pesar de todo lo que habían heredado. Tal vez era el castigo por lo que le habían hecho a ella. Cuando se lo comentó a Bob, este estuvo totalmente de acuerdo.

Casi tres semanas después del último día que se vieron, Bob volvió a Nueva York por sorpresa. Dijo que estaba en Suiza por negocios y que desde allí el vuelo a Nueva York no era tan largo. Sonó el timbre y cuando ella abrió la puerta, allí estaba. La abrazó en cuanto la vio, la hizo girar en el aire y estuvo a punto de tirar algo. El apartamento estaba atestado de muebles y equipos informáticos. Pero ella tenía todo lo que necesitaba y le encantaba la pantalla gigante con conexión bidireccional con la oficina. Era como si estuviera allí con ellos y podía hablar con Ed cara a cara cada vez que le apetecía y enseñarle sus nuevos diseños.

—¿Sabes? —dijo Bob, cuando Sydney estaba preparando la comida mientras él se relajaba tras el vuelo sentado en el sofá, con los pies en la mesita del café—. Eres la única delincuente a la que he visitado —bromeó—. De hecho, eres la única delincuente de la que me he enamorado.

—Qué gracioso... —contestó ella y le tendió un sándwich y unas patatas de bolsa.

Él se alegró al ver que ella estaba de buen humor.

Acabaron en la cama en cuanto él se terminó el sándwich. Bob le recordó que apagara la pantalla para que nadie pudiera oírlos. Sydney no podía esperar y él estaba tan ansioso como ella. Le dijo que la había echado muchísimo de menos el tiempo que había estado lejos.

Se quedaron tumbados en la cama, relajándose, después de hacer el amor. Él le contó lo que había estado haciendo. Aunque hablaban todos los días, siempre había algo más que decir. Ya estaban en octubre y hacía frío fuera, pero se estaba bien en el apartamento de Sydney, que se había convertido en el refugio que él elegía para descansar de los rigores del mundo.

Una semana después de que Bob volviera a dejar Nueva York, Sydney leyó que Paul Zeller había salido de la cárcel tras depositar una fianza de quinientos mil dólares y que todavía quedaban muchos meses para su juicio. Su empresa la habían comprado unos inversores chinos. Todo había pasado muy rápido. Aparentemente, él quería venderla antes de ir a la cárcel, posiblemente para pagar su divorcio y a los abogados que lo iban a defender. Ella había perdido su libertad por lo que él había hecho. No podía hacer nada para cambiar eso, pero él iba a perder su empresa y a su mujer. Ed nunca confió del todo en Paul y sus reservas sobre él habían demostrado ser acertadas. Todavía la aterraba pensar lo que podía haberle ocurrido a ella sin el abogado que Ed le había encontrado, las pruebas que su detective había encontrado y si Steve no hubiera insistido para lograr el trato que le consiguió. Sydney tenía la sensación de que sin la ayuda de Steve, habría acabado en la cárcel.

Cuando solo llevaba un mes confinada en su apartamento ya estaba agobiada y tenía un principio de claustrofobia. Añoraba su libertad, pero Ed la mantenía ocupada. Los dos estaban enfrascados en su trabajo de diseño y se mostraban los progresos el uno al otro varias veces al día. Y los pedidos de su primera colección seguían llegando. Había sido un éxito enorme. Además de instalarle la enorme pantalla bidireccional, que estaba demostrando ser una herramienta de un valor incalculable, él también iba a verla un par de días a la semana. Los mensajeros le llevaban constantemente muestras de telas para que viera las texturas y los colores y ellos no paraban de tomar decisiones conjuntas. Él le había preguntado qué le parecía introducir una colección de trajes de baño de cara al verano y ella dijo que creía que era demasiado pronto. Los dos estaban encantados de trabajar juntos y respetaban las opiniones del otro.

—¿Y qué tal va tu relación sentimental, por cierto? —le preguntó Sydney un viernes por la tarde, mientras hablaban por medio de la pantalla.

Bob estaba en Nueva York, pero había ido a una reunión con un cliente, y Ed estaba solo en su despacho. Los fines de semana ella echaba de menos la frenética actividad de la oficina. Le alegraba ver a la gente a través del monitor y la enorme pantalla que cubría una pared entera.

—Kevin es un buen chico —dijo Ed con un suspiro, refiriéndose al muchacho con el que estaba saliendo. La mayor parte del tiempo era muy reservado con esos temas y no compartía nada sobre su vida amorosa—. Pero es muy joven. Todavía está en la facultad.

—¿Qué edad tiene? —Aparentaba tener la edad de Ed,

aunque Sydney sabía que estaba en su último año en la Parsons School of Design.

—Veintidós. Pero no son suficientes. A veces se nota mucho, aunque es un chico muy serio. Su padre murió cuando era pequeño y él ayudó a su madre a criar a sus tres hermanos pequeños. Lleva trabajando desde que tenía quince años.

—¿Lo vamos a contratar cuando acabe sus estudios?

Tenía curiosidad por saber qué intenciones tenía Ed, aunque sospechaba que ni él mismo lo sabía aún. Solo llevaban saliendo unos meses.

—Tal vez. Pero lo hablaré primero contigo, obviamente. Tiene buena mano para el diseño, pero le interesa más el mundo empresarial. Está especializándose en la parte económica y de gestión y después quiere trabajar unos años para poder sacarse un máster más adelante.

—Al menos no te va a hacer la competencia y comprende cómo funciona la industria —comentó Sydney.

Ed asintió, pensativo. Ya había pensado todo eso, pero no había llegado a ninguna conclusión definitiva. Simplemente se centraba en disfrutar del tiempo que estaban pasando juntos. Él acababa de cumplir treinta y no estaba muy convencido por la diferencia de ocho años que les separaba. No sabía si era un obstáculo lo bastante grande como para preocuparse. En realidad, la mayor parte del tiempo no se notaba, sobre todo cuando estaban solos.

—¿Y qué me cuentas tú? —preguntó él, atreviéndose a aventurarse en un terreno que normalmente no exploraban, igual que acababa de hacer ella.

Los dos eran personas muy reservadas y no acostumbraban a hablar de sus vidas personales. Limitaban sus conversaciones a temas relacionados con el trabajo: telas, diseños, colores, con qué fábricas trabajar, cómo se iban adaptando los diferentes empleados, plazos, prensa, bordadores, costureras, patronistas y todos los delicados y complicados entresijos de su negocio, aunque de vez en cuando también se divertían un rato para liberar la tensión tras un largo día de trabajo. Eran muy parecidos en muchas cosas, a pesar de la diferencia de edad, experiencias vitales y culturas. Vivían y respiraban la moda, eran trabajadores incansables y muy perfeccionistas en todo lo que hacían. Ninguno de los dos dejaba un trabajo a medias. Pero él se había dado cuenta de lo feliz que ella era con Bob, se lo notaba siempre que los veía juntos. Sydney era menos frívola que las mujeres con las que él solía salir y mucho más seria en el trabajo.

—¿Qué tal te va con Bob? —preguntó con cautela. Parecía que la relación se había consolidado en poco tiempo, en parte por culpa de toda la presión que habían soportado antes del juicio.

—Increíblemente bien —contestó ella con una sonrisa—. Nunca me habría esperado que pudiera pasarme algo así. Ni siquiera tenía ganas de salir con nadie después de la muerte de Andrew. Aunque no sé cómo acabará esto, teniendo en cuenta que vivimos a casi trece mil kilómetros el uno del otro. Las relaciones a distancia son difíciles de mantener.

—Pero él viaja mucho —apuntó Ed— y últimamente viene a Nueva York más que antes. Ahora ya se puede trabajar desde cualquier lugar del mundo.

Ella rio al oírlo.

—Es cierto. Lo de la pantalla bidireccional nos está funcionando muy bien a nosotros.

Había sido una idea genial por parte de Ed. Ahora tenían cámaras por toda la oficina para que ella pudiera ver casi todas las habitaciones, supervisar las pruebas a las modelos y hablar con las patronistas y las costureras que se instalaban en el local mientras trabajaban. Ellas hacían gran parte de los acabados allí, para que ellos pudieran supervisarlos. La producción principal corría a cargo de las fábricas de la familia de Ed, en China, algo fundamental para controlar los costes. Era una ventaja espectacular poder utilizar las instalaciones de la familia a un precio extraordinariamente bajo.

—Pero no sé si las pantallas bidireccionales funcionan igual de bien para las relaciones sentimentales —añadió y él soltó una carcajada.

—Él está loco por ti, Sydney. Siempre que lo veo, no para de hablar de ti. Creo que está muy enamorado.

—Y yo también. Solo que no sé cómo podríamos hacerlo funcionar a largo plazo.

—Lo mejor es que no pienses en eso por ahora. Eso es lo que hago yo con mi relación con Kevin. No necesito todas las respuestas ahora mismo. Ya veremos cómo va avanzando la cosa.

—¿Quieres venir a la cena de Acción de Gracias, por cierto? Puedes traerte a Kevin, por supuesto —ofreció Sydney.

—Me encantaría. Y no creo que a él le apetezca ir a ver a su familia... Además, no puedo ir con él. Su madre no quiere que sus hermanos sepan que es gay. Cree que es contagioso —explicó con una risita.

Ya le había pasado eso mismo antes, con los padres y las familias de otras personas, que se negaban a aceptar la realidad. Eso lo hacía todo mucho más difícil. Él siempre valoraba mucho lo comprensivos que eran sus padres con ese tema.

—Suena complicado —comentó ella y Ed asintió—. Mi apartamento está hecho un desastre —añadió mirando a su alrededor. Estaba disfrutando de esa charla con él—. Empieza a parecer que tengo síndrome de Diógenes. Tengo aquí todo lo que necesito y las cosas del trabajo, pero apenas me puedo mover. Voy a usar mi mesa de dibujo para la cena de Acción de Gracias. Creo que me voy a buscar un apartamento más grande cuando pueda volver a salir. Nada ostentoso, solo con un poco más de espacio, sobre todo ahora que Bob viene a menudo.

El negocio había despegado con fuerza y les iba bien. Ahora su sueldo cubría más que de sobra sus mínimos gastos, pero ella no dejaba de pensar en que quería devolverle a Sabrina el dinero que le había pagado a Steve cuanto antes. Esa era su principal prioridad.

—Él tiene un apartamento fabuloso en Hong Kong, te va a encantar —contó Ed—. Es una especie de nido de soltero, con otro piso debajo para cuando sus hijos están en casa. Creo que ya no vive allí ninguno de ellos. A la chef y la pintora les gustan las cosas más sencillas, su otra hija está en la facultad de medicina en Inglaterra y su hijo el escritor vive en un buhardilla no sé dónde. Ninguno de ellos es nada extravagante, pero el sitio es espectacular.

—¿Cómo son sus hijos?

Ella llevaba mucho tiempo queriendo preguntarle y aprovechó que estaban teniendo una conversación profunda e interesante y sincerándose sobre temas personales, algo poco habitual.

—Son normales, amables, divertidos. Yo fui al colegio con la mayor, la chef. Creo que Bob se casó muy joven la primera vez. Cuando éramos pequeños siempre me pareció un padre joven. Aunque creo que a mí me daba la impresión de que los míos eran mayores simplemente porque son mis padres. Sus hijos son buena gente. Él siempre los ha animado a que trabajen en lo que les gusta.

Ella lo había deducido por las variadas profesiones que tenían, pero seguía preocupada por cómo iban a reaccionar cuando la conocieran. Las mellizas de Andrew habían establecido un mal precedente y ahora tenía miedo.

—Te caerán bien —aseguró Ed para tranquilizarla, porque entendió lo que la preocupaba—. No son como tus hijastras. —Sus «brujastras» como las llamaban Sophie y Sabrina.

—Hitler y Stalin son los únicos seres humanos que se parecen a mis hijastras. Pero no quiero volver a entrar en conflicto con la familia de otro hombre. No necesito ese tipo de dolores de cabeza. —Había pagado un alto precio por el descuido de Andrew que la dejó a merced de las mellizas.

—Sus hijos son todos muy independientes. Y han visto pasar a varias mujeres —añadió Ed sonriendo.

—No sé si eso me tranquiliza mucho... —dijo riendo por el comentario.

Bob ya se lo había dicho, pero había aclarado que con ella era completamente diferente.

—Bob es una persona muy seria y un buen padre —apuntó Ed.

Andrew también lo fue, pero sus hijas se comportaron de una manera terrible, animadas por su madre.

—Vas a tener que volver a Hong Kong para conocerlos —invitó Ed.

—Bueno, por el momento, eso no va a pasar pronto. Les puede decir perfectamente que estoy confinada hasta la primavera que viene.

Estaba empezando a verlo todo con cierto sentido del humor ahora que sabía que no le podía ocurrir nada peor. No era más que una temporada difícil que tenía que pasar.

—¿Y tú vas a llevar a Kevin a Hong Kong?

—Algún día quizá. Ahora mismo no. Ese es un paso importante y aún no estamos en ese punto. —Solo estaban saliendo, ni siquiera vivían juntos—. Conoció a mis padres en la Semana de la Moda. Eso ya es suficiente por el momento. Pero gracias por invitarlo también a tu cena de Acción de Gracias. Supongo que tus hijas van a ir también.

—Claro.

Sydney llevaba un tiempo preguntándose si Steve invitaría a Sabrina a ir con él a Boston, con su familia, pero hasta el momento no lo había hecho.

—Tú eres el padrino de la relación de Sabrina, no lo olvides —le dijo a Ed, recordándole que fue él quien apareció con el nombre de Steve cuando Sydney necesitó un abogado penalista. Y también había sido Ed quien se los había presentado a Bob y a ella—. Parece que se te da bien lo de hacer de casamentero.

—Con los demás, pero no conmigo —reconoció riendo entre dientes—. Yo tengo que ligar con nuestros becarios.

No obstante, ella sabía, porque él se lo había confesado en una ocasión anterior, que era la primera vez que lo hacía. Había sido muy estricto con la norma de no salir con alguien que trabajara con él y mucho menos con una persona que trabajara directamente a sus órdenes. Hasta que llegó Kevin. En esos casos todo se volvía demasiado incómodo si la relación no iba bien.

—¿Qué haces este fin de semana? —preguntó Sydney.

—Vamos a casa de unos amigos en Connecticut, para ver el cambio de color de las hojas otoñales. Se casaron el año pasado y acaban de adoptar un bebé. Aunque no sé si ese es el modelo que quiero ponerle delante a Kevin. Seguramente para cuando pase el fin de semana, ninguno de los dos tendremos ganas de hacer vida doméstica por un tiempo.

Ed siempre decía que no tenía intención de casarse, aunque tal vez sí que querría hijos algún día, pero para eso aún faltaba mucho tiempo. Ella sabía que esta era la primera relación seria que había tenido desde que su amante se suicidó, años atrás. Él había procurado no comprometerse desde entonces. Pero Kevin, con su inocencia y su dulzura natural, había conseguido traspasar sus barreras de alambre de espino.

—Suena divertido —comentó Sydney con un poco de envidia—. Yo creo que después de todo esto voy a montarme un tenderete en Central Park. Nunca había echado tanto de menos estar en el exterior o caminar por la calle.

—No va a ser para siempre —recordó él.

—Lo sé, y estoy agradecida de estar aquí y no en la cárcel.

Había pensado en ir tachando los días en un calendario, pero después decidió que eso la iba a deprimir y haría que el tiempo pasara más despacio mientras esperaba que acabara el día para poder tachar uno más. Ya había pasado un mes. Solo tenía que aguantar otros cinco.

—¡Que paséis un buen fin de semana! —dijo para despedirse.

Se les estaba haciendo tarde y Ed tenía que volver a casa para preparar la maleta para el viaje.

—Saluda a Bob de mi parte —dijo Ed.

Y en cuanto lo dijo, ella oyó la llave en la cerradura y vio a Bob cruzar la puerta, cargado con un montón de paquetes. Había hecho la compra de camino a casa para que pudieran cocinar algo para cenar, en vez de pedir a alguno de los restaurantes de la ciudad, lo que hacían muy a menudo cuando él estaba allí. Para entonces Sydney ya tenía una larga lista de comidas favoritas y servicios de reparto de comida que utilizaba constantemente.

—¡Hola, Ed! —exclamó Bob y saludó con la mano a la pantalla—. ¿Cómo va todo?

—Genial. Tenemos muchos pedidos. ¿Cuánto tiempo te vas a quedar en Nueva York?

—Una semana, si puedo arreglarlo. Si no, cinco días. ¿Quieres venir a cenar? —preguntó.

Sydney le dio un beso a modo de saludo y él sonrió.

—Me encantaría, pero me voy a pasar el fin de semana fuera. Tal vez el lunes, si sigues aquí.

—Aquí estaré. Que tengas buen fin de semana.

Los tres se despidieron. Bob se quitó el abrigo y sacó toda la compra. Le encantaba verlo al final del día y acurrucarse con él por la noche para hablar, relajarse y tomar una copa de vino. Suponía un contraste maravilloso con las largas noches que pasaba trabajando hasta altas horas cuando estaba sola. Desde que no podía salir, cada vez dormía menos y trabajaba más. Estar atrapada en su casa, en vez de volverla perezosa, estaba teniendo el efecto contrario.

—¿Qué tal te ha ido el día? —le preguntó Sydney mientras le servía una copa de vino tinto.

—Bien —contestó y le sonrió agradecido—. Excepto porque he recibido una llamada de mi hija mayor, Francesca. Dejó su trabajo sin consultármelo y ahora ha pedido un préstamo y se ha endeudado, cosa que tampoco sabía, para abrir su propio restaurante. Tenía un trabajo genial en el mejor restaurante de Hong Kong, uno con tres estrellas Michelin. Pero ahora quiere abrir un bistró, que es un tipo de establecimiento donde no va a poder demostrar su talento y seguro que la va a hacer perder dinero. Creo que ha sido su novio quien la ha convencido para que lo haga. —Miró a Sydney. Parecía preocupado y frustrado—. Mis hijos normalmente me piden consejo, pero al final siempre hacen lo que quieren de todas formas.

—Seguramente nosotros a su edad hacíamos lo mismo. Mis padres odiaban a mi primer marido. A los dos les parecía un vago que se aprovechaba de mí, y tenían razón. Y los dos habían muerto para cuando me casé con Andrew, así que nunca me vieron corregir mi error.

Pero ambos lo habrían pasado mal si hubieran vivido lo suficiente para ver lo que le había sucedido ese último año, en que lo había perdido todo y había acabado encerrada en su apartamento con una pulsera electrónica en el tobillo por orden judicial.

—Supongo que nunca se es lo bastante viejo para fastidiarlo todo —comentó ella con un suspiro y una sonrisa triste.

—Tu único delito es haber sido muy inocente —le recordó Bob—. Paul Zeller sabía lo que hacía. Probablemente te vio como un blanco fácil cuando te contrató y ya tenía el plan pensado desde ese mismo momento. Tú solo le viniste muy bien para sus fines —dijo con tino.

Él calaba muy bien a la gente, mucho mejor que ella. Era más pragmático y menos confiado.

—Yo le estaba muy agradecida por haberme dado trabajo

después de que todas las agencias de empleo me dijeran que nadie me contrataría porque llevaba demasiado tiempo fuera de circulación. Y además se portó muy bien conmigo en el avión.

—Los tipos sin escrúpulos casi siempre parecen muy majos, tal vez demasiado. Si no ¿cómo iban a lograr salirse con la suya? —afirmó, con toda la razón del mundo, y ella asintió.

—¿Y qué vas a hacer con lo de tu hija? —preguntó. Estaba claro que le tenía preocupado.

—Intentaré hablar con ella y convencerla de que dé marcha atrás, pero va a hacer lo que le dé la gana igualmente. No me gusta su novio y ella lo sabe. Es uno de esos vagos con mucho encanto. Ella trabaja mucho, no conoce a mucha gente y es una presa fácil para tipos como ese. Es camarero a media jornada. El resto del tiempo no hace nada, solo se dedica a aprovecharse de ella. Es que los únicos hombres que ve son los que trabajan con ella en la cocina —señaló disgustado, pero después le sonrió a Sydney—. Supongo que eso fue lo que me pasó a mí también. Me enamoré de la mujer equivocada. Mi primera mujer, Helen, era brillante y a mí me fascinaba su inteligencia. Pero nunca me pregunté si sería una buena esposa y una buena madre. Y creo que ella tampoco lo hizo. Yo quería muchos hijos y ella lo aceptó. Cinco años después, se dio cuenta de que no le gustaba estar casada y que no tenía instinto maternal, así que se largó. Y el único sorprendido fui yo. Y más tarde me casé con mi segunda mujer, Brigid, porque tenía un cuerpo espectacular y yo me sentía como una verdadera estrella cuando estaba con ella. Brigid se dio cuenta de todo eso en seis meses, cuando yo todavía le estaba comprando joyas y biquinis.

Ahora podía reírse de sí mismo, pero en el momento no le pareció tan gracioso. Se quedó perplejo, humillado y con el corazón roto. No tenía problema en admitirlo ahora y ya se lo había dicho a Sydney antes.

—No podían haber sido más diferentes. Helen y yo seguimos siendo buenos amigos hoy en día. Sin embargo, no sé nada de Brigid, como si hubiese desaparecido de la faz de la tierra. Alguien me comentó que estaba en la India, haciendo películas de bajo presupuesto, y la verdad es que no me extrañaría. Pero, sin duda, eran dos mujeres completamente opuestas.

—También lo eran Patrick y Andrew. Mi primer marido era un irresponsable y Andrew, en cambio, era el hombre más responsable que he conocido.

Bob pensó que si lo hubiera sido tanto como pensaba ella no estaría viviendo en un apartamento que era más pequeño que la jaula de un canario, ni ganándose la vida como podía. Y sabía que ella era perfectamente consciente de ese detalle, así que no quiso decir nada ni criticar a su difunto marido para no entristecerla.

—Iré a hablar con Francesca cuando vuelva a casa. Al menos si accede a que le preste dinero, no tendrá que endeudarse hasta el cuello. Pero es muy independiente y no creo que acepte mi ayuda. No debería haber dejado su trabajo.

—Yo lo pasé mal cuando Sabrina se negó a volver a su antiguo trabajo, después de que la despidieran por mi culpa. Temía que le pusieran las cosas difíciles con una cláusula anticompetencia. Pero al final salió mejor de lo que esperábamos. Si se parece un poco a su padre, estoy seguro de que Francesca logrará salir adelante —aseguró y sonrió.

—No sabía que, a pesar de ser ya adultos, me iba a seguir preocupando tanto por ellos. Era mucho más fácil cuando eran pequeños.

Su hijo, Dorian, estuvo metido en el mundo de las drogas durante un año, cuando era universitario, y tuvo que ir a rehabilitación, pero no había tenido ningún problema desde entonces. También eso se lo había contado a Sydney.

—Hace falta mucho valor para tener hijos —continuó—. Yo los adoro, pero ahora no tendría agallas para hacer otra vez lo que hice con ellos, ni para tener más hijos. Me preocupa estar haciéndolo todo mal y darles malos consejos basados en mis propios errores y miedos. Cada vez que mi hijo empieza a salir con alguna chica exuberante, yo pienso en Brigid y le digo que huya. Hace poco me dijo que solo apruebo a las mujeres poco atractivas y que si encontrara una chica con bigote que fuera más fea que Picio, yo estaría encantado. —Rio entre dientes sin dejar de mirar a Sydney—. Y lo he pensado en profundidad y tiene razón. Tú eres la única mujer guapa que no me asusta.

Sabía por boca de Ed que había habido muchas mujeres hermosas en su vida después de Brigid, pero que nunca se trató de nada serio. Por eso en Hong Kong tenía fama de mujeriego y lo consideraban un soltero de oro.

—Pues no tienes nada que temer de mí —lo tranquilizó y le dio un beso—. Aparte de lo mal que cocino. Lo único que sé hacer es el pavo de Navidad y Acción de Gracias y los tacos —confesó y él soltó una carcajada.

—A mí me parece bien. Y además, tengo una solución para ese problema —dijo dejando su copa en la mesita—. Yo prepararé la cena.

—Ya veo que no confías en mí —contestó ella, fingiendo que se sentía insultada.

No destacaba precisamente por sus habilidades culinarias y ya se lo había demostrado a él en varias ocasiones.

—En la cocina no, la verdad. Eres la única persona que conozco que es capaz de quemar la pasta —se burló y ella tuvo que reírse.

—Algo de razón tienes, pero espera a probar mi pavo —aconsejó y los dos fueron a preparar la cena juntos.

Él cocinó unos filetes excelentes mientras ella se encargaba de la ensalada, que era lo único que tomaba de todas formas. Estaba delgada porque, al igual que sus hijas, no comía mucho y vigilaba su peso. La moda era una amante dura y la gente que trabajaba en ese mundo eran unos jueces severos y crueles. Los diseñadores tenían que estar tan delgados como las modelos y la mayoría lo estaban. Ed, por ejemplo. Bob no había visto ni una persona con una talla normal en la industria desde que empezó a salir con ella. Su hija, la pintora que vivía en Shangai, era delgadísima también. La chef y la estudiante de medicina tenían unos hábitos alimenticios más normales. Pero Bob estaba fibroso, muy atlético y se mantenía en buena forma. Él decía que era porque no le gustaba la comida de avión y se pasaba gran parte de su tiempo viajando en ellos, pero ella sabía que tenía un entrenador en Hong Kong, que nadaba en su club cuando podía y también cuando iba a algún hotel que tenía piscina.

Sydney estaba entrenando mucho últimamente. La profesora de ballet que le daba clases por Skype, y que le había recomendado Sophie, había demostrado ser dura y exigente. Tenía entre sus clientes varias modelos y mujeres que viajaban mucho y que no podían ir a la clase de forma presencial. El negocio de las clases personalizadas por Skype le iba muy bien y Sydney ya había empezado a ver cambios en su cuerpo delgado. Hacer algo de ejercicio mientras estaba confinada en el apartamento, sin poder siquiera salir a dar un paseo, la hacía sentir más saludable. Y correr sin moverse del sitio era muy aburrido.

Bob y ella vieron una película esa noche y se fueron a la cama pronto. Él salió a correr a la mañana siguiente, nada más levantarse, y volvió con una bolsa de cruasanes y brioches rellenos de chocolate.

—¡Pero esto no es justo! —se quejó ella.

Acababa de salir de la ducha y se estaba secando el pelo. Llevaba unos vaqueros rosas y un jersey del mismo color y parecía un soplo de primavera en contraste con el tiempo invernal que hacía afuera.

—Te vas a correr mientras yo me quedo aquí sentada, poniéndome gorda, ¿y después me tientas con cruasanes? Espero que te gusten las mujeres rechonchas —le regañó con tono acusatorio, pero se estaba comiendo uno de los bollos con chocolate mientras lo decía, así que él solo pudo reírse.

Estaba contento de estar encerrado en el apartamento con ella. Cuando Sydney no estaba trabajando jugaban al Scrabble, a las cartas o al dado mentiroso y ella se mostraba eufórica cuando le ganaba. A veces simplemente se tumbaban en el sofá y leían. Cuando iba a la ciudad siempre salía a comprarle un montón de libros y, cuando él estaba de viaje, Sydney pedía los últimos best sellers por internet. Se estaban adaptando bien a la vida de arresto y él no dejaba de asegurar que no le importaba. Con Sydney todo le parecía divertido. Cuando él no estaba allí, ella trabajaba sin parar.

Ed fue a cenar con ellos el lunes, tal y como les había prometido, pero Kevin no le acompañó, porque tenía una clase que acababa tarde y un examen al día siguiente. Sydney le enseñó unos nuevos bocetos que había estado desarrollando y Ed le hizo algunas sugerencias que le gustaron. Acostumbraban a intercambiar ideas para mejorar el trabajo del otro. Y además él tenía buenas noticias ese día. Una cadena de tiendas asiática les había hecho un pedido enorme.

—Deberíais abrir una tienda en Hong Kong —sugirió Bob durante la cena.

Tenían unos platos con comida mejicana en equilibrio sobre las rodillas, porque su mesa de dibujo estaba cubierta por sus diseños. Sydney había preparado los tacos y Bob tuvo que admitir que eran excelentes.

—Ya lo había pensado —contestó Ed, muy serio—. Pero no sé si es mejor abrir una aquí primero. Muchos de los grandes diseñadores están abriendo tiendas en Pekín, pero si queremos hacer algo en Asia, yo prefiero Hong Kong —explicó, pensativo.

Sydney y él habían hablado del tema, pero ambos estaban de acuerdo en que aún no estaban listos para eso. Por ahora les iba bien con las ventas en los grandes almacenes de Estados Unidos, sin tener que asumir los costes indirectos y la reforma que haría falta para poner una tienda propia en Nueva York. Aunque estaba en sus planes a medio plazo, no lo iban a hacer en ese momento.

—Pues yo creo que abrir mercado en Hong Kong es una gran idea —comentó Bob, sonriéndoles a los dos—. Aunque admito que tengo intereses ocultos.

Estaba intentando encontrar una excusa para que Sydney tuviera que ir a Hong Kong regularmente cuando cumpliera el tiempo de su arresto, más allá de para ir a verlo a él. Él sabía que el trabajo era lo que marcaba el ritmo de su vida y que nunca iba a conseguir que fuera, o al menos no a menudo, si no tenía algo que hacer allí. Pero tenían tiempo para arreglar eso, porque durante los siguientes cinco meses era algo que quedaba fuera de toda discusión.

Ed se quedó hasta tarde esa noche y no pararon de hablar tras la cena. La llamó a la mañana siguiente para darle las gracias y charlar un poco más.

—Se os ve muy bien a los dos juntos —comentó.

—Estamos muy bien —confirmó ella—. Tal vez sea porque no estamos juntos todo el tiempo. Eso mantiene viva la chispa.

—Me preocupa eso con Kevin. Quiere que vivamos juntos, pero tal vez así nos aburramos el uno del otro. Es demasiado pronto de todas formas.

—¿Qué tal vuestro fin de semana, por cierto? —Se le había olvidado preguntárselo la noche anterior.

—Oh, Dios mío, mis amigos están completamente histéricos. Creo que llevaron al pobre niño a urgencias todos los días para asegurarse de que aún respiraba. Tienen monitores con pantallas por toda la casa. Yo estaba de los nervios cuando nos fuimos. Creían que el niño tenía fiebre y llamaron al médico tres veces el domingo. Creo que simplemente le habían puesto demasiados jerséis de cachemira y lo habían tapado con muchas mantas. Sin duda no estoy listo para algo así.

Ella rio. Pensar en dos hombres gais volviéndose locos para garantizar el bienestar de un bebé le parecía muy bonito, pero quizá fueran demasiado intensos, como muchos padres primerizos. A veces se preguntaba cuándo empezarían Sabrina y Sophie a pensar en tener hijos, si es que querían vivir esa experiencia. Estaban tan absorbidas por su trabajo, que no había sitio para un bebé en la vida de ninguna de las dos. Seguro que ni siquiera se les había pasado por la cabeza. Y ella tampoco se sentía preparada para ser abuela con solo cincuenta años. Cuando Kellie tuvo a sus hijos, ella creyó que eso le dulcificaría el carácter y que mejoraría su relación con ella, pero no fue así. No hizo más que empeorarla. No permitía que Sydney se acercara a sus hijos, solo se los dejaba a su padre. No cambió nada.

Ed y ella hablaron de trabajo unos minutos y decidieron concertar una reunión de diseño en la que se vieran cara a cara otro día de esa semana. Bob se fue el miércoles. Tenía que volver a Hong Kong para unas reuniones y además quería ver a su hija para intentar convencerla de que estaba cometiendo un error con lo del bistró y la enorme deuda.

Bob prometió volver cuatro semanas después. Tenía mucho que hacer hasta entonces, pero iba a intentar estar allí el día de Acción de Gracias, porque sabía que significaba mucho para ella. A Sydney el apartamento le parecía vacío y triste cuando él se iba. El silencio la invadía por la noche mientras estaba tumbada en la cama sola, sin él. Se levantó, se hizo una manzanilla y se sentó a mirar la calle silenciosa por la ventana. Él ya estaría en el avión. Pensó en cómo se habían entrelazado profundamente sus vidas y esperó que hubieran hecho bien. Era muy fácil quererlo y hacían una buena pareja. Pero ¿qué iba a pasar después? ¿Hasta dónde podría llegar su relación si él vivía en Hong Kong y ella en Nueva York? Los dos tenían hijos que necesitaban de su atención y energía, aunque ya fueran mayores. También tenían unas carreras profesionales exigentes y, a la larga, vivir en dos continentes diferentes iba a hacer que la relación necesitara dedicación y trabajo. Pero ahora ella lo quería y se llevaban realmente bien. Se preguntó qué pasaría. Mientras miraba por la ventana se puso a nevar. Ella no podía ver el futuro y no tenía respuestas mientras observaba cómo una gruesa capa blanca iba cubriendo en silencio Nueva York. Abrió la ventana de par en par a pesar del frío y sacó la mano para poder sentir la nieve. Mientras le caían los copos en la palma siguió pensando en el hombre que amaba y soñando con el día en que por fin podría volver a salir a la calle con él a su lado.

16

Sydney y Ed trabajaron mucho en noviembre, perfeccionando sus prendas para la nueva colección que iban a presentar durante la Semana de la Moda en febrero. Iban a buen ritmo. Seleccionaron las telas entre los dos e hicieron un pedido especial de unas cuantas con texturas y diseños interesantes que tenían que hacer específicamente para ellos. Estaban desarrollando su propio estilo característico y ambos tenían la sensación de que creativamente estaban llegando más lejos que nunca y que el trabajo del otro mejoraba el suyo. Formaban un gran equipo.

Bob y ella hablaban cuando podían y conversaban un poco de todo: de su trabajo, sus vidas, sus miedos, sus sueños, sus hijos. Él estaba contrariado porque no había podido convencer a su hija de que no abriera el bistró. Francesca iba a seguir con sus planes, asumiendo una gran deuda, y se había negado a aceptar la ayuda de su padre. Aparte de eso, a sus hijos les iba bien y todos pasarían la Navidad con él. Todavía tenía intención de ir a Nueva York para estar con Sydney en Acción de Gracias. La distancia estaba empezando a hacer mella en ambos y Sydney a veces estaba muy triste. Las noches se le hacían muy largas y solitarias, excepto cuando las pasaba trabajando, y el apartamento cada vez le resultaba más claustrofóbico. Llevaba encerrada más de dos meses cuando él volvió para pasar Acción de Gracias en Nueva York. Los meses que le quedaban por delante sin poder salir se le iban a hacer muy cuesta arriba. Había hecho bastante mal tiempo, pero eso no había supuesto ninguna diferencia para ella. Habría dado cualquier cosa por salir a pasear bajo la lluvia, el aguanieve o incluso la nieve.

Ella lo esperaba ansiosa cuando llegó, el día antes de Acción de Gracias, y se lanzó a sus brazos en cuanto cruzó la puerta. Él la abrazó fuerte, le acarició el pelo sedoso y se quedó sin palabras un momento.

—Dios, cuánto te he echado de menos, Sydney.

Solo había sido un mes, pero para ambos era como si hubieran pasado mil años. Él había tenido mucho trabajo en Hong Kong y había hecho varios viajes breves por Asia. Para Sydney aumentaba la tensión a medida que se acercaba el siguiente desfile y surgían los problemas habituales de producción, los desastres con las telas, los retrasos... todas esas cosas que eran habituales en su negocio. Ed y ella habían pasado muchas horas conectados a sus pantallas para resolver aquellas cuestiones y, ahora que se acercaba la Semana de la Moda, él iba a su casa casi todos los días. Quedaban menos de doce semanas, pero algunas fábricas textiles cerraban por las fiestas y habría retrasos en las entregas.

Fue un gran alivio para ella volver a ver a Bob y poder abrazarlo, tocarlo y hacer el amor con él sin interrupciones, complicadas diferencias horarias, ni otras exigencias de sus agotadoras vidas. Ya sentían como si lo supieran todo el uno del otro. Él incluso se había dado una vuelta por su apartamento de Hong Kong con el ordenador en la mano para que ella pudiera verlo. Era precioso, las obras de arte impresionantes y las vistas magníficas. Él tenía un gusto muy diferente al de Andrew, más moderno, y en cierta forma más parecido al de ella. Bob estaba deseando que Sydney fuera a verlo a Hong Kong y ella quería ir cuando la liberaran en marzo, algo que parecía estar todavía muy lejos.

Se quedaron despiertos hasta tarde la noche que él llegó y ella salió de la cama sin hacer ruido a las seis de la mañana, para empezar los preparativos de la cena. Al mirar por la ventana vio que estaba nevando otra vez. Antes de irse a la cocina se quedó un momento en el dormitorio y sonrió al verlo profundamente dormido en su cama, desnudo después de que hicieran el amor la noche anterior. Tenía los ojos cerrados y el pelo alborotado. Era una imagen impresionante. Entonces oyó esa voz ronca que tenía por la mañana, que siempre hacía que el estómago le diera un gran vuelco. Estaba más enamorada de él que nunca. Y el tiempo que pasaban separados solo servía para unirlos más.

—Haz el favor de volver a meterte en la cama —gruñó, sin abrir los ojos, con una voz sexi e irresistible.

Ella se quitó la bata y la dejó caer al suelo, se metió bajo las mantas a su lado y apretó su cuerpo contra el de él. Bob se giró, la besó y Sydney sintió la dura prueba de su pasión empujando contra ella.

—Te quiero —dijo, abrió los ojos y los dos se miraron—. Por la mañana estás preciosa —añadió, admirándola un momento.

—Estás loco, pero yo también te quiero —susurró.

Y empezaron a hacer el amor. Después ella se quedó otra vez dormida en sus brazos. Él estaba cansado del viaje, pero feliz de volver a estar en la cama con ella. Habría hecho un viaje el doble de largo para estar allí, así.

A mediodía él ya se había levantado y andaba por el apartamento mientras ella, con su bata de cachemira rosa y descalza, se ocupaba de untar con mantequilla el pavo. Se había traído consigo esa bata de su anterior casa; ahora no podría permitirse comprarse una como esa. Era su favorita, sobre todo desde que vivía en ese apartamento lleno de corrientes. Cuando fuera soplaba el viento helado, en el apartamento se notaba. Pero ella nunca tenía frío en los brazos de Bob. Él llevaba una bata de seda que se había traído y se le veía muy sofisticado a pesar de estar despeinado y sin afeitar.

—¿A qué hora llegarán los invitados? —preguntó cuando ella le dio una taza de café que había preparado con la moderna máquina de capuchino que él le había regalado para que no echara de menos su visita diaria a Starbucks para comprar un *caffè latte* con canela y espuma de leche desnatada. Se había hecho una experta en hacérselo ella misma.

—Les he dicho que vengan a las cinco. Y está previsto que cenemos sobre las seis o seis y media.

Él asintió. Nunca había pasado el día de Acción de Gracias en Estados Unidos, aunque tenía amigos estadounidenses en Hong Kong que le habían invitado muchas veces a sus celebraciones. Pero esta era la de verdad.

—¿Los habituales? —volvió a preguntar y ella asintió.

—Sabrina y Steve —que formaban una pareja perfecta y se habían vuelto inseparables ese último año, desde que arrestaron a Sydney. Él era lo único bueno que habían sacado de esa experiencia Sabrina y ella, y se alegraba de verlos tan felices. Habían decidido empezar a vivir juntos ese verano y las cosas parecía que les iban bien—, Sophie y Grayson, nosotros dos... Y Ed va a traer a Kevin, y supongo que eso es un gran paso. Nunca va acompañado a las celebraciones de las fiestas, pero ahora dice que se siente preparado y Kevin está emocionado. —Solo era unos años más joven que Sophie, así que encajaría con ellos, y además todos tenían en común el mundo del diseño y de la moda.

—¿Hay que ponerse muy elegante? —preguntó Bob y ella sonrió.

—La verdad es que a mí me gustas tal y como estás ahora —dijo con una mirada traviesa—, pero puedes ponerte pantalones de esport y una chaqueta. Los más jóvenes, Grayson y probablemente Kevin, llevarán vaqueros. —Hasta entonces solo había visto a Kevin con vaqueros, camisetas y zapatillas tanto en el trabajo como cuando iba con Ed a alguna parte—. Pero no hace falta que te pongas corbata.

—Tengo una si es necesario.

Pero ella negó con la cabeza. Sabía que Sabrina se pondría algo elegante y Sophie algo informal, moderna y sexi, en su línea. Sydney pensaba vestir unos pantalones blancos y una blusa ligera de seda también blanca con grandes mangas, algo quizá un poco arriesgado teniendo en cuenta que tenía que cocinar. Pero para la hora de la cena ya estaría todo hecho. Iba a preparar todos los platos típicos tradiciones: coles de Bruselas, espinacas con crema, zanahorias, boniatos con malvavisco, el pavo relleno, gelatina de arándanos y galletas calientes. Y el día anterior encargó tres pasteles: uno de manzana, otro de frutas secas y un tercero de calabaza, que tomarían con helado. Era mucha comida para esa cocina tan diminuta, así que estaba muy orgullosa de sí misma. Estaba decidida a que fuera una noche memorable para todos. Tenían mucho que agradecer ese año: la aparición de Bob en su vida, su nueva empresa con Ed y que ella no hubiera acabado en la cárcel.

Pasaron una tarde tranquila en la que ella no paró de hacer cosas en la cocina, sin dejar de consultar a cada paso su libro de recetas favorito. Seguía nevando. Todo estaba ya preparado a las cinco, cuando tenían que empezar a llegar los invitados. Sydney, con sus pantalones blancos y su bonita blusa inmaculada, parecía que no había hecho nada en toda la tarde. Bob abrió un Château Margaux que había comprado para que respirara un poco, porque no tenían decantadores para servirlo y tendrían que hacerlo directamente de la botella. Ella se había dejado toda su cristalería en Connecticut, le explicó cuando él le preguntó si tenía un decantador. Bob prometió que compraría un par para la próxima vez que dieran una cena, probablemente durante los días posteriores a Navidad, porque él tenía previsto pasar ese día con sus hijos en Hong Kong.

Cuando la gente empezó a llegar, él parecía muy orgulloso de recibirlos junto a ella y quedó claro que tenía intención de hacer las funciones de anfitrión.

Sabrina y Steve fueron los primeros y les informaron de que fuera hacía un frío que pelaba. Ella llevaba botas de nieve, porque había estado nevando todo el día, como dejaba claro la capa blanca de varios centímetros que cubría el suelo, y parecía que esta iba a seguir aumentando. Se los veía muy felices a los dos. Sabrina llevaba un vestido corto rojo, nada propio de ella, que siempre solía ir vestida de negro. Su madre le dijo que le gustaba mucho y Steve la miró sonriendo, completamente embelesado. Era una imagen muy bonita y a Sydney le emocionó. Steve era exactamente el tipo de hombre que siempre había querido para Sabrina: serio, estable, tan trabajador como ella y que la adorara. Tenía muchas esperanzas para Sophie también, pero con veinticinco años todavía era demasiado joven para sentar la cabeza. Solo esperaba que dejara a Grayson y que encontrara a alguien que fuera más divertido y que cuidara de ella.

Sophie fue la siguiente en llegar, pero venía sola.

—¿Dónde está Grayson? —preguntó su madre—. ¿Está enfermo?

Sophie dudó un momento antes de responder y pareció incómoda.

—No va a venir. Decidimos... dejarlo hace un par de semanas. Es una persona maravillosa, pero sus problemas lo complican todo demasiado.

Todos sabían que era cierto y aunque Sydney no lo dijo, se sintió aliviada. Ahora Sophie podría encontrar alguien con menos cargas emocionales. Su relación con Grayson había sido dura, por muy buena persona que él fuera.

—Creo que has tomado la decisión correcta —intentó consolarla, comprensiva.

—Fue más decisión suya que mía —admitió Sophie.

Sabrina lo sabía, pero no se lo habían contado aún a su madre. Sophie quería estar segura primero de que era definitivo, pero ahora se daba cuenta de que su madre tenía razón. Grayson pareció aliviado cuando lo hablaron. No quería la presión que suponía una relación. Le dijo que era demasiado para él, por mucho que la quisiera, que le aseguró que así era. Sophie también lo quería, pero se había convertido en un lastre para ella con todos sus problemas, sus rarezas y sus cicatrices.

Las dos chicas se pusieron a charlar con Bob y Steve. Ed llegó unos minutos después con Kevin. A Sydney le impresionó su estilo. Parecía un modelo con un traje negro ceñido, jersey negro y botas.

—¿Lo has vestido tú? —le preguntó a Ed en un susurro cuando él pasó por la cocina, donde ella estaba preparando varias cosas.

Bob se estaba encargando de servirles vino a todos. Ed rio al oír la pregunta.

—No, él se las arregla muy bien solito. Se le ve muy adulto hoy. Antes era modelo.

—Está guapísimo —reconoció Sydney, impresionada.

Eran una pareja de hombres muy atractivos y, con la ropa adecuada, los ocho años de diferencia que había entre ellos apenas se notaban. Los otros dos hombres iban vestidos de una forma más tradicional, con americanas y pantalones de esport de franela gris. A Sydney le pareció que Bob estaba especialmente guapo y que mostraba un aire muy británico. Tenía un evidente estilo europeo que a ella le encantaba.

Todos se sentaron a cenar a las seis y media. Sydney había cubierto su mesa de dibujo con un mantel blanco con servilletas del mismo color, que había pedido por internet y, con toda la comida que había, nadie se fijó en que los platos de la vajilla del apartamento no hacían juego. Sabrina le había prestado unos cuantos cuencos y fuentes la semana anterior. Todos elogiaron su comida y el pavo estaba delicioso. Incluso había preparado una salsa para acompañarlo. Se había esforzado mucho en que el pavo no quedara seco y en que todo saliera bien.

—Tengo que rectificar —comentó Bob, asombrado—. ¡Eres una cocinera excepcional!

Sydney sabía que eso no era cierto, pero le encantó oírselo decir. La cena estaba deliciosa y vio que todos se lo estaban pasando bien. Sabrina y Bob estaban enfrascados en una conversación muy animada y todos se mostraron muy cariñosos con Sophie, que parecía un poco triste sin Grayson. Él había sido su protegido durante mucho tiempo pero, incluso en el mejor de los casos, era una persona muy difícil. Sydney estaba segura de que a su hija le iría mejor sin él, pero sabía que Sophie lo iba a echar de menos porque lo quería y sentía lástima por el pobre Grayson. Su infancia lo había dejado muy perjudicado y eso era muy triste.

Bob hizo que el vino corriera a raudales durante toda la cena. En cierto momento, después de que Sydney sacara los pasteles y el helado y Bob sirviera otra ronda de vino, Sabrina miró nerviosa al pequeño grupo allí congregado y seguidamente a Steve. Bob se fijó en esa mirada y dedujo lo que iba a pasar, pero Sydney estaba demasiado ocupada sirviendo el helado para darse cuenta de nada hasta que Sabrina dijo que tenía algo que anunciar. Sydney dejó de hacer lo que estaba haciendo, se quedó clavada en el sitio y se sentó.

—Nos vamos a casar —soltó Sabrina sin rodeos, sonriéndoles a todos.

Sydney la miró fijamente. Sabía que debería habérselo esperado, pero la había pillado por sorpresa. Parecía que la gente ya no se casaba. Simplemente se iban a vivir juntos y tenían hijos sin pasar por el matrimonio. Aunque eso era justo lo que deseaba para su hija: un marido maravilloso que estuviera pendiente de ella. Sabrina parecía exultante. Steve la besó y la miró como un niño feliz, pero un momento después se volvió hacia su futura suegra con cara de disculpa.

—Sé que debería habértelo preguntado a ti primero —reconoció, arrepentido—. Pero no sé cómo se me escapó hace unos días, en una fiesta de compromiso a la que fuimos. ¿Te parece bien? —le preguntó a Sydney, preocupado.

Ella se levantó y le dio un gran abrazo. Habría sido de agradecer por su parte que se lo hubiera preguntado, o al menos que la hubiera avisado, pero dudaba que se siguiera haciendo lo de pedir permiso a los padres con antelación y de todas formas ella creía que eran perfectos el uno para el otro.

—Yo lo apruebo sin reservas. Los dos tenéis mi bendición —exclamó con los ojos llenos de lágrimas, muy conmovida—. Si Sabrina va a sacar de todo esto un marido maravilloso, ha merecido la pena que me arrestaran y que estuviera a punto de ir a la cárcel —aseguró y lo decía muy en serio.

Todos en la mesa se echaron a reír y los felicitaron. Sabrina tenía veintiocho años, era económicamente independiente y tenía una carrera meteórica, igual que él. Steve tenía diez años más que ella. Cuando lo comentó con Bob, más tarde, los dos estuvieron de acuerdo de que todo en esa unión les parecía bien.

Habían decidido casarse en junio y que fuera una boda íntima. Eso le recordó a Sydney su difícil situación financiera. Hasta un año y medio antes ella le habría preparado una magnífica celebración y Andrew habría querido hacer del día un acontecimiento espectacular. Y probablemente lo habrían celebrado en su casa. Ahora iba a ser difícil hacer otra cosa que no fuera un convite sencillo y con poca gente, con un presupuesto muy limitado. Sydney se puso triste al pensar que no iba a poder darle a su hija su boda soñada. Todavía le debía dinero del juicio. Toda su vida, desde que era pequeña, Sabrina había soñado con tener una gran boda de estilo clásico, pero ahora no tenía esa opción. Y Sydney no quería que Sabrina la pagara de su bolsillo. Iba a ser un reto al que se tendría que enfrentar en los próximos meses. Bob notó que estaba preocupada por algo, pero no se le ocurrió por qué, teniendo en cuenta que el novio le gustaba mucho. Decidió que se lo preguntaría más tarde, cuando se quedaran solos.

Durante el resto de la cena, la conversación giró alrededor de la pareja y sus planes. Como todo era muy reciente y todavía quedaban siete meses para la boda, no habían organizado nada aún.

—Pues el vestido de la novia lo vamos a hacer nosotros, no hay discusión posible —anunció Ed inmediatamente y Sabrina aceptó encantada—. ¿Vas a tener damas de honor? —preguntó Ed.

Ella dijo que no lo había decidido aún, pero que creía que prefería que solo estuviera Sophie como dama de honor. Era Sophie la que siempre había dicho que quería un boda sencilla, si es que se casaba. Todo esto era nuevo en Sabrina, que había cambiado de planes radicalmente, y Sydney sospechó que lo había hecho pensando en ella.

—Pues también haremos su vestido —continuó Ed—. Y el de tu madre —añadió mirando a Sydney—. ¡Oh, me encantan las bodas! —exclamó feliz y aplaudiendo, lo que hizo reír a todos—. ¿Cuándo empezamos? Quería hacer un vestido de novia para nuestra primera colección, pero no había tiempo. ¡Esto va a ser fabuloso!

Él había diseñado trajes de novia en Dior, pero no había podido volver a hacerlo desde entonces. El nivel de decibelios de la conversación de la mesa subió y Bob sacó dos botellas de champán, que había comprado para bebérselas con Sydney, y el resto de la velada se convirtió en una animada celebración.

—¿Y quién va a llevarte al altar? —preguntó Ed, ya obsesionado con todos los aspectos de la boda. Les dijo que conocía a un florista nuevo fantástico, hizo sugerencias de lugares para celebrarlo...

Sabrina parecía no saber qué contestar a su pregunta de quién la iba a llevar al altar. Ahora que Andrew no estaba, no había ningún otro hombre importante en la vida de Sabrina, excepto su futuro marido. Su padre hacía mucho que había muerto y no tenía hermanos ni otros parientes masculinos.

—Mi madre, supongo —contestó Sabrina, dubitativa.

Ella era la única persona importante en su vida. Sydney pareció muy emocionada.

—Pues no sé si eso quedaría muy bien... —comentó Ed, preocupado por las implicaciones en cuanto a la moda y la imagen que tendría el hecho de que fueran dos mujeres caminando juntas por el pasillo.

—Yo estaría encantado de llevarte al altar, si tú quieres —ofreció Bob con una voz clara y tranquila.

Sabrina se quedó desconcertada, pero no rechazó el ofrecimiento. A Sydney volvieron a llenársele los ojos de lágrimas. La vida tenía una extraña forma de darles justo lo que necesitaban, aunque llegara del sitio más inesperado. No tenía forma de saber si ella y Bob seguirían juntos dentro de siete meses, aunque esperaba que así fuera. Pero la conmovió mucho que se ofreciera para algo tan importante y a Sabrina también. Era un buen hombre.

—Eso estaría muy bien —aceptó Sabrina—. Gracias, Bob.

—Esa imagen me gusta mucho más —confirmó Ed, que obviamente se había autodesignado organizador oficial, provocando la risa de todos—. Y me gustan las bodas pequeñas también. En las grandes no puedes hablar con nadie. Es todo como una feria de ganado enorme en la que todo el mundo simplemente va de acá para allá. ¿Y qué tipo de tarta? ¿Qué tal de chocolate con cobertura de vainilla? Sirvieron una increíble en la boda de Jack y Tom. Puedo preguntarles qué pastelero se la hizo. —Ed ya había cogido impulso.

Sydney se inclinó, le dio un beso en la mejilla a su socio y no pudo resistirse a bromear sobre el tema.

—Serías una fantástica madre de la novia y, de paso, organizador de bodas. Creo que deberíamos empezar a hacer trajes de novia.

—Me encantaría —reconoció—. Pero nadie nos va a tomar en serio. Yo no soy Vera Wang —afirmó y todos rieron.

Con su anuncio Sabrina había añadido un elemento de celebración a la cena de Acción de Gracias y Steve no dejó de sonreír durante el resto de la noche. Se le veía feliz y orgulloso.

Todos bebieron más cuando Bob sacó el champán para festejar el compromiso y se fueron muy contentos. Sydney le dio un fuerte y largo abrazo a su hija y le dijo que estaba muy feliz por ella. También le dio a Steve un gran abrazo cuando se despidió de él. Sophie se fue con ellos, porque se ofrecieron a dejarla en su casa.

—Vaya, ha resultado ser una noche muy especial —comentó Bob, impresionado. Todos se lo habían pasado estupendamente—. Va a ser difícil superar esto. He elegido el mejor año para empezar a venir a celebrar Acción de Gracias contigo. —La besó y la miró a los ojos, inquisitivo—. ¿Estás contenta con el compromiso? —Le parecía que sí, pero seguía sospechando que le preocupaba algo.

—Sí, no podría estar más contenta. Es un chico estupendo y se quieren mucho. Nunca se sabe qué matrimonios van a funcionar y cuáles no, pero creo que forman una pareja increíble.

—Pero en algún momento me ha parecido verte triste o preocupada. —No sabía cuál de las dos emociones había percibido en su rostro.

Ella dudó. No estaba segura de si debía compartir esos

pensamientos tan íntimos con él y no quería que creyera que le estaba pidiendo ayuda.

—No puedo darle el tipo de boda que ella siempre quiso. Aunque ahora dice que prefiere una boda íntima, ella desde niña siempre ha soñado con una boda por todo lo alto. Pero no puedo permitírmelo y no quiero que la pague ella. Creo que ahora ha cambiado de idea porque está pensando en mí. —Volvió a sentirse fatal por no poder hacer realidad los sueños de su hija.

—¿Te puedo ayudar de alguna manera? —se ofreció Bob, pero ella negó con la cabeza.

—No puedo permitirlo. No estaría bien, pero te lo agradezco. —Le sonrió con cariño—. Y gracias por ofrecerte a llevarla al altar. Ha sido muy amable por tu parte. —Estaba muy conmovida por su amabilidad y generosidad.

—No quiero traspasar ninguna línea, pero estoy dispuesto a hacer lo que ella quiera y tú me permitas —contestó y ella vio que lo decía en serio—. Tal vez haya cambiado de opinión sobre lo de celebrar una boda por todo lo alto —comentó, reflexivo.

Fuera como fuese, no tenía otra opción. Incluso una boda íntima iba a resultar un gran esfuerzo para ella. Que Ed se encargara de los vestidos iba a suponer un gran ahorro. Los vestidos de novia bonitos, sobre todo uno como el que iba a querer Sabrina, costaban una fortuna.

Bob abrazó a Sydney y la apretó contra su cuerpo durante un buen rato. Sabía que ella era demasiado estricta y orgullosa para aceptar ayuda económica, pero él estaba más que dispuesto a echarle una mano. Y solo saber eso, y que lo tendría a su lado en la boda de su hija, ya suponía un enorme regalo para ella. Fuera grande o pequeña, la boda iba a ser un acontecimiento feliz.

Al día siguiente recogieron los platos de la cena y los dos se quedaron sorprendidos de la cantidad de vino que habían bebido, pero había habido muchas cosas que celebrar y nadie salió de allí demasiado perjudicado. La velada había sido un gran éxito. Para la hora de comer ya tenían el apartamento limpio. Bob siempre era de gran ayuda. Siguió nevando todo el día; ya se había acumulado más de medio metro en el suelo y eso paralizó la ciudad. Los dos estaban felices de estar juntos en casa leyendo, viendo películas o jugando a diferentes juegos. Se alimentaron de las sobras de la cena durante tres días. Ed estuvo todo el fin de semana enviándole correos electrónicos sobre posibles diseños de vestido de novia y eso le arrancó más de una sonrisa. Estaba eufórico con la noticia de la boda y el encargo de hacerle el vestido de Sabrina.

El lunes Sydney retomó el trabajo en su colección y Bob regresó a Hong Kong, pero les envió a Sabrina y a Steve un marco de plata de Tiffany precioso como regalo de compromiso antes de irse de la ciudad. Volvería a Nueva York al cabo de un mes, justo después de pasar la Navidad con sus hijos, para pasar Año Nuevo con Sydney y esperaba poder quedarse más tiempo en esa ocasión.

El lunes Sydney tuvo una conversación muy seria con Sabrina sobre los preparativos. Lo primero que hizo fue disculparse por no poder pagarle la gran boda que ella siempre había querido.

—Pero no es lo que quiero ahora, mamá —aseguró y sonaba sincera—. Ya soy adulta y no necesito toda la pompa, la ceremonia y la ostentación. Solo quiero que vengáis Sophie y tú, nuestros amigos íntimos y la familia de Steve. No necesito más. No te preocupes por eso.

Cuando oyó a Sabrina decir eso, Sydney sintió que se quitaba un enorme peso de encima.

El lunes siguiente al fin de semana de Acción de Gracias Sydney estaba trabajando cuando le llegó un correo electrónico de su agente inmobiliaria de París. En él le comunicaba que le habían hecho una oferta por el apartamento. El potencial comprador quería una venta inmediata y ofrecía una cantidad razonable. No era una fortuna, pero el precio era justo. El comprador, de nacionalidad italiana, buscaba poder disponer enseguida de un apartamento en París y quería llegar a un acuerdo rápido. Afortunadamente, el inquilino tenía previsto dejar el piso el mes siguiente, a finales de año. La agente inmobiliaria le dijo que, si aceptaba la oferta, recibiría la transferencia bancaria a principios de enero. Si estaba de acuerdo con la cantidad que ofrecía, podían firmar inmediatamente un documento de compromiso de compra, un contrato vinculante en el que se especificaban la cantidad y los términos de la adquisición.

En vez de enviarle un correo electrónico para contestarle, Sydney la llamó para ver si había alguna posibilidad de negociar un precio un poco más alto.

—Lo intentaré, pero es una buena oferta —contestó ella y Sydney sabía que tenía razón.

—No se pierde nada por intentarlo.

La agente inmobiliaria dijo que hablaría con el comprador y la llamaría una hora después. El comprador aceptó subir otros cincuenta mil dólares y eso a Sydney le pareció suficiente.

—Lo acepto —le confirmó a la agente y rezó mentalmente para agradecer lo que le acababa de pasar.

Ahora podría devolverle el dinero a Sabrina, pagar las facturas de Steve y darle a su hija una boda íntima pero preciosa, con todos los toques exquisitos que la harían memorable para ellos, pero no demasiado pomposa ni ostentosa.

—Felicidades, *madame* —le dijo la agente y sonaba muy satisfecha consigo misma. Se trataba de un apartamento con mucho encanto, pero era pequeño y estaba algo pasado de moda. No había sido fácil de vender.

—Gracias, Dios mío —exclamó Sydney cuando colgó el teléfono.

Había sucedido en el momento perfecto y con ello podría cubrir todas sus necesidades económicas. Y además le quedaría suficiente para vivir modestamente durante un tiempo. Todo estaba encajando por fin. Había tenido que enfrentarse a lo peor, pero había conseguido superarlo.

17

A la primera que llamó para contarle lo de la venta del apartamento de París fue a Sabrina, porque era la que se veía más directamente afectada por ello. Sydney se sintió muy aliviada cuando le dijo que podría devolverle el dinero que le había pagado a Steve y los cinco mil dólares que quedaban de lo que pagó por su fianza. El aval de la fianza, para el que utilizó su apartamento, se canceló en cuanto se confirmó la sentencia de Sydney. Y también podía pagarle todo lo que le debía a Steve. Él nunca le había metido prisa, pero era algo que le pesaba mucho, sobre todo porque se sumaba a lo que le debía a Sabrina. En enero, con la venta del apartamento, por fin podría pagarlo todo.

—No te preocupes por eso, mamá —la tranquilizó Sabrina—. No lo necesito, estoy bien.

—Pues yo no. Llevo todo este tiempo muy agobiada por haber aceptado que me prestaras el dinero, porque las cosas no deben ser así. —Y nunca antes lo habían sido. Pero que la arrestaran había puesto todo su mundo patas arriba. La venta del apartamento de París volvería a ponerlo todo en su sitio. O al menos sería un comienzo para que las cosas estuvieran de nuevo como tenían que estar y que fuera la madre la que ayudara a sus hijas y no al revés. No quería volver a ser una carga para ellas nunca más.

—¿Estás convencida de que quieres vender el apartamento, mamá? —Sabrina sabía cuánto le gustaba y lo triste que sería para ella renunciar a él.

Ciertamente la entristecía, y mucho, pero había otras cosas más importantes ahora y la venta del apartamento sería de una gran ayuda.

—Me da mucha pena, no voy a fingir lo contrario. Pero hasta cierto punto también me alegro. Era un sitio que compartíamos Andrew y yo. Además, con el dinero podré pagaros a los dos y eso es más importante para mí. No haber podido hacerlo antes me estaba matando. Y también puedo regalarte una boda preciosa, justo como tú quieras que sea. Quiero que tengas una boda de ensueño con Steve. Así que empieza a pensar dónde quieres celebrarla.

Sonaba feliz. Desde que Sabrina había anunciado su compromiso el día de Acción de Gracias, le partía el corazón pensar que no iba a poder hacer por ella todo lo que le gustaría.

—No necesito una gran boda —repitió—. Y yo también puedo colaborar con los gastos. No tienes por qué pagarlo todo tú.

No quería que su madre se gastara en su boda todo lo que tenía, ni siquiera una parte considerable, y le había dicho a Steve que no quería una celebración muy ostentosa ni muy cara. Él se mostró totalmente de acuerdo porque querían ahorrar dinero para comprarse una casa. Con el sueldo de ambos podrían comprar una casa o un apartamento en la ciudad hasta que tuvieran hijos. Y para eso no tenían prisa. Sabrina quería concentrarse totalmente en su carrera durante unos cuantos años más aún. No estaba preparada para renunciar a ella con veintiocho años.

—Soy tu madre y te quiero —respondió Sydney—. Y soy yo quien va a pagar tu boda, no tú. Tú solo empieza a pensar. Podemos preparar algo precioso. Tal vez en un jardín, fuera de la ciudad. La gente alquila sus casas para estas cosas.

En «los viejos tiempos» podrían haberla celebrado en Connecticut, pero no tenía sentido pensar en eso ahora. No quería mirar al pasado. Quería centrarse en el presente y en la felicidad que compartía ahora con Sabrina. El pasado era terreno peligroso para ella, un campo de minas lleno de recuerdos que podían romperle el corazón y destrozarla. No quería ni acercarse a eso. El presente era más importante ahora y quería seguir adelante. Todavía echaba de menos a Andrew a veces, pero los problemas tan graves a los que se había tenido que enfrentar tras su muerte la obligaron a pasar rápidamente del dolor a la supervivencia.

Sabrina le prometió que pensaría en lugares para celebrar la boda y le dio las gracias a su madre por su generosidad.

Sydney llamó a Bob, que ya había llegado a Hong Kong, y le contó lo del apartamento de París. Él se quedó un momento en silencio porque sabía que eso era para ella algo agridulce, una espada de doble filo.

—¿Lo vas a echar mucho de menos?

Sabía cuánto significaba el apartamento de París para Sydney. Se lo había contado ella misma, por eso estaba seguro.

—Sí... bueno, no... —contestó con sinceridad—. Me encantaba, pero no podría volver allí ahora. Es parte de otra vida y ahora me va a proporcionar lo que necesito. Estoy agradecida por eso. Me dará un colchón que me permitirá vivir más holgadamente. Y podré devolverle a Sabrina el dinero que adelantó por los honorarios de Steve y regalarle una boda preciosa. —Sonaba inmensamente aliviada por eso—. Está siendo muy razonable con el tema. Incluso se ha ofrecido a pagar parte de los gastos, pero no se lo voy a permitir. Así que, en respuesta a tu pregunta, me alegro de lo que me va a suponer la venta del apartamento y eso hace que esté menos triste de lo que estaría en otras circunstancias.

Estaba siendo muy pragmática y la respetaba por ello. Bob admiraba su valor, sus agallas y su estilo. Tenía una extraordinaria capacidad para recuperarse de situaciones adversas que habrían acabado con otras personas. Hablaron un rato más del tema y él dijo que le encantaría ir a París con ella algún día «cuando ya no llevara la pulsera». Después ella volvió a su trabajo.

Pensó en el apartamento de París unas cuantas veces esa noche, pero en todas las ocasiones se recordó las cosas buenas que iba a sacar de esa venta y eso la animó. La agente inmobiliaria le había enviado los papeles de la compraventa, que debía firmar antes del martes. Ella ya los había firmado, escaneado y se los había devuelto. Lo único que quería ahora era recibir el dinero y seguir con su vida. Ya tenía bastantes cosas con las que ocupar su mente, no necesitaba darle vueltas al pasado.

Pero tres días después sintió de nuevo como si la hubiera golpeado una bola de demolición cuando leyó que unos rusos habían comprado su casa en Connecticut. Se quedó mirando fijamente el artículo y lo leyó una y otra vez, sin dejar de llorar. Las mellizas habían conseguido el precio que pedían. Pero, fuera cual fuese el precio, para ella esos rusos no se habían quedado solo con la casa, se habían llevado también un trozo de su corazón. Una cosa era perder el apartamento de París, que había sido un capricho para ellos, un lujo, pero que hubieran vendido la casa que había sido su hogar, con todo lo que había dentro, le destrozó el corazón.

Se quedó allí sentada, llorando, durante una hora, mientras miraba por la ventana y no paraba de darle vueltas. Por suerte Veronica no la llamó en ese momento. No había vuelto a hacerlo desde que Sydney le dijo que la dejara en paz. Pero que su amada casa fuera a parar a manos de unos extraños era demasiado para ella. Y le sentaba peor justo porque acababa de perder también el apartamento de París. Ahora, solo dieciocho meses después de la muerte de Andrew, ya no quedaba nada de lo que tanto habían amado. Nadie podría quitarle sus recuerdos, pero le habían arrebatado todo lo demás.

Bob notó que algo iba mal cuando la llamó esa noche. Él preguntó y al principio ella dijo que no pasaba nada. No quería hablar de ello y tampoco creía que pudiera contárselo sin derramar más lágrimas.

—Sydney, cuéntamelo. ¿Qué ha pasado? —insistió con tanta ternura que ella no pudo evitar echarse a llorar.

Por fin le contó que habían vendido su casa, con todos sus recuerdos y su historia, y que sus hijastras se lo habían quitado todo. Bob se sintió fatal al oírla así y no supo qué hacer. Habría querido abrazarla y no le gustó nada no poder estar allí con ella para hacerlo. Por ahora tendrían que conformarse con palabras y con el amor que sentían el uno por el otro.

—No me puedo ni imaginar lo duro que está siendo esto para ti —dijo comprensivo. Era como si un incendio, una inundación o un huracán hubieran pasado por su vida, arrasándolo todo a su paso—. Siento mucho que te lo hayan arrebatado todo. Ha sido muy mezquino por su parte. —Y el papel que había desempeñado su marido en el asunto tampoco había sido de aplauso, pero Bob no lo mencionó. No tenía sentido culpar a Andrew a esas alturas, sobre todo porque lo que quería era consolarla—. Sé que es fácil decirlo cuando no soy yo el que tiene que pasar por esto —dijo compungido—, pero tienes que seguir adelante y disfrutar de tu nueva vida.

Ella sabía que tenía razón y estaba intentándolo con todas sus fuerzas.

—Lo estaba intentando —aseguró y su llanto empeoró—, pero entonces me arrestaron y he acabado encerrada en este diminuto apartamento. —Sonaba como una niña pequeña.

Él no pudo evitar sonreír y quererla aún más.

—Pronto estaré allí, en ese diminuto apartamento, contigo —dijo con la voz llena de cariño y ella rio.

Sydney no había perdido el sentido del humor, pero a veces se sentía sobrepasada por la situación. Y la venta de la casa de Connecticut había sido un duro golpe que le habían asestado directamente al corazón. Ya no quedaba nada, todo le pertenecía a otra persona. Y no sabía si eso era mejor o peor que el hecho de que se lo hubieran quedado las mellizas y que Kellie viviera allí.

Hablaron un rato más y Sydney consiguió calmarse y recuperar la compostura.

—Perdona por haberme puesto así —se disculpó, arrepentida.

—No digas tonterías. Para eso estoy. Si yo hubiera tenido que pasar por todo lo que has pasado tú, ya me habrían puesto una camisa de fuerza. Las mujeres sois mucho más fuertes que los hombres. Cuando Brigid me dejó estuve una semana metido en la cama y eso que para entonces ya ni siquiera nos caíamos bien —confesó y eso la hizo sonreír—. A mí también me habría afectado lo de la casa —afirmó muy serio.

Y era más difícil aún porque había sucedido todo justo en Navidad, cuando los recuerdos dolían más y las pérdidas parecían peores.

Esa noche, muy tarde, lo estuvo pensando mientras miraba por la ventana. Echó muchísimo de menos a Andrew por primera vez en mucho tiempo. Ya no estaba enfadada con él; solo habría preferido que las cosas hubieran sido diferentes y que él siguiera con vida. Pero sabía que tenía suerte de tener a Bob, aunque su amor fuera reciente y todavía no tuvieran mucha historia compartida. Le daba pena que no pudieran pasar el día de Navidad juntos, pero ambos necesitaban estar con sus hijos y vivían en mundos distintos. Todavía no sabían cómo se las iban a arreglar en el futuro. Ninguno de los dos podía estar viajando constantemente entre Hong Kong y Nueva York, aunque había gente que lo hacía. Y Bob iba a verla regularmente. Pero mientras ella siguiera en arresto domiciliario, no podía viajar y quitarle a él un poco de peso de encima. No podía hacer nada. Estaba agradecida porque fuera a verla tanto. Que fuera a pasar el Año Nuevo con ella iba a ser el mejor regalo de Navidad que él podía hacerle.

También Sophie iba mucho a verla los fines de semana ahora que no tenía novio. Sydney pedía algo de cenar para las dos y después veían una película. Sophie seguía echando de menos a Grayson, pero sabía que habían hecho bien en romper. Sabrina estaba ocupada con su trabajo, Steve y sus planes de futuro, aunque no se había puesto aún a organizar la boda. No había tenido tiempo.

Sydney había hecho parte de sus compras navideñas por internet. Le resultaba raro comprar así, pero era lo único que podía hacer sin salir del apartamento. Sus hijas y Steve iban a pasar la Nochebuena con ella y también irían Kevin y Ed. Y el día siguiente a Navidad Steve iba a llevar a Sabrina a Florida para que conociera a sus padres. Después, para Nochevieja, pasarían un fin de semana solos en Palm Beach. Sophie se iba a esquiar a Vermont con unos amigos. Todos esos planes le parecían tremendamente apetecibles a Sydney, cuyos horizontes se limitaban a un apartamento de dos habitaciones y una ventana que daba a la calle. Pero estaba contenta de que todos fueran a pasar la Navidad con ella y disfrutaba mucho el tiempo que estaba compartiendo con Sophie antes de que empezara a salir con alguien otra vez.

Sydney y Ed se intercambiaron muchos diseños en las semanas anteriores a Navidad. Iban a cerrar entre Navidad y Año Nuevo y después de eso solo quedarían seis semanas hasta su desfile. Y encima ella no podría estar allí para ayudar. Casualmente el desfile iba a celebrarse el día de San Valentín, algo que a ella le parecía un poco cursi. La fecha se iba acercando. Tenían la mayoría de los diseños preparados y casi todas las muestras estaban en producción; solo faltaban algunas que, como siempre, estaban a la espera de que llegaran telas del extranjero que habían sufrido algún retraso. Pero todavía había mucho margen para ponerse al día. Y, cada vez que tenía algo de tiempo, Ed no paraba de enviarle bocetos de vestidos de novia para Sabrina. Era un acontecimiento feliz que todos estaban deseando que llegara. Habían pasado demasiadas cosas tristes en los últimos tiempos, pero por fin parecía que estaba cambiando su suerte.

Tres días antes de Navidad, estaba trabajando en unos bocetos cuando la llamó Steve. Estuvieron hablando unos minutos mientras ella se preguntaba por qué la habría llamado. De repente, le pidió si podía hacerle una visita.

—¿Pasa algo? —preguntó, nerviosa.

Nunca había ido a verla él solo y su caso estaba cerrado, siempre y cuando ella no saliera de su apartamento hasta marzo, para lo que aún quedaban tres meses.

—No, nada —contestó—. Solo quería pasar a verte, si no estás muy ocupada. Tengo un regalo de Navidad y quería dártelo en persona.

Eso la confundió.

—Pero ¿no vas a pasar la Nochebuena con nosotros, Steve?

—Sí, claro, pero creo que te vendrá bien tenerlo antes.

Sydney se preguntó si tenía intención de llevarle un árbol de Navidad. Ella ya había encargado uno, que le entregarían al día siguiente. No tenía mucho espíritu navideño ese año; lo de la venta de la casa de Connecticut todavía la tenía desanimada.

—¿A qué hora te viene bien? —preguntó, empeñado en ir a darle ese misterioso regalo de Navidad.

—Bueno, seguro que no me vas a pillar en la calle, vengas cuando vengas —bromeó.

—Espero que no. ¿Qué te parece a las cuatro?

Estaría trabajando a esa hora, pero podía hacer un descanso. No tenía ni idea de qué podía ser.

Él llegó a las cuatro en punto y ella dejó de dibujar y le abrió la puerta del portal. Se miró en el espejo y vio que tenía el pelo hecho un desastre y que no estaba maquillada. Cuando trabajaba en casa normalmente no le prestaba mucha atención a su apariencia. Él llevaba un traje y un abrigo grueso y parecía que había estado en el juzgado todo el día. Se quitó el abrigo y se sentó en el sofá con ella.

Hablaron unos minutos de nada en particular mientras ella no dejaba de preguntarse, más intrigada que nunca, por qué había ido a verla. Por fin fue al grano.

—Quería ponerte al día de la situación de Paul Zeller y he pensado que lo mejor era hacerlo en persona. —Ella asintió, aunque no sabía por qué tenía importancia a esas alturas—. Ha tenido una vista esta semana y le han ofrecido un trato. Aparentemente han conseguido sacar mucha información de sus ordenadores y ha quedado demostrado que lleva años vendiendo mercancía robada. Lo de esta vez no era nada nuevo. Hasta ahora siempre había conseguido hacerlo sin que nadie lo detectara, así que no había necesitado a ninguna otra persona. Pero tú llegaste en un momento preciso, inocentemente, y supongo que no se pudo resistir a utilizarte y dejar que cargaras con la culpa si algo salía mal. Y esta vez le serviste de tapadera perfecta.

—¿Y lo van a dejar libre? —preguntó, anticipándose a lo que podía estar a punto de decir.

Steve negó con la cabeza.

—Ni mucho menos. Le pueden caer veinte o veinticinco años. Lo han acusado de todo: blanqueo de capital, evasión de impuestos y tráfico de mercancía robada. Es difícil de rastrear, pero se cree que el dinero de la falsificación y el robo de artículos de moda acaba financiando el terrorismo en algunas partes del mundo. Los federales se toman esas cosas muy en serio. Le han cerrado la empresa después de que la vendiera. El gobierno se va a llevar lo que considera que le corresponde y me han dicho que su exmujer se va a quedar con el resto. Así que va a terminar sin nada. El fiscal quería que cumpliera veinte años o más, pero tiene un abogado excelente que ha engatusado al fiscal y a muchos más que no te puedes imaginar, así que le ofrecieron un trato muy bueno. Diez años de cárcel, cinco de libertad condicional. Y después su abogado ha conseguido reducirlo a siete y cinco. Tiene una suerte increíble de que le hayan ofrecido ese trato; de lo contrario habría pasado en prisión una buena temporada. Zeller quería rechazar el trato, pero su abogado no le ha dejado. En un juicio lo habrían crucificado, sobre todo si te subían al estrado a ti para contar cómo te acusaron por su culpa. Eso dejaría mal a la fiscalía por haber sido demasiado duros e intentar dar ejemplo contigo. Intentaron presionarte para sacarte información que al final han comprendido que nunca tuviste. Así que Zeller ha aceptado el trato, sin dejar de quejarse y protestar todo el tiempo. Firmó los papeles ayer y lo enviarán a la cárcel federal hoy o mañana. Nada de salir bajo fianza mientras tanto. Está acabado.

Ella lo pensó un momento y después asintió y miró a Steve. De repente, acababa de recordar que Paul tenía un hijo en St. Louis que era pediatra y se preguntó cómo habría reaccionado ante la noticia de que su padre iba a ir a la cárcel. Se compadeció de él, pero pensó en todo el dolor que le había causado Paul Zeller a ella, teniendo en cuenta que había sido inocente todo el tiempo y que nadie la había creído porque Paul mintió al respecto.

—Gracias por contármelo —dijo por fin—. ¿Ese es el regalo de Navidad que decías que querías darme? —Tenía curiosidad y necesitaba tiempo para digerir lo que acababa de contarle de Paul Zeller. Al menos ya se había acabado. Y nadie iba tras ella por fin.

—Una parte —contestó Steve. Entonces metió la mano en el bolsillo, sacó unas tijeritas y se las enseñó.

—¿Para qué es eso? —preguntó desconcertada.

—Como tu abogado, conseguí que no entraras en la cárcel, pero te encerraron seis meses aquí —comentó mirando el apartamento, completamente atestado entonces con el equipo informático y la enorme pantalla que tenía para hablar con Ed y seguir el desarrollo diario del negocio—. Pero si ese hijo de puta puede conseguir que le echen siete años en vez de veinticinco, he decidido que ellos te debían una. Me he reunido con el juez esta mañana. Se acabó, Sydney. Te han reducido la sentencia a tres meses y con eso cumples toda la condena, así que se acabó. Han desactivado tu pulsera electrónica a las cuatro de la tarde de hoy. Y han reducido el tiempo de libertad condicional a un año, con permiso para viajar, porque lo necesitas para tu trabajo. El juez ha dicho que puedes conservar el pasaporte. Solo tienes que mandarle un correo electrónico a tu agente de la condicional cada vez que te vayas y cuando vuelvas. Y mientras no tengas ningún otro problema con la ley ni ninguna condena, el juez ha prometido considerar dentro de seis meses o un año la posibilidad de finalizar tu período de libertad condicional e incluso eliminar tus antecedentes por completo.

Ella lo miraba sin poder creérselo.

—Fueron demasiado duros contigo y lo sabían. Ahora están intentando arreglarlo lo mejor que pueden.

—¿Y has hecho todo eso hoy?

—Sí —afirmó Steve—. Eres una mujer libre, Sydney. Ahora acércame la pierna para que pueda librarte de esa maldita pulsera. Yo la devolveré a la oficina del fiscal del distrito.

Le tendió la mano y ella, sin dejar de mirarlo asombrada, levantó el tobillo. Steve cortó la pulsera de plástico que le sujetaba el dispositivo de seguimiento y este se soltó. Después le sonrió.

—Feliz Navidad, Sydney —exclamó.

Las lágrimas empezaron a correr por sus mejillas. Lo abrazó y recorrió con la mirada la habitación en la que estaban como si la viera por primera vez.

—Oh, Dios mío... Soy libre... ¡Soy libre! ¿Puedo salir? —Como un animal que llevara encadenado tres meses, parecía que ya se había olvidado de lo que podía hacer cuando le quitaran la cadena.

—Puedes hacer lo que quieras. Eres libre —repitió—. Se acabó.

—Oh, Dios mío... ¡Oh, Dios mío! —exclamó riendo de felicidad y aplaudiendo.

Ed la llamó justo entonces, pero ella no respondió, lo que para él significaba que estaba en el baño, en la bañera o dormida. No estaba lista para hablar con nadie aún. Solo quería saborear ese momento con Steve.

—¿Y mis hijas lo saben?

Él negó con la cabeza.

—Creí que debía decírtelo a ti primero.

—¡Has conseguido un milagro!, ¡gracias! —le dijo abrazándolo de nuevo.

Él se levantó para irse.

—Espera, me voy contigo —dijo emocionada—. Voy a por mi abrigo.

Abrió el armario, cogió al azar uno viejo de piel y se lo puso. Parecía una loca con el pelo alborotado, unas bailarinas en los pies y un viejo abrigo de visón.

—Hace un frío que pela —advirtió él.

Pero ella sonreía y parecía aturdida, o incluso borracha, de pura emoción.

—No me importa congelarme de frío. No he tomado el aire en tres meses. —Ese era el tiempo que había pasado justo hasta ese día—. Llamaré a mis hijas cuando vuelva —comentó un poco distraída.

—No te olvides las llaves —recordó él.

Ella las cogió de una mesilla que había cerca de la puerta,

donde las había dejado Bob la última vez que estuvo allí, se las metió en el bolsillo y cerró la puerta al salir. Un minuto después estaban en la calle. Ella miró a su alrededor, al tráfico y la gente, a los edificios altos, las personas que paseaban a sus perros y las que llevaba a casa los árboles de Navidad y se quedó escuchando el sonido de los cláxones. Era como si acabara de aterrizar desde el cielo y no se podía creer la buena suerte que había tenido. Le dio otro abrazo a Steve y él sonrió. En opinión de Steve ella se merecía todo lo bueno que le pasara de entonces en adelante.

—Ten cuidado al cruzar la calle —le gritó cuando ella se alejó, ensimismada.

Ella se giró y se despidió de él con la mano con una gran sonrisa en la cara.

—¡Te quiero! ¡Feliz Navidad! —dijo y siguió caminando con una enorme sonrisa.

Anduvo veinte manzanas en dirección al centro y después volvió dando un paseo, sonriéndole a la gente y disfrutando de todos los olores, colores, caras, ruidos y luces. Le encantaba el ruido y ver a todo el mundo corriendo para llegar a alguna parte. Se lo iba a decir a sus hijas, pero decidió que no se lo iba a contar a Bob. Le iba a dar una sorpresa cuando fuera a verla en Año Nuevo. ¡Era una mujer libre de nuevo! Y estaba feliz de estar viva.

18

Cuando Sydney llegó a casa después de su paseo, llamó a sus dos hijas para contarles lo que había pasado y les dijo que todo el mérito era de Steve. Para ella era como un mago que había conseguido liberarla tres meses antes. Y la posibilidad de que borraran sus antecedentes, incluso aunque la hubieran acusado solo de un delito menor, también era una muy buena noticia. Las niñas estaban felices por ella. Entonces les dijo que quería cambiar el lugar de celebración de la Nochebuena. Quería que fueran todos a cenar al Plaza. Iba a ser maravilloso poder salir e invitarlos a una buena cena en un restaurante para variar. En ese momento hasta las cosas más cotidianas le parecían un regalo.

Después llamó a Bob, porque vio que él la había llamado tres veces mientras estaba fuera y seguro que estaba preocupado porque no le había contestado.

—¿Estás bien?

—Perdona, estaba dormida.

No quería contarle nada, porque iba a darle una sorpresa cuando llegara. Solo quedaban cinco días para eso, así que tenía que contenerse un poco nada más, pero le costó no decírselo.

Se levantó temprano a la mañana siguiente y se vistió para ir a trabajar. Tampoco se lo había dicho a Ed. Entró en la oficina como si nada, con unos pantalones de lana gris y un jersey del mismo color, y se dirigió a él como si nunca se hubiera ido. Él se la quedó mirando como si acabara de ver un fantasma.

—¿Sydney? Pero ¿qué haces aquí? —Temió por un momento que hubiera salido del apartamento sin permiso e incumplido las normas y sintió un gran alivio cuando ella le contó lo que Steve había conseguido—. ¡Oh, Dios mío! —exclamó mientras rodeaba su mesa para abrazarla y se mantuvo así un buen rato por la emoción, incluso parecía que no quería soltarla. Todos en la oficina estaban encantados por ella.

Él la invitó a comer fuera y ella le contó lo de la cena de Navidad en el Plaza. Ahora todos los días eran una celebración. Para ella estar libre era como un milagro.

Pero él la dejó perpleja con una pregunta que le hizo mientras comían.

—Mi madre organiza un evento benéfico en Hong Kong todos los años para recaudar dinero para la investigación del cáncer de mama. Es muy importante para ella porque su madre y su hermana murieron a causa de esa enfermedad. Asisten dos mil personas y recaudan mucho dinero. Siempre hacen algo especial, alguna actuación o algo así, para hacerlo más interesante. Ella quiere saber si accederíamos a organizar un desfile con nuestra colección después de la Semana de la Moda. —Parecía avergonzado por tener que preguntarle algo así—. Ellos pagan el trasporte y el seguro y contratarán a las modelos. No sabía qué te parecería a ti. Sinceramente, es un lío y supone mucho trabajo. Creía que seguirías encerrada en el apartamento en esas fechas y no quería hacerlo solo. Pero ahora que estás libre, ¿qué te parece? Supone mucha publicidad y es por una buena causa, pero no tenemos que hacerlo si no quieres. Puedo decirle que no. Ya le he dicho que no creía que pudiéramos si tú no estabas para ayudarme.

Después de escucharlo, Sydney no lo dudó ni un segundo.

—Es por una causa noble y nos dará buena publicidad, aunque se vaya a celebrar en Hong Kong. Y es tu madre. Si no fuera por tus padres, ni siquiera tendríamos negocio —recordó.

—Cierto —reconoció mientras lo pensaba. Y además su madre había tenido el tacto de no mencionar ese detalle—. La fecha que barajan es el uno de marzo. No nos viene mal. Podemos tener la colección aquí después del desfile para los pedidos durante dos semanas, o diez días, y pasado ese tiempo enviarla a Hong Kong. Puedo llevarme a Kevin para que nos ayude y contrataremos a gente de allí y modelos locales. —Ya había pensado en los detalles de la logística, pero no quería hacerlo sin Sydney—. ¿Qué te parece entonces?

—Yo digo que sí —contestó ella sin dudar, sonriendo. Ahora que ya podía salir de su apartamento estaba enamorada del mundo.

—Después de esto mi madre te va a adorar para siempre —aseguró sonriéndole.

Era genial verla de vuelta en el trabajo, aunque lo había llevado todo extraordinariamente bien durante esos tres meses, mejor de lo que todos esperaban.

—Luego le escribo un correo electrónico. Se va a poner como loca —continuó Ed—. Y va a ser divertido estar en Hong Kong contigo otra vez —dijo y rio—. Así podrás conocer a los hijos de Bob cuando vayas.

Ella puso cara de horror solo de pensarlo.

—Olvídalo. Cancelamos —contestó de broma.

—Te van a caer bien, te lo prometo.

—Ese no es el problema. Lo más seguro es que ellos me odien a mí.

—¿Y por qué? Si todos son adultos ya.

—Eso no tiene por qué hacer que las cosas sean de manera diferente.

—Bob tiene que estar encantado de que seas una mujer libre de nuevo.

—No lo sabe aún —confesó con aire conspiratorio—. Quiero darle una sorpresa cuando venga la semana que viene.

Ed sonrió ante su maquinación.

—Pues lo vas a hacer muy feliz cuando se lo digas —aseguró y ella sonrió de oreja a oreja.

—Eso espero.

Ella también se sentía muy feliz.

En Nochebuena los seis cenaron en el Plaza, invitados por Sydney: Ed y Kevin, Steve y Sabrina, Sophie y Sydney. Fue una cena exquisita y una velada de celebración. Brindaron con champán por la libertad de Sydney y admiraron el anillo de compromiso que le había regalado Steve a Sabrina ese día y que brillaba en su dedo. Después de la cena Sydney asistió sola a la misa del gallo en Saint Ignatius, en Park Avenue, que fue preciosa, y desde allí fue a ver el árbol del Rockefeller Center y se quedó mirándolo sobrecogida. Al final volvió caminando a casa. Ahora iba andando a todas partes. Se sentía inmensamente bien por haber vuelto al mundo. Ya no daba nada por sentado y lo disfrutaba todo.

En la iglesia había encendido una vela por Andrew, mientras pensaba en su vida cuando estaban juntos y lo mucho que había cambiado. Era casi como si antes hubiera sido una persona diferente, una que existía solo por él y que había muerto con él. Ahora había vuelto al trabajo, al diseño, y era socia de un negocio gracias a Ed. Había sobrevivido a la pérdida de su casa, a la ruina, a la venta del apartamento de París que le encantaba, al arresto y a la cárcel, aunque solo estuvo allí unos días. Le habían arrebatado todo lo que constituía su identidad y había descubierto que, a pesar de ello, seguía siendo una persona completa que creía en las mismas ideas y que tenía los mismos valores. Las cosas que significaban mucho para ella cuando estaba casada eran menos importantes ahora y se dio cuenta de que era mucho más fuerte que antes desde que ya no las tenía. Siempre pensó que perder a Andrew acabaría con ella, pero no había sido así. Seguía triste por ello y lo echaba de menos a veces, pero él había muerto y ella había sobrevivido. Y lo que quedaba de ella después de todas esas pérdidas les pertenecía a Bob y a Sydney ahora. Se había descubierto a sí misma tras la muerte de Andrew. Se había convertido en una mariposa con las alas fuertes y Andrew había sido el capullo en el que había estado protegida antes de poder salir y volar.

La secretaria de Bob le envió a Sydney su itinerario por correo electrónico, como hacía siempre, para que supiera su número de vuelo por si el avión se retrasaba. Sydney había hablado con ella por teléfono unas cuantas veces y parecía una mujer agradable. Anotó el código y la hora de llegada y llamó a un coche con chófer para que la llevara al aeropuerto. Con su sueldo actual y el dinero que iba a recibir tras la venta del apartamento de París en enero podía permitirse algunos lujos. Su situación económica ya no era tan desesperada como al principio, cuando murió Andrew.

No había tráfico de camino al aeropuerto. Solo habían pasado tres días desde Navidad y mucha gente aún estaba de vacaciones. Tampoco había nieve en la carretera, así que llegó al aeropuerto con media hora de adelanto y estuvo paseando por allí, mientras lo esperaba. Él no tenía ni idea de que ella iba a estar allí. Había conseguido mantener el secreto, aunque le había costado muchísimo, pero quería sorprenderlo con buenas noticias, para variar.

Vio en la pantalla enorme que anunciaba las llegadas que su avión ya había aterrizado y que iba hacia la puerta. Después indicaba que los pasajeros estaban pasando por la aduana. Ella lo esperó a un lado, junto a las puertas por las que tenía que salir, para poder verlo a él antes de que él la viera a ella.

Fue uno de los primeros pasajeros en salir, porque siempre viajaba en primera clase, y se dirigió con prisa a la salida de la terminal tirando de su maleta con ruedas. Se suponía que iría a recogerlo un coche con chófer, que ella había cancelado porque ya había pedido otro.

Lo siguió a unos metros de distancia y después se acercó a él por detrás y le dio un toquecito en el hombro. Él se giró para ver quién era y se paró en seco, sin decir palabra. Igual que Ed, durante un instante temió que hubiera escapado del apartamento, pero ella lo abrazó y lo besó y él le devolvió el abrazo.

—No pasa nada —dijo Sydney con voz cariñosa—. Soy libre... me han liberado. —Había visto la preocupación en sus ojos. Bob la besó otra vez y se quedaron allí de pie durante un buen rato. La gente iba pasando a su lado, sonriendo. Después la miró muy serio.

—¿Qué ha pasado...? ¿Por qué no me lo has contado? ¿Cuándo...?

Empezaron a caminar hacia la salida y ella narró toda la historia: que Zeller había hecho un trato tras declararse culpable y que Steve había negociado con el fiscal y el juez.

—Y dentro de seis meses, o un año, tal vez pueda conseguir que borren los antecedentes, si no me vuelven a arrestar —aclaró, como si fuera algo que pudiera pasarle cualquier día, y él rio.

—Creo que eso lo conseguirás, ¿no te parece?

Ella asintió. Ambos se acomodaron en el asiento de atrás del coche y volvieron a la ciudad. En cuanto entraron en el apartamento, a él se le ocurrió una idea y miró a Sydney. El lugar era un auténtico caos. El equipo informático y la pantalla estaban por allí tirados, porque iban a ir a buscarlos el día 2, y la máquina de café no funcionaba. De repente estar allí les daba claustrofobia a los dos. Ella quería un apartamento nuevo, pero no había tenido tiempo de buscar nada en los pocos días que llevaba libre.

—Vámonos a alguna parte —sugirió y abrió su portátil—. Busquemos un lugar donde haga sol y calor. ¿Qué te parece St. Barts?

En un segundo se quitó el abrigo y un momento después ya había encontrado el hotel que le gustaba. Se le ocurrió alquilar una villa con piscina privada. Sydney se sentó a su lado y le sonrió mientras llamaba al hotel. Tenían una villa disponible y él la reservó para el día siguiente. Todo eso le parecía un sueño a Sydney.

Esa noche se quedaron tumbados en la cama, hablando, totalmente despiertos. Ella había hecho la maleta y él le había dicho que compraría lo que necesitara en las tiendas de allí, porque solo había traído ropa para el clima de Nueva York. Ella le contó que iba a ir a Hong Kong en marzo.

—¡Pues sí que has estado ocupada estos días! —exclamó y rio, encantado.

—Vamos a organizar un desfile de moda para una gran gala benéfica que la señora Chin hace todos los años. Llevaremos toda la colección después de la Semana de la Moda. Va a ser divertido —explicó y él sonrió.

—Sí que va a ser «divertido» tenerte en Hong Kong. En realidad, va a ser fantástico. —Estar con ella en Hong Kong era su mayor deseo y se iba a hacer realidad—. ¿Cuántos días te vas a quedar?

—Varios, una semana, lo que sea necesario para preparar la gala benéfica.

—¿Y te puedes coger otra semana solo para nosotros? —preguntó y ella asintió.

Después le contó cómo había celebrado la Navidad con sus hijos. Todos habían ido a su casa y habían pasado una semana estupenda juntos, antes de que ellos se fueran el resto de las vacaciones con amigos y él saliera para Nueva York. Dijo que tenían curiosidad y que querían conocerla. Él no les había dicho que estaba encerrada en su apartamento y no tenía ninguna intención de contárselo. No necesitaban saberlo. Los dos se quedaron dormidos abrazados esa noche, deseando ir a St. Barts al despertar.

A la mañana siguiente se levantaron pronto y salieron para el aeropuerto. Le envió a Ed un mensaje para decirle que se iba de viaje; sabía que él no tendría ningún problema. Volaron a St. Martin y después cogieron una avioneta que los llevaría a St. Barts. El reducido tamaño del avión la puso nerviosa, pero el vuelo era corto. Cuando llegaron al hotel fue como si acabaran de llegar al mismo cielo. La villa era fabulosa, el lugar impresionante y lo de tener una piscina privada era un lujo increíble. Nunca se había sentido tan mimada, ni cuando viajaba con Andrew.

Algunas noches cenaron en su habitación y otras salieron a los restaurantes locales. Se bañaron desnudos en la piscina y exploraron las tiendas que había en el puerto. Fue como una luna de miel y a la vez una maravillosa recompensa por los tres meses de encierro. Con el permiso de Ed, decidieron alargar su estancia y se quedaron allí una semana. Después de eso no querían volver a Nueva York. Fueron las vacaciones más perfectas que había tenido.

—Las primeras de muchas, espero —contestó Bob después de que ella le diera incansablemente las gracias en el vuelo de vuelta.

Él tenía que irse a Londres al día siguiente para una reunión, pero volvería para el desfile de la Semana de la Moda, y después ella iba a ir a Hong Kong para la gala benéfica del cáncer de mama. Bob ya había reservado una mesa para diez personas y tenía pensado invitar a unos amigos para que Sydney los conociera. Ella iba a estar ocupada entre bambalinas gran parte de la velada, pero podría ir a sentarse con ellos cuando acabara el desfile.

Les quedaba una noche juntos en Nueva York antes de que él se fuera. Ella todavía se sentía como flotando en una nube después de sus vacaciones. Bob se sentía igual y además estaba encantado de saber que ella iba a ir pronto a Hong Kong. Esa noche estuvieron hablando de ello hasta que se quedaron dormidos. Y a la mañana siguiente ella seguía medio dormida cuando él salió para el aeropuerto a las seis en punto. Le dio un beso de despedida y se fue.

Cuando ella llegó a la oficina esa mañana, era consciente de que el mes que tenían por delante iba a ser frenético. Tenían que terminar la colección, hacer el desfile, embalarlo todo, ir a Hong Kong y empezar la nueva colección. Y antes de que las cosas se volvieran muy locas quería encontrar otro apartamento amueblado, que no fuera nada recargado ni demasiado caro, pero sí más grande que el que tenía, porque en ese ahora se sentía como si estuviera en una celda. Estaba deseando mudarse.

Encontró uno el fin de semana siguiente. Era un piso amueblado que parecía la suite de un hotel, pero era del tamaño exacto que ella quería y más bonito que el que iba a dejar. No quería gastarse dinero en decorar o comprar muebles, así que por ahora, hasta que recuperara la estabilidad financiera, le venían bien los pisos amueblados. Eran un poco impersonales, pero eso no le importaba.

Sophie la ayudó a hacer la mudanza.

Cuando llegó la transferencia por la venta del apartamento de París, Sydney sintió un gran alivio. Por fin podría devolverle el dinero a Sabrina y guardar el resto en el banco. Era la mayor cantidad que había tenido en casi dos años y, por primera vez en mucho tiempo, volvió a sentirse segura.

Sabrina la llamó el fin de semana para decirle que Steve y

ella habían encontrado el lugar donde querían celebrar la boda. Era un club inglés, con chimeneas y paneles de madera. Tenía salones elegantes, una biblioteca y un jardín precioso y parecía una casa, porque en el pasado lo fue. Era un sitio formal, tradicional y serio, muy del estilo de ambos. El club se podía alquilar para llevar a cabo distintos tipos de celebraciones y el precio les pareció razonable a ambas cuando Sydney y Sabrina fueron juntas a verlo. Sabrina y Steve habían decidido que no invitarían a más de cien personas a la boda. Querían que fuera algo íntimo, discreto y tradicional. Les encantaba el club y ese aire antiguo y clásico que tenía. La única decepcionada fue Sophie, que esperaba que eligieran un sitio más divertido y más original, aunque realmente eso era más de su estilo que del de su hermana mayor. Sophie también estaba intentando convencer a Sabrina de que le dejara ponerse un vestido de dama de honor rosa fuerte y no el melocotón pálido que Ed y Sabrina habían elegido. Sydney iba a ir de color marrón topo, con accesorios en color bronce.

Sydney dejó una paga y señal para reservar el club inmediatamente, así que ya tenían un problema solucionado. El club contaba con su propio catering, así que tampoco había que preocuparse de eso. También encontraron una iglesia que les gustaba. Lo único que les quedaba por concretar era la tarta de boda, ir a ver al florista de Ed y encontrar un fotógrafo. Ed y ella estaban diseñando y confeccionando los vestidos de Sabrina, de Sophie y el suyo. Así que todo estaba resultando menos complicado y estresante de lo que esperaba. Steve y Sabrina no eran nada exigentes, a pesar de los altísimos estándares de Sabrina en lo que a moda se refería. Ella quería que el acto fuera sencillo y muy privado. A Steve la idea le parecía bien y sus padres estaban de acuerdo. Sabrina había hecho la mayoría del trabajo y las búsquedas y tenía ideas para todo.

Con los principales detalles de la boda solucionados y una vez realizados los pagos a cuenta que hacían falta, Sydney pudo centrarse en la colección y dejar los demás temas de la celebración para después. Tenían tiempo. Pero la Semana de la Moda ya estaba a la vuelta de la esquina, se notaba la presión y ella trabajaba todos los días hasta medianoche; Ed a menudo se quedaba incluso hasta más tarde.

Una noche estaba haciendo un descanso mientras se comía una ensalada en su mesa antes de seguir trabajando en el desfile, cuando cogió el *Post* y abrió la página de sociedad para distraerse. Ahí estaba todo lo habitual: los adúlteros, las relaciones de moda, nuevos bebés dentro y fuera del matrimonio, quién se había comprado una casa nueva o quién había perdido otra con el divorcio... Y, de repente, le llamó la atención el nombre de Kyra. Se preguntó qué maldades estarían haciendo su hermana y ella ahora. Sabía que a Kellie el divorcio le estaba costando una fortuna y que Geoff ya estaba comprometido con otra mujer. Solo mencionaban a Kyra brevemente en el periódico, pero a Sydney lo que leyó le pareció muy triste. Decía que, tras varios arrestos recientes por culpa del abuso del alcohol y las drogas, había tenido que ingresar en un centro de rehabilitación por orden judicial, para evitar entrar en la cárcel. Sydney había tenido sus propios problemas con la ley, pero le parecía una pena que estuviera tan perdida una persona que tenía tantas cosas al alcance de su mano que podrían servir para protegerla.

Kyra tenía treinta y cuatro años, no tenía hijos, nunca había estado casada, había tenido un montón de novios poco recomendables y había llevado una vida completamente carente de méritos o logros. Sydney solo esperaba que pudiera encauzarla. Nunca antes había oído que consumiera drogas, pero tal vez con todo el dinero que había heredado había perdido la cabeza y se le había ido de las manos. Ninguna de las mellizas parecía estar utilizando bien el dinero de su padre. Una iba a tener que dárselo a un mujeriego por un mal divorcio y la otra estaba metida en el mundo de la droga hasta el cuello. Sydney se sintió aliviada por estar lejos de ellas y contenta por llevar mucho tiempo sin encontrarse con ninguna. Esperaba no tener que verlas nunca más. La historia que habían compartido ya ni siquiera le parecía real. Habían pasado demasiadas cosas desde entonces.

Cuando habló al día siguiente con Sabrina se lo comentó y ella estuvo de acuerdo en que las dos parecían estar metidas en un buen lío y que llevaban unas vidas muy desgraciadas. Se habían molestado mucho en arrebatárselo todo a ella para perderlo después.

—El otro día alguien que la conoce me dijo que Kellie también está tomando mucha cocaína últimamente y Geoff la ha amenazado con quitarle a los niños —le contó Sabrina a su madre—. Es patético.

—Al menos él los quiere —contestó Sydney.

—Seguramente los quiere por la pensión que ella tendría que pagarle —apuntó Sabrina muy cínica y después añadió con voz más suave—: Siento lo de la casa, mamá.

—Yo también, pero ya no importa. Eso ya es historia.

Y el futuro era muy prometedor. Desde su primer desfile Sydney Chin había tenido un éxito impresionante y estaba superando todas sus expectativas y predicciones. Ed le había dicho que su familia estaba muy contenta. Habían aumentado su inversión y le habían dado a ella un gran aumento y un generoso bonus. Sentía una cierta satisfacción al saber que lo que tenía ahora se lo había ganado ella, no se lo había dado nadie, y por eso tampoco nadie se lo podía quitar. Nunca volvería a pasar por una situación similar.

Bob llegó a Nueva York dos días antes del desfile y la llevó a cenar la noche anterior a San Valentín. Ella estaba saturadísima de trabajo, pero accedió aunque después tendría que volver al despacho. Él se quedaba con ella en su nuevo apartamento, que los dos estaban de acuerdo en que no era ni bonito ni glamuroso, pero que era mejor que el anterior, que ella estuvo encantada de dejar.

—¿Lista para el gran día de mañana? —preguntó Bob desde el otro lado de la mesa.

Ella pareció ponerse muy nerviosa de repente.

—Dios, no. Tenemos que acabar de coser seis vestidos esta noche. La pasamanería y los bordados han llegado esta tarde y una de las modelos más importantes nos ha fallado. Ayer se rompió una pierna esquiando en Courchevel y todavía no está aquí la que tiene que reemplazarla, llegaba esta noche.

Él sonrió mientras la escuchaba. Sabía que eso era jerga del mundillo de la moda y el pánico normal durante la Semana de la Moda. Al final los vestidos estarían hechos, las modelos estarían ahí, las modistas acabarían el trabajo y, en el caso de Sydney y de Ed, las críticas serían espectaculares. Sabrina estaba pasando por lo mismo en su firma. Y Sophie estaba igual de ocupada con su línea para adolescentes. Era lo habitual en su mundo.

—¿Te vas a quedar en la oficina esta noche? —preguntó y ella asintió.

Había algo que quería preguntarle, pero le pareció que esa no era la noche adecuada. Estaba demasiado cansada y estresada. E iba a ir a Hong Kong en menos de dos semanas, así que podría preguntárselo entonces. Le gustaba ver que ella siempre llevaba puesto su anillo, que no se quitaba nunca. Decía que era su amuleto y se había vuelto muy supersticiosa con ese tema.

Bob la dejó en la oficina, le dio un beso y volvió al apartamento a dormir. Le fascinaba darse cuenta de cuánto la quería. Nunca había sentido lo mismo por ninguna mujer antes. Y a pesar del negocio loco al que se dedicaba, se llevaban bien. El único problema que existía era que vivían demasiado lejos uno del otro, pero parecían haber establecido un sistema que funcionaba y podían verse cada tres o cuatro semanas, principalmente gracias a que él tenía que ir a Nueva York para reuniones con clientes, aunque no tan a menudo como ahora iba solo por verla a ella. Pero no podía pasar mucho tiempo sin estar a su lado.

Él se despertó ligeramente cuando ella se metió en la cama, a las cuatro de la mañana, y en el momento en que se fue, a las seis. Cuando se levantó, dos horas después, ella hacía mucho que estaba trabajando a pleno rendimiento.

19

Como era previsible, el desfile salió aún mejor que el primero y las críticas fueron fabulosas. Sydney y Ed estaban exultantes. Los dos se fueron a casa a dormir cuando acabó y, a la noche siguiente, Ed, Kevin, Sydney y Bob se juntaron para cenar en La Grenouille para celebrarlo. La gente decía que su desfile había sido el mejor de la temporada y hablaban de que tal vez ganaran un Premio de la Moda CFDA, algo que supondría un gran espaldarazo; era como ganar un Oscar para un actor o un productor. Y ya estaban entrando los pedidos.

Bob se quedó unos días más antes de regresar a Hong Kong. Ya estaba haciendo planes de cenas con ella y salidas a sitios especiales, una noche informal con sus hijos y un cóctel con amigos para presentarle a Sydney a todo el mundo. Bob estaba muy emocionado, pero ella se sentía un poco abrumada y nerviosa ante la idea. Habló con Ed del tema en el avión, cuando ocuparon sus asientos. Llevaban dos semanas de vorágine y les esperaban unos días también muy ajetreados en Hong Kong.

—Espero que tengas tu karma aéreo bajo control —comentó y ella rio nerviosa.

No se había olvidado de aquel vuelo que estuvo a punto de estrellarse y acabó haciendo un aterrizaje de emergencia en Nueva Escocia. Había sido fatídico para ella, porque fue ahí donde conoció a Paul.

—Yo también lo espero —comentó, ansiosa—. ¿Sabes? Bob actúa como si esto fuera una vuelta a casa en vez de una visita. Si ni siquiera he conocido a sus hijos aún... Y no creas que tengo ganas de encontrarme con otro montón de hijos que me odia.

—Deja de preocuparte por eso. Ellos están bien de la cabeza. Esas dos brujas de tus hijastras no lo están, ni lo han estado nunca. —Ed se quedó pensando un segundo y después le hizo una pregunta—: ¿Te irías a vivir allí?

Ella negó con la cabeza sin dudar.

—Estoy casada contigo y con el negocio —afirmó y él sonrió al oírla.

Kevin iba en el mismo vuelo que ellos y viajaba en *business*, porque Ed le había regalado el billete. Como era un viaje largo Ed y ella estaban en primera, algo que Sydney estaba disfrutando. Era uno de los lujos que había echado de menos y ahora había podido recuperar.

—No tienes que casarte. Pero ya sabes que podrías vivir en cualquier parte. Ha quedado demostrado mientras estabas de arresto domiciliario. Podrías enviarme los dibujos por ordenador. Y hablaríamos por FaceTime. Solo tendrías que volver dos veces al año, para la Semana de la Moda. Nuestro equipo de diseño puede ocuparse de los avances de las colecciones. No tienes que vivir en Nueva York si no quieres.

—Quiero vivir en Nueva York —afirmó categóricamente—. Mis dos hijas viven en esa ciudad. Y no voy a volver a renunciar a mi vida por un hombre, ni a depender de alguien que tenga que ocuparse de mí. Esa es la lección que he aprendido de los últimos dos años. No debería haber dejado mi carrera cuando me casé. Fue un gran error por mi parte.

—Pues no dejes tu carrera. Yo tampoco quiero que lo hagas. —Solo con mencionarlo ya se moría de preocupación.

Tenían un negocio floreciente que dependía de ambos—. Lo único que estoy diciendo es que podrías vivir en cualquier parte; únicamente necesitas un ordenador y coger un avión varias veces al año. Eso sí, tendrías que pasarte un mes aquí antes de las Semana de la Moda de septiembre y de febrero. Pero es posible si quieres. Podrías pensártelo. —Ed estaba intentando facilitarle las cosas para que pudiera pasar más tiempo con Bob.

—No sé cómo podríamos hacer funcionar las cosas así —respondió con el ceño fruncido—. Además, me tendría que mudar allí por Bob. Y eso es un riesgo muy grande al que exponerme solo por un hombre. Si se muere o me deja, me quedó en la estacada y tengo que empezar de nuevo otra vez. Y acabo de hacerlo.

Parecía nerviosa solo de pensarlo. Estaba traumatizada por lo que sucedió cuando murió Andrew y no quería volver a poner su vida en manos de ningún hombre, ni siquiera de Bob, aunque Ed sabía que lo quería.

—No voy a dejar mi vida ni mi carrera ni mi ciudad nunca más —insistió Sydney—. Él vive en Hong Kong y yo en Nueva York.

—¿Y si pudieras hacer las dos cosas? —preguntó Ed con mucha calma.

Ella tardó un buen rato en responder.

—No lo sé —respondió por fin—. Me da miedo. ¿Es que estás intentando casarme y librarte de mí? —preguntó con una sonrisa—. ¿O te ha pedido Bob que hables conmigo?

—No, pero veo cuánto te quiere y tampoco puedes esperar que se pase la vida viajando. Y en estos tiempos, incluso en nuestra industria, es sencillo vivir donde quieras y hacer muchas cosas por ordenador. Solo he pensado que debía recordarte que hay otras posibilidades.

Era un gesto muy generoso por su parte y la conmovió.

—¿Tú te mudarías a otra ciudad por Kevin?

Ed se quedó desconcertado por la pregunta. Nunca había pensado en ello.

—No lo sé —contestó con sinceridad—. Dependería de cuánto lo quisiera y de la ciudad. Tal vez lo intentaría un tiempo a ver si me gustaba.

Ella no dijo nada. Solo se quedó sentada, mirando por la ventanilla y pensándolo. Durante el último año Bob no había dejado de estar ahí para ella y se lo había demostrado todo ya. Pero pedirle que se mudara a Hong Kong era demasiado. Por suerte para ella, él no se lo había pedido. Era una decisión que no quería tener que tomar.

Los dos vieron películas y durmieron un rato durante el vuelo. Ed fue a visitar a Kevin a la zona de la clase *business* unas cuantas veces. Cuando llegaron a Hong Kong, Bob los estaba esperando en el aeropuerto. Ed y Kevin se quedaban con la familia de Ed, que había enviado su Bentley con el chófer a recogerlos. Bob llevó a Sydney a su casa en su Aston Martin. Cuando llegaron comprobó que su apartamento era tan bonito como le pareció cuando lo vio a través del ordenador.

—Bienvenida a casa —dijo Bob y le dio un beso.

Salieron a la terraza a ver las vistas de Hong Kong a sus pies. El piso parecía un plató de cine. Él sirvió champán para los dos y le entregó una copa.

—He esperado once meses para verte aquí —comentó con expresión de felicidad.

Era como un sueño tenerla con él en Hong Kong. Mientras Sydney se bebía el champán no pudo evitar recordar que él había estado a su lado durante los peores meses de su vida, en los preparativos del juicio y cuando existía la posibilidad de que fuera a la cárcel, y no le había fallado ni una vez. Los años que había pasado con Andrew habían sido fáciles para ambos, pero Bob había aguantado con ella todo lo malo, incluyendo los tres meses de su confinamiento en un apartamento diminuto. Y, de repente, se veía otra vez rodeada de unos lujos que no eran suyos, sino de Bob. Era muy consciente de eso ahora y también de los riesgos. Y no quería volver a pasar por todo aquello otra vez.

—¿Qué haces mañana? —preguntó él, siempre muy respetuoso con sus planes y haciendo lo posible por adaptarse, algo que era nuevo para ella.

—Tengo que ayudar a Ed a montar el desfile. Es pasado mañana —le recordó—. Tenemos que escoger a las modelos y hacer el *fitting*, aunque no va a ser una locura tan grande como Nueva York. —No era como la Semana de la Moda; allí no había críticos a los que tuvieran que impresionar.

—Ya tendremos tiempo para hacer de todo después de la gala benéfica —contestó él, despreocupado.

Se iba a quedar una semana después del desfile solo para estar con él. Su vida le parecía muy atractiva, siempre que no pensara en el momento de conocer a sus hijos.

Tenía una enorme bañera de mármol en un baño gigante y los dos se metieron en ella juntos antes de irse a la cama. Él le sirvió más champán y ella ya estaba medio dormida antes de tenderse en su enorme y cómoda cama y abrazarlo. Lo que se veía en su mirada era pura felicidad.

—Te quiero —susurró y se quedó dormida al instante.

Él apagó la luz y sonrió. Su vida era perfecta desde que ella estaba allí.

Sydney se despertó tarde a la mañana siguiente. Bob se había ido a la oficina y la había dejado durmiendo. Tenía que darse prisa para llegar a mediodía al hotel donde había quedado con Ed para elegir a las modelos. Habían contratado una horda de ayudantes que ya estaban allí desembalando la ropa, que había llegado sin contratiempos. Kevin estaba dándoles instrucciones a dos ayudantes jóvenes y había una docena de costureras esperando para ajustarle la ropa a las chicas.

Acababan de terminar de elegir a las modelos cuando la madre de Ed se pasó para darles otra vez las gracias por desfilar para su gala benéfica. Sydney se quedó asombrada de nuevo por lo guapísima que era y pensó que era demasiado joven para tener un hijo de la edad de Ed. Sydney y ella eran casi de la misma edad. Su madre y él parecían hermanos. Tenía una piel exquisita, era increíblemente estilosa y llevaba alta costura francesa. Ed había aprendido todo lo que sabía de moda de ella y de los desfiles a los que la había acompañado cuando era niño.

A las seis, cuando Bob fue a buscar a Sydney, ya estaban acabando con lo que tenían que hacer. Invitó a Ed a cenar con ellos, pero él tenía planes con sus padres. Sydney y él quedaron en verse a la mañana siguiente, a las nueve, para repasar los detalles antes del ensayo a las diez. Todas las modelos que habían elegido eran profesionales. Unas cuantas no hablaban inglés, pero Ed se dirigía a ellas en mandarín. Eran muy guapas y llevaban bien su ropa.

—La mitad de la sala estará ocupada por mis parientes —comentó Ed, riendo—. Mis padres han reservado cuatro mesas para la familia y dos para los amigos.

—Yo también he reservado una —señaló Bob.

Había invitado a la gente que mejor le caía y a sus amigos más íntimos para que pudieran conocer a Sydney. Cuando entraron en el coche, Bob le dijo que iban a cenar en casa esa noche. A ella le alegró oírlo, porque estaba cansada y tenía *jet lag*. Había sido un día muy largo y estaba deseando meterse en su enorme bañera y relajarse.

—Vienen mis hijos a cenar —dejó caer sin darle importancia. Sydney se incorporó bruscamente con expresión de terror y él sonrió—. Excepto la que está en la facultad de medicina en Inglaterra. Pero sí que viene Charlotte desde Shangai. To-

dos quieren conocerte, Sydney —explicó, observándola—.
No me mires así. No te van a morder, te lo prometo.

Pero era obvio que no le creía, por culpa de su experiencia
anterior con las mellizas. Sydney esperaba conocer a sus hijos más adelante, pero él quería organizarlo pronto para que
ella pudiera relajarse. Sabía que estaba muy preocupada por
ello. Llevaba meses temiendo que llegara el momento. El miedo que les tenía a sus hijos era un gran obstáculo que le impedía comprometerse del todo con él.

—¿Cuándo vendrán? —preguntó, nerviosa.

Bob miró el reloj.

—En una media hora. Es una cena informal. No hace falta
que te cambies. —Ella llevaba vaqueros—. La comida la traen
de un restaurante local. Así que lo único que tienes que hacer
es comer y relajarte.

Cuando llegaron al apartamento, Sydney se sentía como
Daniel al entrar en el foso de los leones. Fue al dormitorio a
ponerse una blusa limpia, cepillarse el pelo y lavarse la cara.
Se estaba lavando los dientes cuando sonó el timbre. Le entraron ganas de vomitar. Estaba segura de que eran ellos.

Fue al salón, muy nerviosa, y vio a Bob rodeando con el
brazo a una chica espectacularmente guapa, mucho más que
cualquiera de las modelos que había contratado ese día, que vestía una chaquetilla de chef, pantalones de cuadros y zuecos,
así que Sydney adivinó rápidamente de cuál de sus hijas se
trataba. Bob se mostró muy orgulloso cuando le presentó a
Sydney a su hija mayor, Francesca. Ella tenía una sonrisa abierta y amable y después puso cara de disculpa.

—Perdóname, estoy hecha un asco. He estado ayudando
a un amigo en su restaurante y he venido directa desde allí.

Le estrechó la mano a Sydney muy educada. Parecía una
versión eurasiática de Sabrina y eran más o menos de la misma edad.

—Yo también vengo directa de trabajar, no te preocupes.

Sydney le sonrió con cautela y al instante se sintió muy tonta por haberse preocupado tanto. Francesca no podría ser más amable, más cortés y más modesta. No tenía esa desagradable mirada que decía «te voy a comer viva o apuñalarte por la espalda» que tenían las odiosas mellizas y su madre. Era tan agradable y abierta como su padre.

—Lo de tu desfile de mañana suena espectacular —comentó Francesca, que parecía impresionada—. Papá me ha invitado, pero tengo que trabajar. Ya me había comprometido a sustituir a un amigo antes de que me lo dijera. Además —dijo muy tímida—, no tengo ropa decente. Me paso la vida metida en una cocina.

Era muy sencilla, como su padre, y mucho menos sofisticada de lo que esperaba Sydney. Podría ser la hija de cualquiera, no parecía que fuera precisamente la de uno de los hombres con más éxito de Hong Kong. Estaban tranquilamente hablando del bistró que ella quería abrir cuando entró Dorian, el hijo de Bob. Sonrió en cuanto vio a Sydney, como si llevara toda la vida esperando conocerla. Era muy divertido y media hora después todos estaban riendo mientras escuchaban su relato de la última visita que le había hecho a su hermana en Inglaterra, cuando fingió ser médico para hacer la ronda con ella y estuvo a punto de acabar en una sala de partos por error. Dorian se mostró muy cordial con Sydney y quiso saberlo todo sobre Sophie y Sabrina. Le dijo que lo que contaba de ellas sonaba muy glamuroso, pero ella le aseguró que eran personas con los pies en la tierra, solo que sus trabajos, a los que dedicaban todos sus esfuerzos, tenían que ver con la moda.

—Yo nunca acierto a la hora de vestirme —confesó incómodo—. Papá me llevó a un evento elegante hace unos meses y resultó que no encontré por ningún lado los zapatos de vestir, así que tuve que llevar zapatillas. Él se enfadó mucho. —Miró sonriendo a su padre, que puso los ojos en blanco al recordarlo.

—Me enfadé porque los zapatos que perdiste en realidad eran míos. Te los había prestado.

—Oh, es verdad —respondió Dorian y le sonrió con aire culpable a Sydney, que rio. Era un chico adorable, con un aura traviesa e inocente que lo volvía casi irresistible.

Mientras hablaban, entró en el salón una pequeña elfa que vestía unos pantalones que parecían de pijama, una sudadera rosa manchada de pintura y zapatillas tobilleras del mismo color. Se disculpó muchas veces por llegar tan tarde y dijo que se había retrasado su vuelo desde Shangai. También llevaba mechones rosas en el pelo.

—¿Y te han robado la ropa durante el vuelo? —preguntó su padre con tono de desaprobación.

—No, esta ropa es mía. Es que he estado trabajando en un cuadro hasta el último minuto antes de salir. Pero sí que me han perdido la maleta. La traerán luego.

Era más menuda que los demás y se parecía mucho a su padre. A Sydney le recordaba un poco a Sophie cuando era más joven. Tenía el mismo aire de autodesaprobación, unos ojos con expresión sorprendida e inocente y un aspecto infantil permanente.

—Mi hija Charlotte, conocida como Charlie —le presentó Bob a Sydney, que para entonces ya estaba cómoda.

Ella le sonrió. Parecía una adorable niña que llevaba el pelo con mechas rosas recogido en dos coletas.

—Siempre va vestida así —le aclaró Dorian a Sydney—. Tus hijas, que trabajan en la moda, no nos darían el visto bueno a ninguno. Y mi hermana Aimee lleva todo el día el uniforme del hospital, así que... Somos unos impresentables todos —afirmó, sonriendo de oreja a oreja, y sus hermanas rieron.

—Nosotras a veces también vamos hechas un desastre —confesó Sydney en un ataque de sinceridad—. Cuando estoy dibujando, me paso el día en camisón. Y mis hijas hacen lo mismo.

—¿En la oficina? —preguntó Charlotte, impresionada—. Yo a veces voy al banco en pijama y mi padre se pone furioso. Pero me gusta pintar así.

Bob miró a Sydney con cara de resignación y ella no pudo evitar reírse. Le recordaban a los niños perdidos de Peter Pan. Ninguno de ellos parecía prestarle mucha atención a la ropa, pero a ella no le importaba. Todos tenían su propio encanto y, de repente, entendió por qué Bob decía que se lo habían pasado muy bien juntos.

—La verdad es que el camisón solo me lo pongo cuando estoy en casa —contestó a la pregunta de Charlotte—, pero me encantaría llevarlo a la oficina.

Entonces se pusieron a contarle la historia de los perros de la familia, que nunca se comportaban como debían, e incluso una vez uno se comió todo un bufet de comida que habían preparado antes de que llegaran los invitados. Eso hizo que a todos se les ocurrieran más historias y empezaron a contarlas. Ella se lo estaba pasando muy bien cuando anunciaron que ya estaba la cena. Todos entraron en el comedor y encontraron un mantel precioso y la mesa puesta con vajilla de porcelana, cristalería y una brillante cubertería de plata y adornada con flores. A pesar de sus historias de travesuras y su estilo heterogéneo, se fijó en que todos los hijos de Bob tenían una educación exquisita, eran amables y correctos, estaban muy unidos y adoraban a su padre, que sentía lo mismo por ellos. Era una familia llena de amor y buenos sentimientos y, en vez de excluirla como hicieron las mellizas, todos la recibieron con los brazos abiertos. Se sentía muy cómoda con ellos.

La comida, que era de uno de los mejores restaurantes de la ciudad, estaba deliciosa. Bob lo había planeado todo minuciosamente y había puesto toda la carne en el asador. La conversación durante la cena fue tranquila y divertida. Bromeaban entre ellos y con su padre, pero sin malicia, y parecían encantados de incluirla en esas bromas. Todo completamente diferente a lo que tuvo que pasar con las mellizas.

Le dio pena que los tres hijos de Bob se fueran a medianoche. Charlotte se iba a quedar en el piso de abajo, pero Francesca se iba a casa con su novio y Dorian había quedado con unos amigos. Sydney les dijo que esperaba volver a verlos antes de regresar a su país y era sincera. Charlotte le contó que tenía que volver a Shangai al día siguiente, pero Francesca y Dorian prometieron pasar por casa de su padre la noche siguiente y todos se despidieron con abrazos. Sydney estaba asombrada.

Cuando se quedaron solos en el apartamento de nuevo, miró a Bob con cara de perplejidad.

—Tienes los mejores hijos que he conocido en mi vida.

—Son buenos chicos. Pero ojalá se pusieran ropa decente. Dorian no estaba mal, pero las chicas estaban desastrosas.

Eran todos un poco excéntricos, pero en el buen sentido. Y Bob obviamente había dejado que crecieran siendo ellos mismos.

—No, la verdad es que no —contradijo—. Solo son jóvenes que no tienen que arreglarse para sus trabajos. Creo que son maravillosos. —Eran inteligentes, cariñosos y humildes—. Hacía mucho tiempo que no me lo pasaba tan bien. A Sabrina y a Sophie les encantarían. Ojalá pudiéramos emparejar a Dorian y a Sophie. Mi hija tiene un ojo nefasto para los chicos. Menos mal que no has conocido al último. Era un neurótico irremediable.

—No sé por qué, pero Dorian nunca encuentra chicas decentes tampoco. Siempre están locas, o acaban de salir de rehabilitación, o no tienen casa o tienen enormes problemas que él no puede resolver.

—Sophie es igual. Siempre acaba haciéndole de psiquiatra a algún caso perdido.

—Dorian también. Y *siempre* me pide prestados los zapatos y los *pierde* —dijo riendo—. Creo que se los da a los sin techo o a algún amigo.

Los dos soltaron una carcajada y Sydney sintió como si le hubieran quitado un peso enorme de los hombros.

—Me daba un miedo horrible conocerlos —confesó.

—Lo sé. Por eso los he invitado esta noche. Quería liberarte de tu agobio lo antes posible. No pueden asustar a nadie. Sabía que les ibas a caer bien. Pero no sabía qué te iban a parecer ellos a ti. No son tan glamurosos como tus hijas. En eso Dorian tiene razón. Deberías leer su novela. Es bastante buena —dijo con orgullo de padre.

—Me gustaría. Y aunque Sabrina siempre desaprueba a todo el mundo, puede ser menos estricta también. Creo que Steve la ayudará a relajarse un poco. Y tiene que llevar esa imagen por el trabajo. —La verdad es que ella actuaba como la guardiana de la moda desde que era pequeña.

—Cuando se iban, todos me han comentado cuánto les has gustado. Creen que eres muy «*cool*». —Él estaba encantado y orgulloso, no solo de sus hijos, sino también de Sydney.

—La verdad es que a mí ellos también me parecen *cool*. Muy, pero que muy *cool*. Y muy buenos además.

—Bueno, pues ya está hecho. Ahora podrás disfrutar la próxima vez que los veas —afirmó, contento y relajado. La velada había sido un éxito.

—Ya he disfrutado con ellos hoy —aseguró y sonrió.

Él se acercó a ella y la besó.

—Vámonos a la cama —susurró—. Les he cedido esta noche a ellos, pero ahora te quiero para mí solo.

Ella rio y lo siguió a su espectacular dormitorio. Él cerró la puerta y los dos cayeron sobre la cama juntos sonriendo, hablando, riendo y bromeando hasta que la pasión los arrastró, se olvidaron de sus hijos y se concentraron en cuánto se querían. Había sido una noche perfecta. Y ya podía relajarse y pasar tiempo con él en Hong Kong. No tenía nada que temer. Los monstruos que tanto había temido habían resultado ser unos chicos encantadores, divertidos, cariñosos e inteligentes. Ellos la habían hecho superar un gran obstáculo esa noche y eso solo hacía que ella quisiera a su padre todavía más.

20

Al día siguiente, mientras preparaban juntos el desfile de la gala benéfica, revisaban la sala, hacían una prueba de sonido y ensayaban con las modelos, Sydney le contó a Ed que había conocido a los hijos de Bob.

—Tenías razón, son adorables —reconoció, totalmente encantada de cómo había salido la noche.

Había visto a Charlotte a la hora del desayuno, antes de que volviera a Shangai. Ella había ido a Hong Kong solo para conocer a Sydney y aseguró que se alegraba de haberlo hecho. Le dio un gran abrazo antes de que Sydney se fuera a trabajar y le dijo que tenía que ir a ver su próxima exposición.

—Te lo dije —respondió Ed, encantado consigo mismo—. Son una familia adorable. Todos muy normales. No son nada esnobs. Bob tampoco lo es. Es un tío con mucho éxito y a él le gusta más la buena vida que a ellos. Deberías ver los coches que tienen sus hijos. En la universidad Dorian llevaba una vieja furgoneta de Correos de más de diez años. Son todos un poco hippies. Tal vez es como reacción al dinero que tienen.

Le gustaba eso de ellos y a Ed también. Los hacía parecer más jóvenes de lo que eran. Y había una honestidad en ellos que le resultaba muy atractiva. Esa noche, antes de la gala benéfica, Sydney felicitó nuevamente a Bob por cómo eran sus hijos. Había vuelto a su apartamento para cambiarse y ponerse un bonito vestido de noche que Ed le había hecho especialmente para la gala. Parecía un Chanel *vintage*. Estaba hecho de una seda negra con un plisado muy delicado combinada con un satén rosa pálido y le quedaba espectacular con su estilizada figura.

Todo había salido muy bien en el hotel esa tarde y cuando pasaron entre bambalinas antes del desfile comprobaron que estaba todo listo. Ed llevaba esmoquin y estaba muy elegante. Kevin también llevaba uno. Empezaron a llegar los invitados. Ed y Sydney revisaron a cada modelo personalmente. Su madre pasó a verlos un par de veces. Poco después todo el mundo estaba sentado a las mesas y empezó el desfile. Habían puesto una alfombra que daba la vuelta por toda la sala para que las modelos caminaran sobre ella y que todo el mundo pudiera ver las prendas. Fue perfecto, incluso mejor que el de Nueva York porque el ambiente era más relajado. Al finalizar, la gente se puso de pie para aplaudir a Ed y Sydney cuando salieron a saludar con una breve reverencia, como siempre hacían.

Después empezó la cena. Había una orquesta tocando y la gente bailaba. Todos habían pagado una fortuna por asistir y, aunque fuera por una buena causa, había que hacer que mereciera la pena. Sydney se lo pasó bien conociendo a los amigos de Bob, mejor de lo que se esperaba. Estuvo un buen rato con ellos durante la cena. Él había invitado a cuatro parejas, banqueros, abogados, un médico y un periodista. Eran gente con talento y fueron afectuosos y agradables con ella. Y cuando bailó con Bob, le encantó descubrir que lo hacía muy bien. Fueron de los últimos en irse, a eso de las dos de la madrugada. Los ayudantes ya habían embalado las prendas, bajo la supervisión de Kevin. Desde ese momento Sydney estaba oficialmente de vacaciones y no tenía nada más de lo que ocuparse, excepto de hacer turismo con Bob por Hong Kong.

Se sentaron otra vez en la terraza hasta las tres de la madrugada y estuvieron hablando del gran éxito que había sido la gala benéfica. Después se fueron a la cama. Por la mañana, cuando se despertó, se encontró a Bob ya vestido, ansioso por enseñarle la ciudad. Cogieron el tranvía hasta Victoria Peak, que quedaba un poco por encima de la casa de los Chin. La llevó al famoso Ladies' Market y de compras a Causeway Bay, donde estaban las mejores tiendas. Fueron a comer y a cenar a los restaurantes más exquisitos. Finalmente, tras cuatro días viendo Hong Kong, él reunió el coraje para preguntarle lo que rondaba por su mente desde el día de San Valentín, o incluso antes. Estaban cenando en Caprice y tomando champán. No quería esperar a la última noche para hacerlo.

—Quiero preguntarte algo, Sydney —empezó, cauto, y se dio cuenta de que ella se ponía nerviosa.

Ella cruzó los dedos para que no fuera a darle un ultimátum o a ofrecerle algo que no podía aceptar. Tenía la sensación de que ya sabía lo que quería.

—Sé lo que te ha pasado —continuó Bob— y lo difícil que ha sido tu vida estos dos años, pero tengo que preguntarte esto para que sepas en qué punto estoy yo.

Ella hizo una mueca. No quería hacerle daño, ni tener que rechazarlo.

—¿Hay alguna posibilidad de que consideres la idea de retirarte otra vez, dejar Nueva York y mudarte a Hong Kong conmigo? Podríamos casarnos o no, eso es decisión tuya.

Al oír la pregunta ella lo miró con tristeza. No quería que su negativa acabara con lo que tenían. Bob era muy importante para ella y no quería perderlo, pero no podía perderse a sí misma tampoco. No podía dejar que eso volviera a pasarle nunca, ni siquiera por él.

—No, no hay ninguna posibilidad —contestó con voz suave. Quería ser sincera con él—. No quiero volver a renunciar a mi carrera. Me encanta lo que estamos haciendo Ed y yo y no quiero dejarlo. Pero tampoco quiero perderte a ti.

Es que no puedo volver a hacer lo que hacía antes: dejar de trabajar, depender de un hombre y arriesgar todo lo que soy ahora. Si algo saliera mal entre nosotros, volvería a fastidiarla del todo.

Él asintió porque lo comprendía. Era la respuesta que esperaba, aunque se había visto en la necesidad de hacer la pregunta por si ella le contestaba algo diferente.

—Eso no te va a ocurrir nunca más —respondió con ternura. No quería ser crítico con Andrew, pero eran dos hombres muy diferentes y él nunca la dejaría abandonada a su suerte en el futuro. Además él era un poco más joven de lo que era Andrew. Le había contado a ella que sabía que moriría algún día y por eso quería dejar sus cosas en orden y que sus seres queridos estuvieran bien cubiertos y protegidos, incluso los unos de los otros, por si acaso—. Eso te lo prometo.

—Seguro. Pero si dejara mi trabajo, tendría que depender de ti para todo. Si no trabajara, no tendría dinero. Ya lo hice una vez y no puedo volver a hacerlo. Sería un error terrible. No quiero estar en deuda contigo. Quiero estar contigo porque te quiero, no porque tú me mantengas.

Había amado a Andrew y este fue mucho más que generoso con ella, pero él la había mantenido en todos los aspectos. Y cuando murió, todo terminó. No quería volver a verse en esa situación.

—Ni siquiera he conseguido levantar cabeza del todo todavía. Solo estoy intentándolo. Quiero ganar mi dinero, no vivir del tuyo. Solo me casaría de nuevo si pudiera ser independiente económicamente. No tenemos por qué estar al mismo nivel, pero yo tengo que ganar dinero para arreglármelas sola. —No se había dado cuenta de lo importante que era eso hasta que lo había perdido todo.

—Lo comprendo —contestó. Y entonces se acordó de otra pregunta que se había estado haciendo—. ¿Podrías trabajar desde aquí?

—Tal vez —respondió sinceramente, pero no le dijo que Ed le había confirmado que podría hacerlo y que incluso ya se lo había sugerido, mientras volaban hasta allí.

No quería mudarse a Hong Kong solo por él. Era algo demasiado importante para hacerlo solo por un hombre; quería tomar sus propias decisiones de forma independiente. Lo quería y sabía que quería estar con él, solo que no sabía dónde, ni cómo, ni en qué circunstancias. Quería dejar que las cosas se desarrollaran a su ritmo entre ellos, sin forzar nada ni hacer grandes sacrificios por él, como abandonar Nueva York, dejar de vivir en la misma ciudad que sus hijas, o retirarse como le había sugerido él. Todo podía estallarle en la cara si las cosas salían mal. Sabía instintivamente que si todos los sacrificios los hacía únicamente un miembro de la pareja, la cosa no funcionaría. Y ahora tenía demasiado miedo a los riesgos. La vida era demasiado incierta. Pero tampoco quería ser injusta con él. Quería que el destino tomara algunas de las decisiones por ellos, no elegirlo todo ella o que fuera él quien impusiera los términos. Aunque tuvo que reconocer que él no estaba imponiendo nada. Solo le había preguntado.

—Es posible —continuó respondiendo a su pregunta sobre lo de trabajar desde Hong Kong—. Dependerá de cómo vaya evolucionando el negocio. Por ahora es pronto para saberlo.

A él le pareció que lo que ella decía tenía sentido y entendió que había dejado una puerta abierta, y eso le gustaba. No era la respuesta que él hubiera querido, pero tampoco lo había rechazado rotundamente, que era lo que temía que pasara si él la presionaba. Los dos necesitaban una relación basada en el respeto mutuo, como había sido hasta ese momento.

—Te quiero —aseguró ella mirándolo con intensidad—. Estoy segura de ello. Pero no quiero cometer errores graves esta vez. Ni pasar por alto nada importante. Tú no dejarías tus negocios ni te mudarías a Nueva York por esto. Yo no quiero abandonar el mío, que además acabo de empezar. Creo que si lo hiciera me arrepentiría toda la vida.

Bob sabía que tenía razón. Era una mujer inteligente y sensata que había tenido que aprender las cosas por las malas y había pagado un alto precio por ello. Y él respetaba su profesión y su talento tanto como el suyo propio.

—¿Vendrías a pasar más tiempo conmigo aquí? Tal vez si nos turnamos para viajar las cosas serán más fáciles a largo plazo.

Pero él tenía trabajo en Nueva York y estaba obligado a ir a menudo y Hong Kong a ella le pillaba lejos y le resultaría más difícil encontrar tiempo para ir si no tenía trabajo allí.

—Lo intentaré —aceptó—. Me encanta estar aquí contigo. Es un lugar maravilloso. El único problema es que está muy lejos de Nueva York.

Él asintió, le sonrió y le dio un tierno beso en la punta de los dedos.

—Te quiero, Sydney. Encontraremos una forma de hacerlo funcionar a la larga. Eso es lo que yo quiero —reconoció y ella asintió. Era lo que ella quería también, pero no sabía cómo conseguirlo.

—Vamos a darle una oportunidad al destino —respondió.

Entonces él la besó en los labios y un rato después se fueron a casa de Bob e hicieron el amor. Se habían dicho muchas cosas esa noche. Por ahora no necesitaban decir nada más.

Ed la llamó por la mañana, cuando ambos se habían levantado ya, y le preguntó si tenía un hueco para verlo esa tarde.

—¿Pasa algo malo?

—No, los pedidos van estupendamente en Nueva York. Solo quiero preguntarte una cosa.

—¿Quieres venir aquí? —sugirió ella.

—Sinceramente, prefiero verte a solas. ¿Qué te parece en

el Felix, del Peninsula, a las cinco? —Era un bar muy moderno donde había estado con Bob.

—Me parece bien. Bob me llevará.

—Y yo te llevo a casa después.

Se lo contó a Bob. No tenía ni idea de lo que Ed tenía en mente ni de lo que le iba a decir. Estuvo todo el día pensando en ello. Cuando la dejó allí, Bob le dio un beso de despedida.

—Espero que esté todo bien. —Se había dado cuenta de que estaba preocupada.

—Me ha dicho que no pasaba nada —insistió sonriéndole y esperó de verdad que así fuera. El objetivo de esa reunión era un misterio total para ella.

Ed la esperaba en una mesa tranquila. Los dos pidieron vino blanco y charlaron unos minutos. Después Ed la miró muy serio.

—Tengo una propuesta que hacerte y también una pregunta. He tenido una larga charla con mis padres esta semana. Tienen una idea y creo que es buena. No era lo que yo tenía en mente, pero cuanto más lo pienso, más me gusta. Quería abrir una tienda en Nueva York cuando estuviéramos más establecidos y todavía quiero hacerlo. Pero ellos prefieren que abra una aquí primero y dentro de un año otra en Nueva York. Al principio creí que era una locura, pero quizá no lo sea. Atraeríamos mucha atención. Como sabes, muchos de los grandes nombres de la moda han abierto tiendas en Pekín. Pero Pekín no me atrae. Si queremos acercarnos al mercado chino, algo que deberíamos hacer en algún momento, sería buena idea abrir una tienda aquí, en Causeway Bay.

—¡Vaya! —exclamó Sydney, reflexionando sobre lo que acababa de decirle.

No le parecía una locura, ni mucho menos, y él tenía unos contactos fabulosos allí. Una tienda en Hong Kong podía ser un éxito enorme y situarlos en una posición completamente diferente de la que tenían los demás, y eso le gustaba.

—¿Y cuándo quieres hacerlo? ¿Dentro de un año más o menos?

—Ahora —anunció rotundo y ella se quedó perpleja de nuevo—. Estamos en la cresta de la ola ahora mismo. Somos nuevos. Si empezamos ya, podríamos inaugurarla dentro de seis meses y abrir otra en Nueva York un año después. Mi padre tiene un local aquí que sería perfecto. Sería la tienda más popular de la ciudad.

Era un proyecto ambicioso y entendió por qué le seducía tanto. A ella le pasaba lo mismo. Podía ser una buena apuesta, sobre todo si los apoyaba la familia de él, que tanto poder tenían allí.

—¿De verdad crees que podríamos abrir dentro de seis meses? —Era aventurado; los dos vivían en Nueva York.

—Creo que sí, si ponemos a la persona adecuada a cargo del proyecto y de la apertura, es un plazo realista. Mucho trabajo, pero es posible.

—Tendremos que encontrar a alguien —comentó ella, pensando en lo que acababa de decir.

—Solo conozco a una persona que podría hacerlo —dijo con toda la sinceridad del mundo—. Tú. No tienes que quedarte aquí para siempre, si no quieres. Podrías quedarte seis meses y después volver a Nueva York, si es lo que te apetece. Eso era lo que quería preguntarte. ¿Lo harías, Sydney? Eres la única persona en la que puedo confiar para abrir la tienda aquí.

La estaba mirando a los ojos fijamente. Ella sintió que le faltaba el aire en ese momento. Pero veía las posibilidades para la empresa. Tal vez era lo más inteligente que podían hacer. Él tenía razón y su familia sabía muy bien de lo que hablaba. Una tienda en Hong Kong, seguida de una en Nueva York, podría catapultarlos a la estratosfera. Y si tenían el local y el apoyo, ¿qué podían perder? Pero ¿estaba preparada ella para mudarse a Hong Kong durante seis meses? Había una cuestión importante para ella.

—¿Cuándo necesitas una respuesta? —preguntó mirándolo—. No es para siempre, pero supone un gran cambio para mí, aunque sea durante seis meses.

—Aparentemente mi padre ha estado guardando ese local durante un tiempo. No lo supe hasta ayer. Ahora tiene una posibilidad de venderlo y le han hecho una buena oferta. Pero nos lo deja a nosotros si lo queremos. Y yo sí lo quiero —reconoció—, pero no puedo hacerlo sin ti. —Ella asintió—. Necesita tener una respuesta antes de mañana. Y lo digo de verdad, lo único que tienes que hacer es quedarte aquí seis meses, hasta la apertura. Después puedes volver a Nueva York. O no. Es cosa tuya. Creo que podríamos conseguir llamar bastante la atención aquí.

—No sé si quiero venirme definitivamente aquí —comentó, pensativa.

—No tienes que hacerlo. Encontraremos a alguien que se haga cargo de la tienda después. Pero no hay tiempo antes de la apertura. Tiene que ser uno de nosotros. Y creo que yo debería permanecer en Nueva York.

Ella estaba de acuerdo. Él sabía más de la parte técnica del negocio que ella.

—Creo que podría quedarme seis meses —aceptó, intentando pensar en todo—. ¿Para cuándo quieres que esté aquí?

—Hay que hacer reformas, no muchas, pero algunas. Y quiero encontrar un buen arquitecto que nos lo diseñe. Aquí trabajan rápido. ¿Podrías venirte conmigo a Nueva York y volver dentro de dos semanas?

Sydney rio mientras lo pensaba.

—Tú vas al grano, ¿eh?

—Claro.

Lo decía completamente en serio. Pero le encantaba la idea, la oferta y el hecho de estar allí seis meses con Bob sin tener que tirar toda su vida por la ventana para hacerlo, porque tendría una buena razón, una propia, para estar allí. El destino había tomado cartas en el asunto, como ella esperaba. Era justo lo que la noche anterior le había dicho a Bob que quería: que el destino la ayudara a tomar decisiones. Y eso había hecho al presentarles esa posibilidad en forma de local cedido por el padre de Ed. ¿Qué más se podía pedir? Miró a Ed a los ojos y supo que eso era lo correcto. Era su destino. Estaba escrito que ella tenía que pasar por Lady Louise para conocerlo a él. Era lo único bueno que había sacado de aquello. Y para eso primero tuvo que conocer a Paul Zeller en el avión, aunque fuera un canalla y la hubieran arrestado y encerrado en su apartamento durante tres meses por su culpa. Lo había perdido todo después de la muerte de Andrew y ahora tenía la oportunidad de construir algo por sí misma, junto con Ed. Y tal vez con Bob, a quien había conocido a través de Ed, por cierto. Era todo una cadena de acontecimientos.

—Creo que estoy loca, pero lo voy a hacer —contestó—. Seis meses. Es lo único que te prometo por ahora. Volveremos a hablar cuando pase ese tiempo y regresaré a Nueva York si me apetece. Eso sí, necesito estar en Nueva York durante un par de semanas para preparar la boda de Sabrina —le recordó.

—Por supuesto —accedió él sin poner problemas.

Ella le tendió la mano y él se la estrechó; en su cara apareció una gran sonrisa. No se había olvidado de sus hijas, pero las dos eran mayores ya y podían arreglárselas sin ella durante seis meses. Eran mujeres adultas con buenos trabajos y podían ir a visitarla a Hong Kong y Sydney iría a Nueva York a verlas a ellas.

—¿Estamos majaretas? —le preguntó a Ed con expresión de perplejidad.

—Tal vez, pero yo creo que no. Mi padre es el empresario más listo que conozco y a él le parece una gran idea.

—A mí también —dijo.

En lo más profundo de sus entrañas estaba segura de lo que iban a hacer. Ni siquiera estaba asustada. Tenía buenas sensaciones. Él pagó la cuenta, salieron del bar y la dejó en casa de Bob minutos después. Subió al apartamento asombrada por lo que acababa de hacer, pero también emocionada y encantada. Sabía que era lo correcto.

Bob estaba trabajando en su ordenador cuando ella entró y la saludó con una sonrisa.

—Bienvenida. —La observó, curioso—. ¿Qué quería? —preguntó.

Ella necesitó un momento, porque no sabía por dónde empezar. Se acercó a él con una expresión que Bob no le había visto nunca antes; era de fuerza, determinación, coraje y pasión al mismo tiempo.

—¿Qué ha pasado?

—Dentro de dos semanas me mudo a Hong Kong para quedarme seis meses. Vamos a abrir una tienda aquí. El padre de Ed nos va a ceder un local y yo me voy a encargar de la apertura —anunció y fue apareciendo poco a poco una sonrisa en su cara.

Él la miró, consciente de lo que eso significaba para ellos.

—Solo le he prometido que me quedaré seis meses, por ahora —continuó—. Después ya veremos.

El destino había intervenido y había traído justo lo correcto para el negocio, para Ed, para ella, para Bob y para su relación. Y todo había empezado con el hecho de que Andrew no la había incluido en su testamento y la había dejado sin nada, con el encuentro casual con Paul Zeller en un avión que estuvo a punto de estrellarse en el Atlántico, cerca de Nueva Escocia y con haber conocido a Ed Chin y a Bob gracias a él.

—Bienvenida a casa —repitió él—. Y gracias.

No estaba seguro de si le estaba dando las gracias a ella o al destino, que acababa de regalarles una oportunidad increíble. Ahora todo era posible. Podía pasar cualquier cosa. Habían tirado los dados para todos ellos. El resto estaba por ver.

Ella le sonrió cuando Bob la abrazó. Él era consciente de

lo maravillosa que era ella, que se había hundido pero después había resurgido, más fuerte que antes. Y justo cuando creía que lo había perdido todo, había triunfado. Y él también. El destino se había portado muy bien con ellos y Sydney había sido lo bastante valiente para atrapar la oportunidad cuando se le presentó. Los dos lo habían sido. Y él supo, solo con mirarla, que iban a sucederles grandes cosas. Estaba seguro de ello. Ya les estaban ocurriendo y eso solo era el principio. Había llegado su momento.

megustaleer

Descubre tu próxima lectura

Apúntate y recibirás recomendaciones de lecturas personalizadas.

www.megustaleer.club